양말 속의 편지

양말 속의 편지

유영자 수필

문학나무

저의 작은 인생 모든 마음입니다

이렇게 산문집을 출간하게 될 줄은 정말 몰랐습니다. 수필 한 편을 써놓고 여기를 지우고 저기를 메꾸며 요란을 떨어도 마음에 들지 않아 펜을 던진 적이 얼마나 많은지 모릅니다. 그러나 작품이 한 편씩 매듭지어질 때마다 성취감과 보람이 더 컸습니다. 수필 속에는 체험을 통한 제 인생관이 고스란히 녹아 있습니다. 간혹 부끄러운 고백도 있지만, 고희를 넘긴 삶이기에 독자들이 '사는 게 다 그런 거지 뭐.' 하며 공감해 줄 것을 믿습니다.

세상엔 훌륭한 작가도 많고 좋은 수필집도 홍수처럼 쏟아져 나오고 있습니다. 그 틈에 존재감도 없는 나까지 끼어 수필집을 출간하려고 하니 눈치가 보이고 부끄럽기까지 합니다. 그래도 용기를 낸 까닭이 있습니다. 일생 평범하게 살아온 사람도 재미를 갖고 일하다 보면 무엇이든 해낼 수 있다는 걸 알려 주고 싶은 게 제 작은 소망이며 희망입니다. 저처럼 보통 사람이 수필집을 내듯 말입니다.

2016년 『크리스천문학나무』신인작품상을 수상한 후 끊임없이 쓴 수필을 『크리스천문학나무』와 『한국크리스천문학』에 실었습니다. 그 글들이 한 권의 책이 된 것입니다.

그동안 황충상 교수님께서 한 번도 들어 본 적 없는 귀한 문학 강의를 해 주셨습니다. 소설가 이건숙 선생님께서는 사랑이 가득 담긴 격려로 문학의 불씨를 댕겨 주셨습니다. 또한 신성종 목사님의 기도는 바른 문학의 길을 여셨습니다. 큰 감사를 드립니다.

그리고 『크리스천문학나무』 문학강의실로 인도해 주신 남춘길 수필가님께도 감사드립니다. 특히 수필집이 빛날 수 있도록 책 표지와 본문에 그림을 그려준, 만화작가인 딸 나경에게 고마운 마음을 전합니다.

부족한 글 떨리는 마음으로 독자분들께 내놓습니다. 따뜻한 마음으로 응원해 주십시오. 저의 작은 인생 모든 마음을 주관하시는 하나님 감사합니다.

2019년 7월
유영자

차례

김나경 만화가 _ **표지, 본문 그림**

1996년 만화잡지 『윙크』에 「빨강머리 앤」 연재로 데뷔

『사각사각』 『토리 고! 고!』 『오월의 개』 『하마가』 『고나미네 고양이』 『고민해결사 동그라미 쌤』 등의 만화 연재 및 단행본 발간

그림책 『꽃밭』 『눈밭』 일러스트 작업

현재 『어린이 과학동아』에 「돌아온 솔이의 과학추리반」 연재 중

01- 아주 특별한 결혼

'8월 1일, 오후 7시, 서울역 무지개 다방'

그가 고향에 갔다가 돌아오면서 보낸 전보문이었다. 편지 한 장 보낸 적 없던 그가 전보를 친다는 건 이례적인 일이다. 한밤중 전화나 급한 연락이 상대방을 불안하게 하듯, 전보를 받아든 나도 약간 신경이 쓰였다. 직장 일을 서둘러 끝내고 약속시간보다 일찍 다방 문을 들어섰다. 그는 나보다 먼저 나와 태평스럽게 앉아 있었다.

"웬일이에요. 전보를 다 치고? 깜짝 놀랐잖아요."

그와 마주 보고 앉았다.

"오늘 꼭 해야 될 중요한 말이 있어요."

그가 나직한 목소리로 말했다. 평소와 달리 진지하고 긴장된 표정이었다.

'아! 드디어 프러포즈를 할 모양이구나.'

갑자기 가슴이 두근거려 침을 꼴깍 삼켰다. 그리고 단번에 받아들일까, 애를 먹이다 받아들일까, 머리를 굴렸다. 그 사이 그가 와이셔츠 주머니에서 편지 한 장을 꺼내 내게 내밀었다.

'뭐야, 남들처럼 무릎을 꿇어가며 말로 할 것이지……. 웬 편지?'

나도 모르게 회심의 미소를 지었다. 그리고 얼굴을 붉히며 편지를 펴 본 순간, 와장창, 상상이 깨져버렸다. 그건 전혀 예상치 못했던 군대 영장이었다.

"어머머! 이건 영장이잖아요? 8월 10일? 그럼 앞으로 열흘 뒤?"

나는 너무 당황해서 벌어진 입을 다물지 못했다. 심각하게 앉아있던 그의 입 꼬리가 묘하게 처지더니 더듬거리며 솔직한 마음을 털어놓았다.

"직장도 없는 가난뱅이에다 군미필자라고 하면 누가 날 좋아하겠어요? 놓치면 평생 후회할 것 같아 붙잡고 싶은 마음에 말을 못 했어요. 미안해요."

그는 무어라 중얼중얼 입대가 늦어진 이유를 설명했지만, 내 귀엔 아무 것도 들리지 않았다. 잠시 후 그가 결심한 듯 주먹을 불끈 쥐고 날 정면으로 바라보며 짧고 굵게한 마디 날렸다.

"입대 전에 결혼할까요? 제대하고 결혼할까요?"

그는 고개를 떨구고 내 답변을 기다렸다. 사랑 앞에는 그어떤 악조건도 걸림돌이 되지 않았다. 그의 말을 프러포즈로 받아들인 난 불 보듯 뻔한 고생길이 기다리고 있음에도고개를 끄덕이며 그의 손을 굳게 잡았다. 이미 사랑에 빠져버린 난 그를 위해 어떤 난관도 헤쳐나갈 각오가 되어있었다.

그때야 그는 조근조근 자기 가정 사정을 들려주었다. 홀어머니의 사남매 중 둘째 아들이며 적금 통장 하나 없는빈털터리에다, 군미필자라는 딱지가 붙어 유학갈 기회도취직자리도 다 놓치고 장학금에 의지해 공부에만 전념하며 입영 통지서를 기다리던 중이었다고. 아무리 귀를 기울여도 그럴싸한 결혼조건 하나가 없었다. 그래도 좋으니 어쩌랴. 오히려 그 남자와 결혼한다면 혼수니 예단이니 이런복잡한 절차는 생략할 수 있으니 부모님의 부담을 덜 수있을 것 같았다. 모처럼 마음의 문을 활짝 열고 의논을 했다. 우린 그때 주체할 수 없는 나이에 쫓겨 결혼할 시점을넘어선 상태였다. 그래서 결혼 의논은 물 흐르듯 속전속결로 이루어졌다. 결국 일주일 뒤인 8월 8일, 저녁 8시, 젠센

기념관에서 결혼식을 올리고, 8월 10일에 입대하는 것으로 최종결정을 지었다.

갑작스런 나의 결혼 소식에 식구들의 반대가 빗발쳤다.

"결혼이 무슨 장난인줄 아니? 대체 어떻게 살려고 그러니?"

친구들도 반대의 깃발을 들고 외쳤다.

"너, 사랑만 가지고 못 살아. 돈이 있어야지."

"남편을 군대 보내고 혼자 살겠다고? 말도 안돼!"

누가 뭐래도 내 결심은 흔들리지 않았다. 결혼식은 내가 출석하던 교회 목사님의 주례로 거행되었다. 그해 들어 최고의 말복 더위가 서울을 열탕으로 만든 날이었다. 하지만 친척, 친지, 친구들의 축하는 그 날의 더위보다 더 뜨거웠다. 입대를 코앞에 두고 결혼한다는 소식을 듣고 달려온 친구들은 용감무쌍한 신랑 신부에게 열심히 박수를 쳐 주며 용기를 주었다. 영화나 연속극에서나 봐 왔던 일이 이런 식으로 내게 닥칠 줄은 정말 꿈에도 몰랐다. 예식이 끝나고 신혼여행길에 오르기 직전, 들고 있던 웨딩 부케를 축복을 빌어 준 친구들을 향해 힘껏 내던졌다. 그러자 여기저기서 "군인의 아내는 용감해!" "훈련병 힘내라!" 라는 응원의 함성이 터져 나와 마치 축구경기장을 방불케 했다. 친구들의 왁자지껄 떠드는 소릴 남겨 놓고 우리 둘을 태운 승용차는 미끄러지듯 북악 스카이웨이를 달렸다. 결혼을 하고 신혼여행을 떠나는 일은 인생에서 겪을 수 있는 최고의 행복 중 하나일 것이다. 그러나 신혼여행이 끝남과 동시에 남편과 이별할 생각을 하니 우울한 생각을 떨쳐버릴 수가 없었다.

여름 성수기였지만 복잡한 절차 없이 그린파크 호텔에 투숙했다. 저녁을 먹고 방으로 들어오니 어느새 까만 어둠이 내려앉고 있었다. 우린 창가에 서서 여름밤 하늘에 총총하게 박힌 별들을 올려다보았다. 갑자기 단 둘이 있게 되자 서먹서먹하고 어색한 침묵이 흘렀다.

"있잖아요, 재미난 이야기 좀 해 줘요."

내가 어리광 섞인 목소리로 그의 허리를 두 팔로 감았다. 그러나 그는 무슨 생각에 사로잡혔는지 반응이 없었다. 얼마동안 그렇게 서 있던 그가 조용한 침묵을 밀어내며 내게로 돌아섰다. 밤이 깊었으니 잠자리에 들자며 우린 침대로 향했다.

"따르릉!"

은밀한 분위기를 깨며 들려온 요란한 전화 벨소리에, 그이의 품속에 끌려들었던 나는 소스라치게 놀라 옷과 양말까지 차려 신고 놀란 가슴에 두 손을 포개고 서 있었다. 조금 있으려니까, 그의 친구 서너 명이 맥주와 안주를 한 보따리씩 안고 와글와글 방으로 쳐들어오는 게 아닌가.

"실례합니다. 아주머니! 아니, 아주머니가 되셨습니까? 아직 못 되셨습니까?"

친구들은 느긋하게 앉아 얼굴이 새빨개진 나를 마구 놀

려대며 맥주를 권했다. 친구가 결혼하면 신혼여행지까지 따라가서 방해하는 걸 대단한 축하로 여기던 시절이었다. 술이 바닥나자 한 친구가 침대 한 쪽에 벌러덩 누우며 말했다.

"통행금지 시간이 넘었으니 집에 가긴 틀렸고, 우린 여기 한 쪽에서 잘 테니 신랑 신부는 신경 쓰지 마시고 그 쪽에서 주무십시오."

난 그 말이 진짠 줄 알고, 여러 명의 남자들 틈에 끼어 잘 생각에 난감해서 어쩔 줄 몰라 했다. 순진하기 짝이 없는 어리숙한 신부였다.

친구들이 돌아간 후 산산조각난 분위기는 내 눈만 동그랗게 만들어 놓았다. 새 신랑은 이미 술에 취해 정신없이 코를 골며 깊은 잠에 빠져 있었다. 난 눈을 감고 애써 잠을 청해 보았지만 잠은 오지 않았다. 훈련받고 있는 어린 군인들 틈에 나이든 군인 한 명이 힘겹게 허덕이며 따라가는 모습이 눈에 어른거려 나도 모르게 눈물만 흘렸다.

"따르릉!"

겨우 잠이 들었는가 싶었는데 또 전화벨이 울렸다. 깜짝 놀라 눈을 떠보니 아침 7시였다. 몸단장 후 식당으로 내려가 친구들과 둘러앉아 식사를 했다.

"몸 건강히 군대생활 잘 해라. 면회 자주 갈게."

친구들이 남편의 손을 잡고 오랫동안 놓지 않았다. 사나이들의 뜨거운 우정이 감동적이었다. 그날 오후, 입대를 위해 그의 고향인 전주로 향했다. 전주 관광호텔에 도착하니 온 시내가 아름다운 불빛으로 꽃밭을 이루고 있었다. 우린 시내에서 입대 후 필요한 물건들을 장만했다.

마침내 입대일이 밝았다. 아침 9시, 집합장소인 고등학교 운동장엔 머리를 빡빡 깎은 내 남편을 비롯해 수많은 청년들이 모여들었다. 중, 소대를 배정받고 주의사항을 들은 뒤 오후 2시에 논산훈련소로 떠날 것을 명령 받은 남편에게 1시간의 점심시간이 허락되었다.

"있잖아, 군인은 돈이 필요 없대. 그러니까 내 걱정 하지 마."

남편은 어젯밤 내가 팬티 고무줄 속에 꼭꼭 접어 넣어준 돈을 모두 꺼내 내 손에 도로 쥐어 주었다. 이제는 정말 헤어져야 할 순간이 온 것이다. 여기저기서 아들을 지켜보던 어머니들이 일제히 어깨를 들썩이며 울기 시작했다. 어머니들은 아들을 마치 전쟁터에 보내는 것처럼 큰 걱정들을 했다. 난 남편에게 약하게 보이고 싶지 않아 눈물이 나오려는 걸 꾹 참았다. 남편도 눈 주위가 젖어드는 걸 억누르다가 나랑 눈이 마주치자 피식 웃었다. 마침내 훈련병들을 싣고 갈 트럭들이 일제히 시동을 걸며 떠날 준비를 했다.

"편지 자주 할게. 몸 건강해야 돼."

남편이 내 어깨를 어루만지고 돌아서는 순간, 꾹 누르고 있던 울음보가 터져버렸다. 난 그 자리에 주저앉아 엉엉 소리내어 울었다. 그리고 트럭을 타고 멀어져 가는 남편의 뒷모습을 바라보며 하나님께 부탁했다.

"하나님, 늦은 나이에 나라의 부름을 받고 군대 가는 제 남편입니다. 제대하는 그날까지 건강하게 꼭 지켜주세요."

그때 내 나이 스물 일곱, 남편은 서른 살이 되던 해였다.

그가 떠나버린 운동장은 여전히 사람들로 북적거렸지만 나에겐 빈 들처럼 쓸쓸하기만 했다. 힘없이 기차역으로 발길을 옮기는데, 샘솟기 시작한 눈물이 멈추질 않았다. 일생 흘릴 눈물을 그때 다 흘린 것만 같았다. 눈물 콧물 범벅이 된 채 돌아가는 기차에 몸을 실었다. 햇빛은 사정없이 쏟아져 내리며 하염없이 흐르는 내 눈물을 말리려고 애썼다.

02- 거짓말의 대가

　얼마나 보고 싶어 하며 기다렸는지 모른다. 군복을 입고
있을 남편과 재회할 날을. '어떻게 변했을까?' 드디어 첫
번째 면회를 가게 되었다. 입대한 지 3개월만에 부대 배치
를 받았단다.

　우선 남대문시장으로 달려갔다. 추위에 꼼짝 못하는 남
편에게 줄 두툼한 미제 군용 점퍼를 사서 가방에 넣었다.
각종 음식과 과일, 부대원들에게 줄 선물까지 꼼꼼히 챙기느라 밤잠까지 설쳤다.

'아참, 결혼식 사진도 보고 싶을 테니 가져가야지.'

하룻밤 묵고 올 짐이 일주일치 만큼 커졌다.

짐 때문에 버스를 타면 편했지만, 한 걸음이라도 더 빨리 가고 싶은 마음에 기차를 탔다. 남편에 대한 그리움과 기대를 잔뜩 실은 기차가 서울을 출발했다. 집을 나올 때부터 어슬렁대며 따라오던 먹구름 떼가 홍성까지 쫓아와 비를 뿌렸다. 우산을 사들고 택시를 잡아탔다. 주머니에 간직했던 주소를 꺼내 운전수에게 내밀었다.

"면회 가는군요? 애인인가 보죠? 한창 좋을 때입니다. 허허허."

운전수는 싱글벙글 웃으며 낙엽이 수북이 쌓인 자드락길을 따라 산속으로 내달렸다. 40분 쯤 달렸을까? 산 비탈진 곳에 군인들 막사가 눈에 들어왔다. 부대는 아주 후미진 산 중턱에 있었다.

집 몇 채가 전부인 작은 마을에 여인숙이 끼어 있었다. 일단 방 하나를 잡아놓고 곧장 부대로 올라갔다. 11월 하순인데다 비가 오고 있어서인지 날씨가 몹시 추웠다.

"면회 왔는데요?"

위병소 안에 있던 헌병이 날 힐끗 쳐다보더니 면회신청서를 내밀었다. 신청서를 써 내려가다 보니 면회인과의 관계를 쓰는 칸이 나왔다. 그 칸을 채우려다가 나도 모르게 쿡 하고 웃음이 터져 나왔다. 면회를 오게 되면 우리의 관계를 남매라고 거짓말을 하라던 남편 말이 생각났기 때문이다. 결혼한 걸 알면 부대원들이 놀려 부끄럽고 멋쩍어서 총각행세를 하고 있다지 뭔가. 나 역시 남편이니 아내니 하는 말이 쑥스럽기는 마찬가지였다. 해서 남편이 시킨 대로 오빠라고 거짓말로 썼다.

잠시 후 사방으로 빗물을 튀기면서 쿵쾅쿵쾅 우렁차게 달려오는 구둣발 소리가 들렸다.

"단결! 면회신청 받고 나왔습니다."

처음 보는 군인이었다.

"저 군인이 아닌데요?"

내 말이 끝나기가 무섭게 헌병이 신경질적으로 고함을 쳤다.

"야 임마, 너 아니라잖아. 잘 알아보고 나올 것이지 무조건 뛰어나오면 어떡해! 들어가!"

동명이인이었던 것이다. 허탕친 군인이 빗물을 툭툭 걷어차며 우거지상을 하고 돌아갔다. 다시 구둣발 소리가 들렸다.

"저벅저벅."

전혀 서두르지도 급하지도 않은 발소리였다. 고여있는 물을 요리조리 피해 조심스레 걸어 나오는 안경 긴 군인, 바로 내 남편이었다. 난 남편이 날 보면 와락 달려와 손이라도 잡아 줄줄 알았다. 그런데 처음 보는 사람을 대하듯 멀뚱멀뚱 서서 흘러내린 안경만 추켜올리고 있었다. 거기

다 갈비씨라는 별명이 무색할 정도로 살이 쪄서 마치 딴 사람 같았다. 내가 위병소 밖으로 나오며 우산을 펴자 남편이 얼른 따라 들어 왔다.

"아! 군인은 우산 쓰는 거 아냐!"

헌병이 버럭 소리를 질렀다.

"네, 알겠습니다."

남편은 막내 동생뻘 되는 어린 헌병 명령에 꼼짝 못하고 우산 밖으로 나갔다. 그리고 쏟아지는 겨울비를 고스란히 맞았다. 나는 하도 안쓰러워서 뛰다시피 걸었다. 가는 길에 고참 사병과 마주치기라도 하면 남편은 부동자세로 충성을 외치며 경례를 붙였다. 그런 남편 옆에 나도 졸아붙어 남편이 경례를 할 때마다 덩달아 굽실대며 인사하기에 바빴다. 군기에 꽉 찬 남편은 망가진 사람처럼 완전 얼어 있었다.

여인숙에 도착하고 나서야 처음으로 입을 열었다.

"부모님들은 건강하시지?"

"그럼요."

난 준비해온 음식을 펼쳤다. 평소 식탐이라고는 전혀 없는 남편이 허겁지겁 달려들어 닭다리를 열 조각이나 먹어 치웠다. 그 모습을 보고 있자니 마음이 짠해서 눈물이 핑 돌았다.

"부대에 들어가서 외박증 끊어 가지고 7시까지 올게."

남편이 시계를 들여다보며 일어났다.

"혼자 있기 무서우니까 늦지 말고 나와요."

난 준비해온 아리랑 담배 한 보루와 초코파이 보따리를 건네주며 말했다. 남편은 양손에 선물을 들고 겨울비 속으로 들어갔다.

초겨울 저녁은 금세 깜깜해졌다. 생전 처음 여관방에 혼자 있게 된 난 어서 빨리 남편이 돌아오길 기다렸다. 그런데 이게 어찌된 일일까. 7시에 온다던 남편은 8시, 9시를 지나 10시가 넘어도 오지 않았다.

'조금만 더 기다리면 오겠지, 꼭 올 거야.'

온 신경이 곤두서며 초조하다 못해 불안과 걱정이 겹쳤다.

'이럴 사람이 아니야. 무슨 일 일어난 건 아닐까? 총기사고? 비상사태? 고참의 처벌……?'

별별 생각이 이어달리기를 했다.

'혹시 무장 간첩 출현?'

순간 온 몸에 소름이 돋으며 신경이 날카로워진 난 여관집 대문을 넘어서서 부대 쪽을 향해 두 귀를 열었다. 남편의 발자국 소리 대신 들려오는 산골 마을 개들의 울부짖는 소리에 기분이 더욱 섬뜩해졌다.

'무슨 일이 일어난 게 분명해. 이럴 사람이 아니야.'

남편은 그 밤 내내 나타나지 않았다. 아! 그날 밤보다 더 두렵고 긴 밤이 또 있었을까? 영원히 잊을 수 없는 밤이었다.

02- 거짓말의 대가

하얗게 밤을 새운 뒤 날이 밝기 무섭게 미친 듯 부대로 달려갔다. 그런데 이런 일도 있을까? 애간장을 태워 초췌해진 내 앞으로 남편이 저벅저벅 걸어나와 떡하니 멈추어 섰으니 말이다. 나는 입을 벌려 무슨 말을 하려고 했으나 감정이 북받쳐 굵은 눈물방울만 후두둑 후두둑 떨어뜨렸다.

"여동생이 면회 왔는데 무슨 외박이냐고 안 내보내 주잖아."

"그럼 사실대로 말을 하고 사정이라도 했어야지요!"

"망설이다 못 했어."

남편도 밤새껏 잠을 못 잤는지 몰골이 말이 아니었다.

"군대는 한번 안 된다고 하면 끝이야. 사정이 통하질 않아. 더구나 난 신병이라 어쩔 수 없었어."

졸병 계급장을 단 남편이 혼나는 어린아이처럼 나에게 미안해하며 절절맸다. 그 모습이 어찌나 불쌍하던지 가슴이 먹먹했다. 얼마나 마음 설레며 찾아온 면회인데, 같이 보냈어도 아쉬울 그 밤을 우린 그렇게 망치고 말았다. 난 석고처럼 서 있는 남편을 뒤로 하고 떨어지지 않는 발길을 돌렸다. 오전에 떠나는 새마을 열차에 내 자리가 예약되어 있었기 때문이다.

그렇게 우린 첫 번째 면회날, 은밀하게 손 한 번 못 잡고 헤어지는 아쉬움을 남겼다. 결혼한 걸 숨기고 오누이라고 거짓말 한 공범죄 값을 톡톡히 치른 것이다.

03- 어긋난 길

따뜻한 봄날, 나는 또 다시 짐을 꾸렸다. 5개월 만에 두 번째 면회를 가게 되었기 때문이다. 지난 가을에 결혼한 여동생한테 연보라색 원피스와 체크무늬 바바리까지 빌려 한껏 멋을 내고 홍성으로 가는 기차에 몸을 실었다.

'지금은 한 계급 올라 일등병이 되었으니, 약간의 여유가 생겼겠지?'

한번 갔던 길이라 내 집 찾아가듯 쉬웠다. 남편이 있는 부대가 가까워지자 아무렇지도 않던 가슴이 또 두근거리기 시작했다.

그런데 이게 어찌된 일일까. 분명 장소는 맞는데 군인들 막사가 보이질 않았다. 그 많던 군인들도, 부릉대던 트럭들도, 우렁찼던 구둣발 소리도……, 모든 것이 사라진 그곳엔 봄바람에 흙먼지만 펄펄 휘날리며 정적이 감돌고 있었다.

"부대가 있던 곳이 분명한데, 어떻게 된 거지?"

영문을 알 수 없는 난 혹시 잘못 찾아왔나 싶어 사방을 휘휘 둘러보았다. 무엇에 홀린 것 같기도 하고 꿈을 꾸는 것 같기도 했다. 당황이 되어 우왕좌왕 하고 있는 내 앞으로 군용트럭 한 대가 먼지를 뽀얗게 일으키며 달려왔다.

'저 운전병은 알고 있을 거야.'

트럭이 그냥 지나쳐버리면 부대의 행방을 알 방법이 없을 것 같아 난 스카프를 풀어 흔들며 결사적으로 차를 세웠다. 다급하다 보니 내가 아닌 다른 사람처럼 용감해졌다.

트럭이 내 앞에서 멈추어 주었다.

"무슨 일입니까?"

"여기 있던 부대 어디로 갔어요?"

"오늘 새벽에 당진으로 이동했습니다."

머릿속이 아득해졌다.

'깜짝 등장을 하면 얼마나 놀랄까? 기쁨도 두 배겠지?'

그것도 무슨 이벤트라고 면회간다는 편지 한 장 띄우지 않고 불쑥 찾아간 내 불찰이었다.

"그럼 이동한 부대의 주소 좀 써 주세요."

난 얼른 종이와 펜을 내밀었다. 거절할 줄 알았던 사병은 친절하게도 주소를 휘갈겨 써 주고는 구름 같은 먼지를 일으키며 달아났다.

'서울로 그냥 돌아갈까? 당진으로 찾아갈까?'

갈등이 생겼다. 힘겹게 여기까지 왔는데 다시 돌아가야 한다니 내키지 않았다. 갈팡질팡하던 내 발길은 어느새 당진 가는 버스를 타고 있었다.

지금은 전국 방방곡곡의 길들이 뻥뻥 뚫려 차들이 물결처럼 흘러다니지만 50여 년 전만 해도 당진 부근은 논밭이 이어진 꼬불꼬불한 시골길이었다. 그런 비포장도로를 달리다 보니, 흙먼지를 뒤집어 쓴 버스가 덜커덩 덜커덩 흔들거릴 때마다 내 내장을 뒤집어 놓아 안하던 멀미까지 했다. 차창 밖에는 구름을 뚫고 쏟아지는 태양빛 아래, 봄을 맞이한 꽃잎들이 흩날리며 더 없이 아름다운 경관이 펼쳐지고 있었다. 그러나 난 차창 밖 풍경을 내다볼 겨를도 없이 널뛰듯 뛰는 차안에서 엉덩방아 찧기에 여념이 없었다. 당진에 도착했을 땐 온 몸이 다 뻐근했다. 난 '당진 채운리 운곡'이라고 쓰인 종이를 들고 부대를 찾아나섰다. 한참을 가다보니 새총처럼 양쪽으로 갈라진 길이 나왔다. 한쪽은 벌판, 한쪽은 산이었다. 산 쪽에서 사람들의 웅성거림이 감지되었다. 자세히 살펴보니 군인들이 틀림없었다.

'아, 저기다.'

점심도 굶고 차멀미도 했건만 남편이 저곳에 있다고 생각하니 저절로 힘이 났다. 사랑! 정말 묘한 약이다.

진달래가 붉게 물든 능선을 따라 삽과 괭이를 든 군인들이 막사를 짓느라 분주했다. 나를 보자 군인들은 일제히 하던 일을 멈추고 휘파람을 불고, 손뼉을 치고, 손을 흔들며 고함을 쳐댔다. 민간인의 그림자라곤 전혀 볼 수 없는 곳에 젊은 여자가 스카프를 휘날리며 나타났으니 그럴 수밖에. 남편도 저 틈에 끼어 휘파람을 불어대고 있을 생각을 하니 자꾸 웃음이 입술을 비집고 튀어 나왔다. 대위 계급장을 단 중대장이 나에게 뛰어왔다.

"무슨 일로 오셨습니까?"

키가 후리후리하게 큰 중대장이 거수경례를 하며 물었다. 내가 남편 이름을 대며 면회를 왔다고 하자 중대장 얼굴이 갑자기 어두워졌다.

"이를 어쩌죠? 김일병은 문서 연락병이라 다시 홍성에 갔습니다. 조금만 빨리 왔더라면 길이 어긋나진 않았을 텐데……."

중대장이 몹시 아쉬워했다. 순간 나는 맥이 탁 풀려 그 자리에 주저앉고 말았다.

"오늘 밤 안으로 돌아오도록 조치를 취할 테니 너무 상심하지 마십시오."

중대장은 버스 터미널 근처에 있는 다방 이름을 적어 주며 그곳에 가서 기다리고 있으라고 했다. 우리의 만남은 무슨 조화로 매번 어긋나 내 가슴을 애태우는지 모르겠다. 어깨를 축 늘어뜨리고 돌아서는 내 등 뒤에선 군인들의 휘파람 소리가 끝도 없이 따라왔다.

　그날 내가 남편을 만난 시간은 새벽 3시였다. 이틀 할 일을 하루에 끝내고 부대에 들어가 보고까지 마치고 오다 보니 늦었다고 했다. 날 만나기 위해 얼마나 숨가쁘게 달려왔던지 남편의 몸에선 단내가 났다. 그 모습이 안타까워 가슴이 타들어가는 것만 같았다. 기진맥진한 남편은 흠뻑 뒤집어 쓴 흙먼지도 털어내지 못하고 내 옆에 그대로 쓰러져 코를 골았다. 잠든 남편을 지켜보며 난 또 얼마나 많이 울었던지……. 마치 울기 위해 결혼한 여자처럼 눈물이 멈추지 않았다.

　별것도 아닌 일로 마음 아파하고, 보고 싶어 하고, 가슴 설레던 순간들! 그때 그 시절이야말로 내 생애 가장 행복하고 아름다운 시절이 아니었나 싶다.

04- 연락병

'나의 살던 고향은 꽃피는 산골'

고향의 봄 노래를 불러 본다. 그러면 6·25전쟁으로 빼앗긴 내 고향 산천이 보일 듯 말 듯 아롱거린다.

1950년 6·25전쟁이 일어나던 해, 난 초등학교도 들어가기 전의 어린아이였다. 워낙 어린 나이에 피난을 위해 고향을 떠났기 때문에 많은 기억을 할 수 없다. 그러나 치열한 전투현장을 고스란히 눈에 담았던 탓인지 지워지지 않는 기억이 있다. 얼마나 정확한지는 모를 일이지만, 가슴속에 가시처럼 박혀버려 평생 잊히지 않는 기억이다.

내 고향은 황해도 옹진의 작은 마을이다. 아버지 말씀에 의하면 그곳은 감나무, 살구나무, 대추나무, 밤나무가 즐비한, 살기 좋은 동네였단다. 우리 식구는 맘씨 좋은 이웃들과 농사를 지으며 오순도순 평화롭게 살았다. 그러던 어느 날, 사람들의 술렁거림과 함께 불안한 기운이 마을에 감돌기 시작했다.

"큰일 났어요, 인민군이 내려오고 있대요."

누군가의 말에 아버지는 서둘러 마당 네 모서리에 말뚝을 박고 새끼줄을 빙 둘러치셨다. 그리고 빨간 글씨로 '장질부사'라고 쓴 종이를 새끼줄 곳곳에 매달았다. 인민군은 전염병을 두려워했기 때문이다. 방으로 들어오신 아버지는 식구들에게 이불을 덮고 누워 있으라고 했다. 잠시 뒤, 비행기 소리와 폭탄 터지는 소리, 대포 소리가 들리면서 지진이 난 것처럼 땅이 흔들렸다. 그리고 우리 마을을 사이에 두고 전투가 벌어졌다. 국군은 앞산, 인민군은 뒷산에서 몸을 숨기고 서로에게 끊임없이 총을 쏘았다. 우리 식구가 할 수 있는 것이라고는 이불 속에서 공포에 떠는 것밖에 없었다.

해가 서산으로 기울 무렵 끔찍한 총소리가 멈췄다. 인민군이 잠시 후퇴했다는 소식이 들려왔다. 동네 사람들은 서둘러 봇짐을 싸 들고 피난을 떠났다. 인민군에게 끌려갈 위험이 있는 젊은 남자들이 대부분이었다. 아버지는 일단 고모와 언니만 데리고 피난하기로 했다.

"얘들아, 엄마 말 잘 듣고 있어. 아버진 고모와 언니랑 섬에서 지내다가 상황이 안정되는 대로 돌아올게."

그때 고모는 20살, 언니는 16살, 아리따운 아가씨들이었다. 이렇게 젊고 예쁜 여자가 인민군의 눈에 띄었다가는 무사하지 못할 것이 불 보듯 뻔했기에 가장 먼저 피난길에 나서게 된 것이다.

마을엔 엄마들과 아이들, 노인과 병약한 사람들만 남았다. 인민군들은 서너 명씩 무리를 지어 마을을 드나들기 시작했다. 그들은 집집을 뒤지고 다니며 미처 피난 못 간 젊은이들을 발견하면 무조건 끌고 갔다. 또한 쌀, 보리, 고구마, 감자 등 먹을거리가 눈에 띄면 모조리 빼앗아갔다. 어떤 날에는 돼지까지 끌고 가기도 했지만 저항할 힘이 없는 마을 사람들은 그저 당하는 수밖에 없었다. 게다가 마을에 남아있는 사람들의 힘으로는 농사를 짓고, 소를 치고, 돼지우리를 치우고, 부서진 집을 고치는 일이 쉽지 않았다. 젊은 남자들의 손길이 절실했다.

밤이 되면 마을은 인기척 하나 없이 정적만 가득했다. 그때 발소리를 죽여 가며 우리 집에 찾아온 손님이 있었다. 피난을 포기하고 고향에 남아, 목숨을 걸고 마을 사람들을 돕기로 한 4명의 청년이었다. 며칠간 방공호에 숨어 있던 그들은 협조를 부탁하러 찾아왔노라며 밤늦도록 어머니와

의논을 했다. 그리고 비밀리에, 청년들은 마을을 지키는 청년방위대원으로, 어머니는 인민군을 망보는 파수꾼으로 각자 역할을 정했다. 어린 나에게도 연락병이라는 역할을 줬지만 나는 그 뜻이 무엇인지조차 알지 못했다.

그날 밤, 어머니는 호롱불 밑에서 밤을 새워가며 내 옷을 만들었다. 짧은 검정 한복 치마와 흰 저고리였다. 그 옷은 심부름 갈 때만 입는 것이라 하셨다. 아침 해가 뜨자 어머니는 동산에 올라가 비쭉 비쭉 자라난 녹색의 여름풀 사이로 뻗어있는 길 주변을 망보았다. 그리고 그 길에 인민군의 그림자가 보이자 집으로 돌아와 나에게 새로 만든 옷으로 갈아입히고 심부름을 시켰다.

"점예네 집에 고구마 좀 갖다 주고 오너라."

아무것도 모르는 나는 새 옷에 취해 나풀나풀 가벼운 걸음으로 심부름을 갔다. 점예네 근처에서 마을 일을 돕고 있던 청방대원들은 내가 나타나자 산속으로 몸을 숨겼다. 나중에 안 일이지만, 나의 검정 치마와 흰 저고리는 '인민군이 나타났다'는 어머니와 청방대원만의 비밀암호였다고 한다. 나는 나도 모르는 새 어머니의 메시지를 청방대원에게 전달하는 임무를 수행하고 있었던 것이다.

엄마의 심부름은 매일같이 계속되었다.

"오늘은 창식이네 쑥버무리 좀 갖다 주고 오너라."

새 옷을 입는 것이 좋았기에 나는 콧노래를 불러가며 즐겁게 심부름을 했다. 청방대원들도 나를 발견하면 슬그머니 방공호로 숨을 뿐, 내게는 한마디 말도 건네지 않았다. 그래서 가깝게 지내는 마을 사람들조차 내가 중요한 임무를 수행 중인 연락병이라는 걸 전혀 눈치채지 못했다.

연락병 노릇을 순조롭게 진행하던 어느 날이었다. 동산에서 헐레벌떡 뛰어 내려오신 어머니의 얼굴이 하얗게 질려 있었다.

"오늘은 걷지 말고 힘껏 뛰어야 한다. 꼬부랑 할머니 댁 알지? 자, 어서 뛰어!"

옷을 갈아입히는 손이 부들부들 떨려 어머니는 제대로 옷고름도 매어주지 않고 내 등을 떠밀었다. 나는 옷고름을 풀어헤치고 달리기 시작했다. 숨이 차고 심장이 뛰어 당장에라도 주저앉고 싶었지만, 사색이 된 어머니의 얼굴이 떠올라 멈출 수 없었다. 심장박동이 최고조에 달했을 때, 꼬부랑 할머니 댁에 도착했다. 소여물을 썰던 청방대원들이 내 거친 숨소리에 비상사태임을 직감하고 "뛰어!"를 외치며 함께 옆 산으로 도망쳤다.

"저놈 잡아라!"

이미 대문 안으로 들어선 인민군들이 고함을 지르며 총질을 했다. 그 사이 난 발길을 돌렸다. 가슴이 마구 방망이질을 하여 빨리 걸을 수가 없었다. 그때 뚜벅뚜벅 구둣발소리가 쫓아오는 듯하더니 성큼 나를 앞질러 길을 막았다. 순간 이제 죽었구나 싶어 몸을 부르르 떨었다. 인민군이 내 손을 움켜잡고 물었다.

"왜 떨어?"

"추워서요."

얼결에 엉뚱한 대답이 나왔다.

"어디 갔다 오는 길이야?"

"옥자네 집에서 실뜨기하고 오는 길이에요."

"거짓말! 너 연락병이지?"

"연락병이 뭐예요?"

때마침 물동이를 이고 지나가던 어머니가 나를 발견하고는 손을 잡아끄셨다.

"너 여기서 뭐 하니?"

난 엄마 치마폭에 얼굴을 묻고 엉엉 울었다. 어머니는 "괜찮아, 괜찮아."라며 내 손을 잡고 집으로 돌아왔다. 물동이를 내려놓는 손이 바르르 떨리고 있었다. 물동이는 비어 있었다. 나를 구해오려고 빈 물동이를 이고 지나가는 척 연기를 하셨던 것이다. 뒤이어 인민군들이 들이닥쳤다. 인민군은 총부리를 어머니의 가슴에 겨누고 살기 가득한 눈빛으로 노려보며 묻기 시작했다.

"남편 동무 어디 갔어? 아이 새끼 연락병은 누가 시켰어? 도망친 놈은 누구냐? 네놈들 다 한 패지?!"

어머니를 반동분자라 부르며 악을 쓰던 인민군은 종이와 연필을 꺼내 들고 어머니와 나의 얼굴 생김, 옷 입은 모습, 옷의 색깔까지 자세히 적었다. 그리고 내일 다시 조사 나올 것이고, 그 사이 도망치거나 숨으면 당장 총살이라며 잔뜩 겁을 주고 돌아갔다.

밤이 되자 마을 사람들은 돼지고기 수육을 만들어 가지고 찾아왔다.

"어떡해요, 내일이면 분명 이북으로 끌고 갈 텐데……."

마지막 밤이 될지 모르니 아이들이나 실컷 먹이라는 말에 어머니는 동생과 나를 붙들고 통곡했다. 인생의 마지막 날을 앞두고 열린 사별식 같았다.

얼마나 밤이 깊었을까, 깜빡 잠이 들었다가 도란도란 말소리에 눈을 떴다. 그 목소리의 주인공은 놀랍게도 청방대원 아저씨들이었다. 한 명도 다치지 않고 무사한 모습이었다.

"고맙다, 네 덕분에 살았어."

눈물까지 글썽거리던 청방대원은 우리를 구하러 왔다고 했다. 당장 피난을 떠나야 목숨을 지킬 수 있다며 서둘렀다. 전쟁이 터진 이후 매일같이 신발까지 신고 자던 동생과 난 벌떡 일어나 재빨리 작은 봇짐을 메고 어머니와 함께 아저씨 뒤를 따랐다. 바닷가엔 작은 배 한 척이 기다리고 있었다. 우리 식구를 태운 배는 어둠 속에서 곡예를 하듯 파도를 헤치며 뭍에서 점점 멀어져갔다.

붉은 해가 떠오르는 아침, 드디어 창년도라는 작은 섬에 도착했다. 부둣가엔 아버지와 고모, 언니가 마중나와 있었다. 눈길이 마주치자 가슴 속이 뭉클해지며 눈물이 핑 돌았다. 3달 만에 다시 만난 우리 가족은 서로 엉겨 눈물을 쏟았다. 죽음의 사슬에서 풀려나 이산가족이 될 뻔한 위기까지 모면하고 나니 감사함이 마음 가득 넘쳐흘렀다. 오! 하나님. 저절로 감사 기도가 나왔다.

그 후 금방 끝날 줄 알았던 전쟁은 3년이나 계속되어, 우리 가족은 한반도 남단으로 한 번 더 피난했다. 그리고 나의 고향은 휴전선으로 가로막혀 영영 돌아갈 수 없는 땅이 되고 말았다. 이젠 6·25전쟁을 기억하는 생존자조차 점점 줄어들고 있어서 안타까울 따름이다. 연락병 노릇을 한답시고 천진난만한 아이가 뛰어다니던 고향 마을을 죽기 전에 한 번 가 볼 수 있을는지……. 마음을 달래려고 한 번 더 고향의 봄 노래를 불러 본다.

'울긋불긋 꽃 대궐 차리인 동네
그 속에서 놀던 때가 그립습니다'

05 - 섬마을 피난기

인명은 재천이라고 한다. 한 치 앞도 모르면서 사는 게 인생이라고들 말한다. 하늘이 무너져도 솟아날 구멍이 있다고도 한다. 긴 세월을 살아온 사람들이면 누구나 공감할 것이다. 나도 마찬가지이다.

6·25전쟁이 터진 뒤, 어린 나는 인민군이 마을에 나타날 때마다 청년방위대에게 몸을 숨기라는 메시지를 전하던 연락병 역할을 하다가 발각되어 죽음의 문턱까지 갔다

왔다. 그리고 인민군을 피해 창년도라는 섬으로 피난을 나왔다. 창년도에 피난 온 사람 중에는 노부모, 어린 자녀, 아내를 고향 집에 남겨 두고 온 사람들이 많았다. 금세 전쟁이 끝나고 집으로 돌아갈 줄 알았기 때문이다. 아무도 전쟁이 3년 넘게 계속되다가 나라가 남북으로 나뉘어 이산가족이 될 거라고 예상하지 못했다. 다행히 우리 여섯 식구는 한 명의 낙오자도 없이 피난을 나와 창년도의 야트막한 동산 밑에 오두막집을 짓고 살게 되었다.

창년도는 아주 조그마한 섬이었다. 섬 크기에 비해 피난민이 너무 많았다. 양식은 순식간에 바닥이 나고 사는 형편이 극도로 어려워졌다. 굶주림을 견디다 못해 육지로 양식을 구하러 나간 사람들이 시체로 발견되는 가슴 아픈 일도 생겼다. 하지만 우리 가족에게는 몰래 음식을 가져다주는 사람들이 있었다. 고향 마을에서 연락병 노릇을 할 때 인연이 된 청방대원들이었다. 내가 인민군으로부터 그들의 목숨을 구해준 은인이라며, 비밀통로를 통해 섬과 육지를 넘나들며 정보도 전해오고 양식도 가져다주었다.

아버지는 그 양식을 섬 안의 굶주린 사람들을 찾아다니며 나누어 주었다. 어려운 이웃을 도우라는 성경 말씀을 몸소 실천하신 것이다. 하지만 우리는 우리 가족도 먹고살기가 빠듯한데 남을 돕는 아버지가 몹시 못마땅했다.

"아버지, 가족을 살려야죠. 귀한 양식 다 나눠주면 우린 무얼 먹고 살아요?"

"하나님이 계시는데 뭐가 걱정이야. 아무 염려 말라우."

아버진 매일 바다에 나가 생선, 조개, 미역 같은 해산물을 구해다가 식생활에 보탰다. 다른 사람들 역시 바다에 매달려 끼니를 해결했다. 바다는 피난민들의 좋은 음식 창고가 되어 주었다. 하지만 이도 오래가지 못했다. 극심한 가난의 고통 속에서 체면도 품위도 잃어버린 사람들은 아무 데서나 용변을 보기 시작했다. 처음에는 한두 사람이 질서를 깨뜨렸을 뿐이지만, 곧 너도나도 질서를 지키지 않게 되었다. 결국, 넘쳐나는 오물과 쓰레기들이 바다를 오염시켜 악취가 심해지고 해산물은 자취를 감췄다. 문제는 이뿐만이 아니었다. 마땅히 목욕이나 빨래할 장소가 없는 곳에서 한 옷만 계속 걸치고 살다 보니 사람들 몸에 이가 들끓었다. 섬의 위생 상태는 최악으로 치달았다.

엎친 데 겹친다고 했던가? 예기치 않았던 전염병이 돌기 시작했다. 장티푸스였다. 당시 장티푸스는 치사율이 높은 치명적인 병이었다. 염병이라고도 불리던 이 못된 병은 죽음의 사신이나 다름없었다. 오죽하면 '염병할 놈'이라는 욕까지 있을까. 장티푸스는 전염성이 강해서 병에 걸린 사람은 반드시 격리해야 했다. 하지만 이 난리 통에 그런 장소가 어디 있단 말인가. 병에 걸려도 그냥 가족들과 같은 공간에서 뒹굴다 보니 병은 섬 전체로 급속이 퍼져나갔다.

이번엔 아버지는 환자들을 찾아다니기 시작했다. 생명은 하나님이 주관하신다는 굳은 믿음을 갖고, 전염병조차 겁

내지 않았다.

"아버지, 병에 걸리면 죽어요. 아버지 없으면 우리 못살
아요."

"내가 죽긴 왜 죽어. 하나님이 나 죽게 내버려 두지 않
아."

온 식구가 매달려 말렸지만 아버지의 생각은 바뀌지 않
았다. 생사를 같이할 각오라도 한 듯, 환자들을 붙들고 기
도하고 죽을 떠먹여 주며 최선을 다해 돌봐 주었다. 아버
지가 환자를 돌본다는 소식이 퍼지자 더 많은 사람이 도움
을 청해왔다. 남들이 환자들을 피하느라 정신이 없을 때,
아버지는 환자를 찾아다니느라 정신이 없었다.

며칠이 지나자 여기저기서 사망 소식이 들려오기 시작했
다. 환자를 돌보는 와중에 장례까지 치르게 된 아버지는
그야말로 눈코 뜰 새 없이 바빠졌다. 하루에 시신을 3~4
구씩 묻어야 할 만큼 사태가 심각해졌다. 곧 시신을 매장
할 장소마저 바닥이 났다. 살고 있는 움막집 밑을 파고 묻
는, 극단적인 선택을 하는 경우도 생겼다. 나중엔 넘쳐나
는 시신을 처리할 방법이 없어 바닷가 모래사장에 묘를 썼
다. 바람을 타고 몰려오는 파도가 철썩이며 모래를 파헤치
고 사체를 바다에 수장시켜도 사람들은 얼이 나간 채 바라
볼 뿐이었다. 죽은 사람들을 향한 예의나 애통함을 느낄
여유가 없었다. 산 사람은 살아야 한다며 하루하루 먹고사
는 데만 집중했다. 감정이 말라붙은 사람들의 얼굴에는 웃

음이 사라진 지 오래되어, 하나같이 무표정하거나 화가 난 표정이었다.

바로 그즈음이었다. 집에 돌아오신 아버지의 안색이 창백했다. 결국 장티푸스에 걸린 것이다. 열이 치솟더니 몸이 불덩이가 되어 정신을 잃으셨다. 식구들은 초상이 난 듯 울음을 터뜨렸다. 다른 사람은 몰라도 아버지만은 병을 피해갈 줄 알았다. 식구들의 열 개의 눈동자가 아버지를 지키며 열을 떨어뜨리는 데 최선을 다했다. 약도 없이 자연치유에 매달리다 보니 할 수 있는 것이라고는 기도밖에 없었다. 그러나 열은 점점 오르기만 할 뿐이었다.

나쁜 일은 여기서 그치지 않았다. 며칠 사이에 동생을 시작으로 식구들이 차례차례 전염병으로 쓰러지고 만 것이다. 하지만 웬일인지 나만 멀쩡했다.

"하나님께서는 간호할 사람 한 명은 꼭 남겨 놓고 병을 주신단다."

아버지는 고통 중에서도 환하게 웃으셨다. 나는 아끼고 아끼던 쌀자루 속에서 쌀을 푹 꺼내 씻었다. 그리고 어머니가 가르쳐 주신대로 죽을 쑤었다. 보리죽이나 좁쌀죽이 아닌 쌀죽을 먹으면 우리 식구 병이 뚝 떨어질 것 같았다. 보글보글 끓는 쌀죽 속에서 구수한 냄새가 풍겼다. 매운 고춧가루도 한 줌 넣었다. 고춧가루를 먹으면 병균이 매워서 도망갈지도 모른다. 식구들은 매운 죽을 후후 불며 맛있게 먹었다. 죽 그릇을 깨끗이 비울 때마다 병을 말끔히 털어버리고 벌떡 일어나기를 간절히 바랐다. 하지만 식구들은 이내 다시 자리에 누워 정신을 잃었다. 아버지는 잠깐씩 정신이 들 때마다 식구들이 무사한지 한 명씩 더듬어 보시곤 안도의 숨을 몰아쉬며 기도를 되풀이했다.

5명이 누워서 뿜어내는 열로 방은 열탕처럼 더웠다. 서늘한 바람이 불어오는 바닷가였지만 열은 떨어질 줄 몰랐다. 가끔 누군가 정신을 잃은 채 헛소리를 외칠 때면 당장에라도 하나님 나라로 가는 게 아닌가 싶어 가슴이 철렁 내려앉았다. 아무래도 몇 명은 하나님이 데려갈 계획이신 것 같았다. 그런데 기적이 일어났다. 다섯 식구 모두 자리를 털고 일어난 것이다. 한 명도 빠짐없이 무서운 장티푸스를 이겨냈다. 아버지의 간곡한 기도와 어린 나의 간호를 하나님은 외면하시지 않으셨다. 이보다 기쁘고 감사한 일이 세상 어디에 있을까. 그 기적적인 일은 우리 식구가 살아오는 동안 두고두고 간증거리가 되었다.

장티푸스가 섬을 휘몰아치고 지나간 지 얼마 안 돼 기쁜 소식이 전해왔다. 창년도 피난민들을 목포로 이주시켜 준다는 것이다. 곧 섬 앞바다에 3층짜리 초대형 미군함이 도착했다. 난생처음 보는 크고 넓은 배였다. 우리 식구는 그 배에 무사히 올라탔다. 목포는 넓은 곳이다. 부지런히 살다 보면 먹고 살길이 열릴 것이다. 멀어지는 창년도를 뒤로 하고 눈앞에 펼쳐진 넓은 바다를 바라보며 느꼈던 설렘은 지금도 잊을 수 없다.

총탄이 빗발치는 전쟁 중에도, 인민군의 무서운 위협에도 죽지 않았다. 전염병이 목숨을 노리는 섬마을에서도 살아남았다. 돌아보면 신비롭고 놀라운 일이다. 인명은 재천이라더니 우리 식구를 두고 한 말이 아닐까?

06 - 이웃집 할머니

우리 옆집엔 허리가 꼬부라진 할머니가 살고 계신다. 은행원인 아들과 며느리, 손자, 손녀가 그 할머니네 식구들이다. 아들을 비롯한 식구들 모두 인물이 잘 생겼고 체격도 큰데 할머니만 키가 작고 왜소하다. 할머니는 아들이 돌아가신 제 아버지를 닮았다며 은근히 할아버지 자랑과 함께 얼굴 가득 웃음꽃을 피워내신다. 난 할머니의 아들, 며느리와는 인사 정도 나누는 사이지만 할머니와는 가깝게 지내는 편이다. 할머니가 매일같이 손수레를 끌고 다니며 신문지, 헌책, 빈 상자를 모으시기 때문에 폐지 버리면서 만나는 일이 많아져 그렇게 되었다.

"어머니, 제발 궁상스럽게 폐지 주우러 다니지 마세요."

며느리가 인상을 쓰며 폐지 줍는 일을 말리면 할머니는 내게 노골적인 불만을 털어놓는다.

"말릴 걸 말려야지, 용돈도 제대로 주지 않으면서. 용돈만 제 때 줘 봐, 누가 이런 일을 하겠어."

그리고 또다시 꼬부라진 허리로 쉬지 않고 일에 매달리신다. 하도 폐지 줍는 일에 열심이셔서 나도 종이만 봤다 하면 모아 두었다가 할머니께 드리곤 한다. 그런 날엔 할머니는 폐지를 팔고 오시는 길에 우리 집 대문을 두드린 뒤 계란 한 줄을 밀어 넣어 놓고는 부리나케 돌아가신다.

"할머니, 이런 것 사 가지고 오시면 종이 안 모아 드릴 거예요."

쫓아가 계란을 돌려드리려 하면 기뻐서 하는 일이니 거절 말라며 계란을 받지 않으신다. 그러다보니 나도 폐지 줍는 사람처럼 길거리에 떨어진 종이를 그냥 보아 넘기지 않고 집으로 들고 오는 습관까지 생겼다. 그런 나를 할머니는 더욱 고마워하신다. 가끔 마주서서 대화할 기회가 생기면 할머니는 세상 살아온 이야기와 마음속 이야기를 털어 놓으신다. 폐지 판 돈이 얼마 되지는 않지만 그 돈으로 교회에 헌금 낼 때와 손자, 손녀에게 용돈 줄 때가 가장 기쁘다며 주름진 얼굴로 함박웃음을 지으신다.

"아주머니, 차 한 잔 줄라우?"

어느 날 오후, 할머니가 웬일로 나를 찾아오셨다. 녹차를 마시는 할머니 표정이 어둡고 쓸쓸해 보였다.

"할머니, 무슨 안 좋은 일이라도 있으세요?"

내가 조심스럽게 물어보자 할머니는 한숨을 푹 내쉬며 기다렸다는 듯 마음속에 품어둔 이야기를 꺼내 놓았다.

"늙으면 얼른 죽어야 하는데, 사람 목숨이 어디 맘대로 되어야 말이지. 영감이 죽을 때 남겨 놓고 간 돈을 야금야금 다 꿔가고 갚지 않기에 며느리에게 돌려달라고 했더니, 먹여 주고 재워 주는데 노인네가 무슨 돈이 필요하냐며 야단이지 뭐유. 요즘은 묻는 말에 대답도 제대로 안 하고, 밥도 나만 따로 주고…… 내가 무슨 전염병 환자유? 이거 서러워서 살 수가 있어야지."

할머니는 서운하고 서글픈 표정으로 숨이 턱에 차서 말씀하셨다.

"며느님이 속상한 일이 있었나 보지요. 왜 가끔 그럴 때가 있잖아요."

그러자 할머니는 발끈 화를 내며 흥분하셨다.

"지가 속상할 게 뭐 있어? 내 아들이 벌어다 주는 돈 가지고 마음대로 다 쓰고 돌아다니는데…… 손자, 손녀 녀석들도 내가 돈 몇 푼 줄 때나 따르지 다 소용없어요."

휴지를 뽑아내어 눈물을 찍어내는 할머니께 뭐라 위로해

줄 말이 떠오르지 않아 나는 할머니 등을 감싸 안고 토닥거리며 고개만 끄덕였다.

세상을 살만큼 산 나이가 되니 시어머니 편에서, 며느리 편에서, 각각의 입장을 헤아려 보게 된다. 꼬맹이들의 싸움처럼 흑백을 가릴 수 있는 문제도 아니고 함부로 어느 편이 옳다고 역성을 들어줄 수도 없는 일이다. 할머니 댁 며느리라면 상냥하고 친절하게 시어머니를 모시는 사람으로 알고 있었는데…….

할머니의 넋두리는 계속되었다.

"늙으면 돈이 힘이야. 아주머닐랑 절대 새끼들한테 돈 다 주지 마우. 참말이우."

할머니는 며느리한테 몹시 서운했는지 돌아갈 생각도 않고 한 이야기를 하고 또 하셨다. 바로 그때 초인종 소리가 들렸다.

"혹시 우리 어머니 여기 오셨나요? 아무리 찾아도 안 계시네요……."

며느리 목소리에 할머니의 표정이 금세 밝아졌다. 언제 며느리 험담을 하고 있었냐는 듯 벌떡 일어서더니 나에게 속삭이셨다.

"아주머니, 내가 여기 와서 한 말은 우리 며느리에게 하면 절대 안 되우. 부탁해요."

나에게 단단히 주의를 준 뒤 할머니는 신발을 신으며 대문 밖에 대고 외치셨다.

"지나가는데 아주머니가 차 한 잔 하고 가라며 붙들어서 잠깐 들어와 차 한 잔 했다. 어멈아, 아범은 아직 안 왔지?"

할머니는 한 번 더 비밀을 지켜달라는 당부의 눈길을 보내시고 며느리를 따라 집으로 돌아갔다. 며느리 하는 짓이 괘씸하고 미워 죽겠다가도 막상 며느리가 찾아오면 그게 고맙고 좋아서 활짝 웃음짓는 할머니의 뒷모습을 바라보자니 나도 모르게 씁쓸한 웃음이 흘러나왔다.

누구나 늙어가면서 사람들의 관심에서 멀어진다. 관심에서 멀어진다고 해서 인생을 잘못 살아왔거나 나쁜 사람이라는 뜻은 아닐 것이다. 꽃이 피면 지는 날이 오듯, 자연스러운 인생의 섭리 같은 것일 것이다. 관심에서 멀어지지 않으려고 돈의 힘을 빌리기도 하지만 인생의 섭리를 거스르기는 쉽지 않다. 화를 내거나 흉을 보면 마음이 좀 편해질까? 결국 웃음을 안겨주는 것도 다른 사람의 관심이다. 시간이 거꾸로 흐르지 않는 한 매일 매 초마다 우리는 계속 늙어간다. 사라지는 관심 앞에서 어떤 자세로 남은 인생을 살아야 할까? 버려진 종이를 모으며 사는 할머니에게서 그 쉽지 않은 답을 읽어 본다.

07- 깜박깜박

옛날옛날 어느 마을에 건망증이 심한 영감님이 살고 있었어요. 그 영감 집에는 배씨 성을 가진 하인이 있었는데 영감님은 하인의 이름을 매번 잊어버리고 묻는 게 일이었어요.

"네 성이 무엇인고?"

"네, 배가라 하옵니다."

"배가라."

고개를 끄덕이며 돌아섰던 영감님이 다시 하인을 불러 물었어요.

"네 성이 무엇이라고?"

"네, 배가라 하옵니다."

이 광경을 보다 못한 마나님이 방으로 들어가 배 한 개를 가져다 영감님 가슴에 달아 주며 말했어요.

"영감, 앞으로는 여기 매달린 배를 보고 부르세요."

영감님은 그 다음부터 하인을 부를 때마다 저고리에 매달린 배를 보고 "배 서방! 배 서방!" 부르곤 했어요.

그러던 어느 날, 영감님이 하인을 부르려고 저고리를 내려다보니 배는 떨어져 나가고 꼭지만 달랑달랑 매달려 있는 게 아니겠어요.

"옳거니, 그 놈의 성이 꼭지였구먼. 여보게, 꼭지 서방! 꼭지 서방!"

영감님은 대답도 없는 꼭지 서방을 하염없이 불렀다고 합니다.

노인의 건망증이라는 옛날이야기는 흔히 있을 수 있는 일이지만 그래도 들을 때마다 웃음이 나온다. 나도 언제부터인가 '깜박했어요.' '기억이 안 나는데요.'라는 말을 입에 달고 산다. 가스렌지 위에 국을 올려놓고도 깜박하고, 전화를 끊은 뒤엔 통화 전에 하던 일도 깜박하고, 찾는 물건을 옆에 두고도 깜박깜박할 때가 있다. 밤낮으로 드나들던 전철역 입구도 잘못 나갔다 하면 생소한 길로 착각하고 갈팡질팡할 때도 있다.

그래도 그런 일은 괜찮은 편이다. 급한 일이 생겨 허둥대며 집을 나갔다가 한참 뒤에 돌아와 보면 현관에 열쇠가 꽂혀 있는 걸 그때야 발견하게 된다. 세금 고지서를 잘 챙겨 가방에 넣고 은행에 도착했는데 내려고 보면 온데간데 없다. 어디 떨어졌나 싶어 왔던 길을 샅샅이 살피며 집에 돌아와 보면 고지서가 얌전히 식탁 위에 놓여있다. 참으로 귀신이 곡할 노릇이다. 부랴부랴 고지서를 다시 들고 나가다 보면 괜히 짜증이 난다. 어쩌다 아는 사람을 만나도 그렇다. 반갑다고 내 손을 덥석 잡는 상대방의 이름 생각이 안나, "누구시더라⋯⋯?" 하는 실수를 하기도 한다.

얼마 전, 상대하기 어려운 가정을 방문하게 되었다. 그 집 안주인이 교양있고 고상한 사람이라고 하여 나도 최대한 예의를 갖추고 방문을 했다. 첫 대면이라 긴장한 탓인지 담소를 나누는 내내 몹시 신경이 쓰였다. 다행히 차만 마시고 일이 끝나 집으로 돌아오게 되었다. 예의가 깍듯한 사모님은 배웅을 하겠다며 아파트에서 그리 멀지 않은 건널목까지 따라 나왔다. 그만 들어갔으면 좋겠는데 파란 불이 켜질 때까지 서서 기다려 주었다. 그 불편함이란 이루 말할 수가 없었다. 얼른 헤어져 내 맘대로 두 팔을 휘저으며 가고 싶었다.

그때 사모님이 의아한 표정으로 날 쳐다보며 조심스럽게

물었다.

"어머. 오늘 저희 집 오실 때, 혹시 슬리퍼 신고 오셨어요?"

"슬리퍼라니요? 구두 신고 왔지요."

대답을 하며 신발을 내려다 보던 순간……, 아! 다시는 기억하고 싶지 않아라. 내 발엔 사모님의 슬리퍼도 아닌, 그 댁 남편의 군함만한 큰 슬리퍼가 떡하니 신겨져 있는 게 아닌가. 쥐구멍이라도 있으면 숨고 싶은 판국에 난 큰 슬리퍼를 질질 끌며 그분 뒤를 따라갔다. 현관 한쪽에 얌전히 벗어 놓은 내 구두로 바꾸어 신는 그 짧은 시간 동안 부끄러움과 망신스러움으로 온몸이 붉게 달아오르는 것만 같았다. 바로 그때, 사모님과 내 눈이 딱 마주쳤다. 그러자 우린 누가 먼저랄 것도 없이 그 자리에 주저앉아 까르르 웃음을 터트렸다. '어쩌면 당신도 나랑 그렇게 똑같아요? 나도 깜박대는 증상이 심하거든요.' 라는 눈빛의 신호였다. 그 후 우린 오래전부터 사귄 사이처럼 가깝게 지내게 되었다.

살다 보면 나도 모르게 실수도 하고 바보스런 일도 저지르며 산다. 그런 사람을 보면 어쩐지 나를 보는 것 같아 친근감이 간다. 조금도 실수하지 않고 완벽한 사람은 왠지 모르게 어렵고 쉽게 다가 갈 수가 없다. 약간의 건망증은 사람들의 관계를 웃음으로 끌어들여 분위기를 부드럽게 만든다. 하지만 우리 삶에는 깜박해서는 안 될 일들이 많다. 몇 년 전까지만 해도 남편은 일요일이나 공휴일이면 제자들 결혼식 주례 서 주기에 바빴다. 그 날도 남편이 주례 계획이 잡혀 있는 일요일이라 나 혼자 교회에 갔다 왔다. 그런데 예식장에서 한창 주례하고 있어야 할 남편이 난감한 얼굴로 거실에 앉아 있었다.

"주례하러 간다더니 왜 안 갔어요?"

내가 묻자 남편이 놀라운 대답을 했다.

"결혼식이 있는 걸 깜박 했어. 왜 안 오냐는 전화가 온 뒤에야 생각났지만 이미 늦은 걸 어떡해."

"어머머, 잊을 걸 잊어야죠? 일생 단 한번뿐인 제자 결혼식을 망쳐 놓으면 어떡해요!"

내가 흥분하여 펄펄 뛰며 걱정을 했다.

"걱정 마, 나처럼 깜박하는 주례자가 가끔 있는 모양이야. 예식장에 대기하고 있는 주례자가 있어서 다행히 결혼식을 무사히 치루었대. 깜박한 나도 잘못이지만 미리 전화 한 통 안 해 준 제 놈도 잘못이지, 뭐."

말은 그렇게 했지만 제자에게 미안한 마음이야 어찌 말로 표현할까. 그 사건 뒤로 남편은 주례 서 주는 일을 서서히 줄이기 시작하더니 이제는 더 이상 주례를 서지 않는다. 아마 같은 일로 제자의 결혼식을 망칠까 걱정이 되는 모양이다. 하지만 남편의 건망증은 거기서 끝나지 않았다. 인천 공항에 오전 8시에 도착하기로 한 외국인 유학생을 마중 나가기로 하고 깜박한 일도 있었다. 한국이 초행인

학생이 당황한 목소리로 전화한 시간이 9시였으니 잠실에서 날아간다 해도 한참 늦은 시간이었다.

남편은 일생 공부만 한 사람이다. 평생을 책 읽고 연구하는 일로 시간을 보냈다. 하지만 뇌 속이 세월의 비바람에 낡아버려 깜박거리는 것은 일생 공부만 한 남편 머리나, 놀기만 한 내 머리나 마찬가지인 것 같다. 뭐 어쩌겠는가, 나이가 들면 깜박거리는 기억이 많아지는 건 자연의 이치인 것을. 기억의 끈을 꼭 잡고 사는 수밖에. 아니면 옛날이야기 속 영감님처럼 기억의 차림표라도 만들어 가슴에 차고 살아야 하지 않을까?

08- 어느 부잣집 딸인들

얼굴은 노인이지만 웃는 모습은 착한 소년 같았고, 악보는 볼 줄 모르셨지만, 교회에서 독창을 하셨고, 쉬지 않고 일하셨고, 유머가 풍부했고, 딸바보이자 교회 장로님으로 일생을 올곧게 살아오신 분이 내가 기억하는 우리 아버지의 모습이다.

식구들끼리 모여 앉기만 하면 아버지가 늘 들려주시던 이야기가 있었다. 피난 시절의 이야기였다. 어린 나도 피난 통에 끼어 있었지만 남아있는 기억이 별로 없어서, 아버지가 이야길 시작하실 때마다 남의 이야기를 듣듯 귀를 쫑긋 세웠다.

6·25전쟁이 일어나 황해도에서 목포로 피난을 갔을 때라고 한다. 아내와 딸 셋, 여동생까지 다섯 명의 여자가 오골오골 모여 굶주린 배를 움켜쥐고 빈손인 아버지만 바라보더란다. 이 많은 가족을 모두 책임지고 등에 짊어지려니 너무나 무거워 일어날 수가 없었단다. 가장 큰 문제는 코흘리개 두 딸이었다. 어린것들을 항상 데리고 다니며 돈벌이를 할 수도 없고, 굶길 수도 없는 막막한 상황이었다. 결국 아버지는 가슴 아픈 결단을 내리셨다. 다섯 살, 여섯 살이었던 동생과 나를 부잣집에 양녀로 준 것이다. 말이 양녀이지 평생 남의 집 식모살이로 보낸 것이었다.

그리고 아버지는 큰언니를 데리고 생선장사를, 어머닌 고모와 함께 과일장사를 했다고 한다. 그러나 이북에서 농사만 짓던 고지식한 분께 얼렁뚱땅 능청을 떠는 장사가 체질에 맞을 리 없었다. 게다가 어린 딸들이 눈에 밟혀 도저히 견딜 수가 없더란다. 그때 마침 강원도 철원에서 피난민들에게 농사를 지을 수 있는 농토를 무상으로 분양한다는 소식이 들려왔다. 아버지는 당장 짐을 꾸려 떠날 준비를 마치고 단숨에 딸들을 찾으러 갔다.

처음에 주인아주머니는 화를 버럭 냈다고 한다. 한 번 맡겼으면 그만이라며, 문 안에 발도 못 들여놓게 하더라지 뭔가. 일 잘 가르치고 잘 키워서 시집까지 보내 줄 텐데 왜 다시 찾으러 왔느냐며, 딸들 얼굴조차 보여주지 않고 쫓아 내더란다. 자칫 감정이 상해 돌이킬 수 없는 상황이 될 것을 우려한 아버지는 화를 내는 대신 지혜롭게 사정을 했단다.

"명색이 애비인데 그냥 헤어지는 건 도리가 아니지요. 마지막으로 딸년들한테 옷이나 한 벌씩 사 입히고 떠나겠습니다."

그제야 안심을 한 주인이 "너무 늦지 않게 데리고 오세요." 하며 우리를 데리고 나오더란다. 한 달 만에 만난 동생과 나는 그 사이 거지꼴이 되어 있었다고 한다. 우리의 부르튼 손을 잡고 부잣집으로부터 도망쳐 나오며, "얘들아, 미안하다, 미안해."라며 참았던 눈물을 끝없이 쏟으시던 아버지의 모습이 아스라한 기억 속에 떠올랐다. 사실 너무나 어렸을 때 벌어진 일이라, 그것 말고는 아무것도 기억에 남아있지 않았다. 그런데도 아버지는 기회가 생길 때마다 그 이야기를 꺼내며, 애비로서 못할 짓을 한 것에 대해 두고두고 우리에게 사과했다.

전쟁통에 재산을 모두 잃고 가난을 극복할 길이 없어 어린 자식들을 남의 집에 식모로 보내거나 고아원에 맡기는 일이 허다했던 시절이었다. 그러나 아버지는 우리를 포기하지 않으셨다. 남의 집 식모살이로 일생을 보낼 운명 속에서 우리를 건져내 주셨다. 그렇게 우리 가족은 낙오자

없이 목포를 떠나 최전방 지역인 강원도 철원 이평리 마을
에 도착했다.

"이젠 됐다. 열심히 일만 하면 굶지는 않겠구나."

아버진 안도의 숨을 내쉬며 식구들과 둘러앉아 감사의
기도를 드렸다.

이평리는 원주민 몇 가구를 제외한 오십여 가구가 피난
민들로 구성된 마을이었다. 그들 역시 고향을 잃고 방황하
다 모여든 사람들이었다. 사방이 논과 밭으로 둘러싸인 마
을은 평화롭고 조용했다. 그러나 끝없이 펼쳐진 철원평야
를 따라 눈동자를 돌리다 보면 그리 멀지 않은 곳을 철조
망이 가로지르고 있었다. 그리고 그 너머로 희미하게 이북
땅이 보였다. 그곳은 전쟁의 불씨가 언제든 다시 타오를
것만 같은, 대한민국의 끝동네였다.

아버지는 철원 땅에서 전쟁이 할퀴고 간 자국을 갈아엎
고 씨를 뿌리고 거두는 농부가 되셨다. 새벽같이 일어나
찬물에 얼굴을 헹구고 밥 한술 뜬 뒤 들로 나가 온종일 일
하시고 별이 총총한 저녁이 되어서야 집으로 돌아오셨다.
땡볕 아래에서 땀 흘리며 하는 노동이 어찌 고생이 안 되
겠느냐마는, 힘든 내색 한번 없이 농사일에 매달리셨다.
일손이 가장 바쁜 봄철, 내가 벼 포기라도 나르겠다며 따
라나서면 그만두라며 호통을 치셨다. 그 시간에 글이라도
한 자 더 읽고 공부하라면서 말이다. 아버지의 하루는 가
족을 먹여 살리려는 일념 하나로 일 속에서 시작하고 일

속에서 저물었다.

일밖에 모르는 아버지가 손을 딱 멈추고 쉬는 날이 있었다. 일요일이었다. 그 당시 우리 집에서 올려다보이는 언덕 위에 작은 교회가 있었는데, 일요일은 하나님의 날이라며 옷을 말끔히 갈아입으시고 교회에 가셨다. 항상 목사님보다 먼저 교회에 도착해 교회 안과 밖을 쓸고, 남포에 기름을 넣고, 새까맣게 그을린 호야를 닦고, 예배시간에 맞추어 종을 치셨다. 땡그랑, 땡그랑, 조용한 마을에 울리는 종소리는 비무장지대를 넘어 멀리멀리 퍼져나갔다.

"그대는 삶을 사랑하는가. 그렇다면 시간을 낭비하지 마라. 시간은 삶을 만드는 재료이니까."

미국의 저명한 문필가이자 과학자인 벤저민 프랭클린의 말이다. 아버지의 배움은 초등학교 교육이 전부였지만, 그 인생은 위대한 벤저민 프랭클린과 공감할 정도로 삶을 사랑하고 시간을 낭비하는 법이 없으셨다.

아버지는 농사일과 교회 봉사만큼이나 가족에게도 최선을 다하는 분이셨다. 무엇보다 아버지는 우리 세 자매를 지극히 아끼셨다. 매일 매일 아버지가 우리에게 나눠주셨던 작고 사소한 사랑은 조약돌만 한 추억이 되어 내 기억의 창고에 가득 쌓여있다. 그 창고를 들여다볼 때면 마음이 그렇게 따뜻할 수가 없다.

내 어린 시절엔 공부하는 시간보다 노는 시간이 훨씬 많았다. 놀이기구 하나 없고 읽을 책도 부족했던 아이들은 교회 뒤로 흐르는 시냇물에서 고기를 잡거나 풀숲에서 뛰노는 곤충들을 벗 삼아 놀았다. 그런 놀이가 싫증 나는 날이면, 나는 논일을 하러 가시는 아버지를 따라나서기를 좋아했다. 아버지가 들려주시는 이야기를 듣기 위해서였다. 늘 성경을 읽고 계셨던 아버지의 이야깃주머니 속에서는 예수님 이야기를 비롯하여 다윗, 삼손, 솔로몬, 요셉 이야기까지 어느 누구에게도 들을 수 없었던 귀한 이야기들이 술술 나왔다. 코스모스 사잇길을 지나 시냇물을 건너는 돌다리 위에서, 석양을 등지고 집으로 돌아오는 길가에서 들려주신 그 이야기들은 논두렁을 타고 다니며 메뚜기를 잡는 것보다 훨씬 재미있었다. 화술이 남달리 뛰어나셨던 아버진 성대모사까지 입체적으로 하셔서 날 이야기 속에 푹 빠뜨렸다. 내가 어른이 된 뒤, 동화구연가로 활동했던 것도 아버지의 영향 때문이 아니었나 싶다.

아마 내가 6학년 때였을 것이다. 새벽기도회를 마치고 돌아오신 아버지가 날 깨웠다. 부스스 눈을 떠보니 아버지 손엔 평소 아끼시던 양초와 성냥, 그리고 찬송가 책이 들려져 있었다.

"어서 일어나라. 아버지랑 갈 곳이 있다."

"어딘데요?"

"글쎄 일어나 봐. 사람이란 새벽에 머리가 제일 맑단다. 새벽에 하는 공부가 가장 좋단 뜻이야. 때를 놓치지 말고 무엇이든 배워야 훌륭한 사람이 되지 않겠니?"

아버지가 날 이끌고 간 곳은 교회였다. 텅 빈 교회 한쪽엔 낡은 풍금 한 대가 있었다. 아버진 풍금 뚜껑을 열더니 대뜸 날 보고 배워 보라고 하셨다.

"아버지, 뭘 어떻게 배워요?"

"악보는 볼 줄 알잖아. 그러니까 찬송가 1장부터 단음으로 천천히 연습해 봐. 너는 음악에 소질이 있으니까 혼자서도 잘 할 거야. 열심히 배워서 앞으로 성가 반주도 해야지."

아버진 곁에서 촛불을 밝히며 용기를 주셨다. 그날부터 아버지는 일요일 새벽이면 한 주도 빠지지 않고 날 데려다 풍금 앞에 앉히셨다. 아버지의 열성 덕분에 나는 서툴게나마 풍금을 연주할 수 있게 되었고, 성가 반주도 맡게 되었다. 그리고 그때 익혀둔 피아노 연주는 훗날 내가 유치원 교사가 되었을 때 큰 도움이 되었다.

아버지는 딸들이 갖고 싶어 하는 물건이 있으면 만들어주시기도 했다. 학용품이 귀했던 그 당시, 손가락에 침을 발라 글씨를 지우는 걸 보신 아버진 닳고 닳은 검정 고무신 윗부분을 예쁘게 도려 석유 초롱 속에 담가두었다가 지우개로 써 보라며 꺼내주셨다. 아버지표 지우개는 실망스럽게도 잘 지워지지 않았다. 그래도 난 석유 냄새가 풀풀 풍기는 검정지우개를 소중히 필통에 넣고 좋다며 학교에 다녔다. 그뿐이 아니었다. 가을이 되면 아버지는 지붕을 타고 올라간 수세미 줄기에서 즙을 받아 얼굴에 바르라며 주셨다. 어느 부잣집 딸인들 우리 세 자매만큼 행복했을까.

아버지의 자상함은 내가 결혼한 후에도 멈출 줄 몰랐다.

"남자가 남자 할 일이나 하지, 좁쌀 영감탱이처럼 별걸다 참견하는구려. 그러니까 가난을 면치 못하지!"

어머니의 핀잔에도 아버지는 아랑곳하지 않으셨다. 김장철이 되면 생새우를 준비해 수염까지 다듬어서 들고 오셨다. 그때 살고 계셨던 인천에서 내가 살던 서울 강동구까지 지하철과 버스를 몇 번이나 갈아타고 오셔서, 배추를 절이고 씻는 일까지 앞장을 서셨다. 우리 부부가 손바닥만한 집을 장만했을 때, 아버지는 세상을 다 얻은 것처럼 기뻐하셨다. 당장 달려오셔서 집 안팎을 쓸고 닦아 반짝반짝 빛내주신 것은 물론이다. 그러다 보니 나는 도움이 필요한 일이 생길 때마다 어머니를 찾지 않고 홀아비 새끼마냥 늘 아버지께 부탁했다. 그럴 때마다 들려오는 어머니의 노골적인 불만에도 어쩔 수가 없었다. 난 아버지가 그만큼 편하고 친구처럼 마냥 좋았다.

나라가 전쟁으로 가장 가난하던 시절, 그 가운데서 고생만 하고 사셨던 아버지는 끝끝내 가난을 벗지 못하셨다. 그리고 79세가 되던 겨울날, 소복이 내린 흰 눈을 밟고 하나님 곁으로 영원히 떠나셨다. 딸이라면 무조건 퍼주던 따뜻했던 사랑도 따라가버렸다. 이 세상 어느 누구에게서도 받을 수 없었던 그 사랑이 떠나간 뒤, 얼마나 많은 날을 아버지를 그리워하며 서럽게 울었는지 모른다.

"김장독 묻어야지. 어디, 이쯤이면 되겠어?"

가을이면 삽을 든 아버지의 이북사투리가 들리는 것 같은 대추나무 아래에는 낙엽만이 뒹굴고,

"야, 감나무는 여기 심는 게 좋겠어. 햇빛이 잘 들어서 실과가 맛나게 익겠구면."

봄이면 아버지가 싱글벙글 웃으며 땅을 파고 계실 것 같은 마당 가엔 새싹만이 뾰족뾰족 움트고 있다.

올해에도 따뜻한 봄바람은 어김없이 벌과 나비를 데리고 찾아와 아버지가 심어놓고 간 나무와 인사를 나누는데, 아버지한테서는 소식이 없다. 꿈에서라도 좋으니 딱 한 번만이라도 다녀갔으면 좋으련만. 지금 내 모습을 보시면 "야! 너도 늙었구나." 하며 깜짝 놀라실 텐데……. 이 나이에도 아버지를 부르려니 눈물이 난다.

"아버지!"

09- 설날 풍경 속으로

참 이상한 일이다. 두 번 다시 생각하고 싶지 않을 만큼 가난했던 시절이 가끔 그리울 때가 있으니 말이다. 더구나 설날이 돌아오면 한층 더 그리움이 진해져 아득한 유년의 기억들을 모두 꺼내 뒤적거려 본다. 그럴 때면 난 세월의 뒤안길에서 놀던 촌아이가 되어 초가마을로 돌아가 본다.

그때는 6·25전쟁 직후였기 때문에 온 나라 사람들의 사는 형편이 극도로 어려웠다. 그래서 설날 같은 특별한 날이 돌아오면 부모님의 마음은 한없이 무거웠고, 철부지 어린것들은 한없이 기뻐했다. 새 양말과 새 옷을 입을 수 있다는 황홀함은 어린 나에게 설날을 몹시 기다리게 만들었다.

그 무렵이 되면 어머니들은 일제히 빨래를 했다.

"여보, 솜바지 저고리 뜯어서 빨아야 하니 옷 좀 벗으세요."

"애들아, 속내복 벗어라."

어머니가 식구들 옷가지와 이불 빨래를 머리에 이고 빨래터로 나가면 난 방망이와 비누를 들고 뒤를 따랐다. 동네 어귀엔 겨우 내내 따뜻한 물이 샘솟던 넓은 웅덩이가 있었다. 그래서 겨울엔 동네 아낙네들이 매일 그곳에서 빨래를 했다. 설날이 가까워지면 빨래터에 가마솥을 걸어 놓고 빨랫감을 빨고 삶고 하는 아낙네들의 웃음소리와 방망이 소리가 눈 덮인 초가마을을 뜨겁게 달구었다. 넓은 공터엔 간짓대로 받쳐 놓은 빨랫줄이 쳐지고 하얀 빨래들이 줄줄이 널렸다. 탈수가 안 된 빨래는 금방 빳빳하게 얼어 동태처럼 되어버렸다. 어머닌 그런 빨래를 말려 손질한 후 다듬이질을 했다. 늦은 밤까지 토닥토닥하는 방망이 소리가 눈밭 위로 낭랑하게 퍼져 나갔다.

"오늘부터는 옷을 지어야겠다."

어머닌 장날 끊어 온 유똥으로 동생과 내 치마 저고리를 마름질했다. 난 인두판 위에 천을 펼쳐 놓고 바느질하는 어머니 곁에 머리를 조아리고 앉아 등잔불 심지도 돋우고, 실도 꿰어 드리고, 인두도 집어드리며 싱글벙글 벌어지는 입을 다물지 못했다.

"이 비단 옷은 목욕을 깨끗이 한 다음, 설날 아침에 입어야 한다."

어머니가 비단옷을 장롱에 차곡차곡 개어 넣으시며 말씀하시면, 난 당장 그 옷이 입고 싶어 안달했다. 그래서 어서 빨리 목욕을 가자고 보챘다. 어머닌 내 성화에 못 이겨 40여 분이나 걸리는 읍내 목욕탕으로 나와 자매들을 데리고 갔다. 그때는 일 년 중 제대로 몸을 씻어 볼 기회가 설밑에 하는 한 번의 목욕이 전부였다. 그러니 몸에 때가 얼마나 많았겠는가. 쥐똥 같은 까만 때를 한 바가지씩 목욕탕 바닥에 뿌려 가며 목욕할 수 밖에.

그렇게 설을 맞이할 준비가 서서히 끝나갈 때쯤이면 약속이나 한 듯 뻥튀기 장수가 마을에 찾아왔다. 리어카에 뻥튀기 기계를 싣고서 말이다. 마을 사람들은 쌀, 옥수수, 콩을 들고 나와 줄을 섰다. 아마 안 튀기는 가정은 없었을 것이다.

"자, 모두 비키세요! 뻥입니다, 뻥! 뻥!"

아저씨가 고함을 지르고 나면 뻥튀기가 한 방씩 터지고, 고소한 냄새가 겨울바람을 타고 온 마을로 퍼져 나갔다. 동네 꼬마란 꼬마는 모조리 뛰어나와 뻥 소리가 날 때마다 귀를 막고 줄행랑을 쳤다가 돌아오기를 반복했다. 그리고는 입김을 내뿜고 코를 훌쩍이며 하얀 꽃잎처럼 흩어지는 쌀 튀김을 주워 먹었다.

그렇게 기다리던 설날 아침엔 한복을 차려 입고 마을 집집마다 찾아다니며 세배를 했다. 그날만큼은 배불리 흰 쌀밥도 먹고 고깃국도 먹었다. 설날만큼 좋은 날이 또 어디 있을까! 마을 공터엔 동네사람들이 모여 연날리기, 제기차기, 널뛰기, 윷놀이를 하면서 설날 정취에 흠뻑 취해 해 저무는 줄 몰랐다.

가난은 했지만 가슴이 따뜻했고, 고마워 할 줄 알았고, 이웃을 사랑했던 내 어린 시절……. 나는 마음이 답답한 날이면 내 어린 시절의 따뜻한 설날 풍경 속으로 들어가 보곤 한다.

10 – HOME COMING DAY

가을은 다른 계절과 달리 별칭이 많다. 천고마비의 계절, 사색의 계절, 결실의 계절, 독서의 계절……. 여자는 봄을 타고, 남자는 가을을 탄다고 하여 남자의 계절이라고 부르기도 한다. 하지만 난 여자임에도 가을이 되면 감상적이 되어 쉽게 슬퍼하곤 했다. 특히 군대 간 남편의 제대 날짜를 기다리며 우수수 떨어지는 낙엽을 볼 때면 아기 엄마답지 않게 울기도 잘했다.

그렇게 가을을 외롭고 쓸쓸하게 보내던 11월 초였다. 전화 한 통이 걸려 왔다. 받아보니 남편 친구인 권 선생이었다. 권 선생은 남편과 내가 결혼하는데 중매 역할을 해준 고마운 분이다.

　"안녕하세요? 오늘 저녁 Home Coming Day가 있는데 남편 대신 나랑 같이 가실래요?"

　그렇잖아도 남편과 관계되는 소식이 궁금했는데 잘 됐다 싶었다. 그래서 조금도 망설이지 않고 선뜻 따라 나섰다. 지금 생각해 보면 젖먹이 아가까지 친정에 맡겨가며 내가 참석할 만큼 중요한 자리가 아니었는데도 말이다.

　모임에 가 보니 싱글로 온 사람은 남자 두 명 뿐, 여자는 나 하나였다. 대부분 처음 보는 사람들이라 몹시 서먹했다. 그래서 구경꾼처럼 한쪽 구석자리에 얌전히 자리 잡고 앉았다. 전국에 흩어져 있던 친구들이 한 자리에 모이자 모두들 격의 없는 우정을 꽃 피우며 서로의 근황을 주고받았다. 사회생활을 하면서 겪은 경험을 나누는 대화와 웃음소리로 모임장소를 풍요롭게 꽉 채워나갔다. 분위기가 무르익자 돌아가며 노래를 부르기 시작했다. 나에게도 노래 한 자락을 부탁했다. 사양해도 되는 걸 꼭 불러야만 되는 줄 알고 벌떡 일어나 조두남 작곡의 '그리움'을 불렀다.

　"기약 없이 떠나가신/ 그대를 그리며/ 먼 산 위에 흰 구름만/ 말없이 바라본다/ 아 돌아오라/ 아 못 오시나……."

　떨려서 마음이 쿵쾅거리며 요동을 쳤다. 아는 노래가 없어 택한 노래일 뿐인데, 남편이 그리워서 부른 노래로 오해를 받게 되었다. 민망하고 부끄러웠다. 농담과 재치 있는 입담으로 웃음바다를 이루었던 분위기가 갑자기 엄숙해지며 공기가 무거워졌다. 사회자는 얼른 어색한 침묵을 깨고 순발력을 발휘하여 다음 사람에게 순서를 넘겼다. 한 사람 한 사람 유머와 재담으로 시간 가는 줄 몰랐다.

그런데 시간이 지나면서 난 점점 불안하고 초조해지기 시작했다. 그날 밤에 당연히 돌아 갈 줄 알고 핸드백 하나만 달랑 들고서 집을 나섰는데 그게 아니었다. 1차는 모교에서 끝내고, 2차로는 여관으로 자리를 옮겨 논다고 하지 뭔가. 친구들은 끼리끼리 모여 앉아 소주 파티, 고스톱, 장기두기를 여기저기서 이어나갔다. 어느 한 사람도 집에 돌아가려 하지 않았다. 난 할 수 없이 권 선생께 다가가 물었다.

"권 선생님, 11시가 넘었는데 집에 안가요?"

"Home Coming Day인데 가다뇨, 여관에서 하룻밤 자고 내일 아침 해장국 먹고 나서 헤어지는 거예요."

"그럼 난 어떡해요?"

"뭘 어떡해요, 내일 가면 되죠. 돌아가는 차비는 내가 낼 게요. 고스톱으로 녀석들 돈 몽땅 따 가지고요. 허허허."

권 선생은 아예 양복저고리까지 벗어 던지고 고스톱 판에 끼어들었다.

그 단호한 태도에 눌려 입도 벙긋 못하고 갈팡질팡 방황하고 있을 때였다. 나의 딱한 사정을 눈여겨보고 있던 홍 선생 부부가 다가왔다.

"수경 엄마, 막차는 이미 떠났어요, 그러니까 우리 집에 가서 자고 내일 아침에 돌아가세요."

남편과 같은 연구실에서 일했던 홍 선생이 울상이 되어 어쩔 줄 몰라 하는 나를 달래며 친절을 베풀었다.

"그렇게 해요, 어서 우리 집으로 가요."

결혼식날 이후 처음 만나는 홍 선생 부인까지도 내 손을 따뜻하게 잡으며 말했다.

방법이 없었다. 할 수 없이 무거운 발걸음으로 홍 선생 부부의 뒤를 따랐다. 그 당시 홍 선생네는 주말 부부로 살고 있었다. 부인은 대구에서 음악 선생으로 일했고, 홍 선생은 수원 진흥청에서 근무하느라 주말에만 같이 살았다. 그렇게 일주일 만에 만난 신혼부부의 집에 눈치도 없이 따라갔던 것이다.

홍 선생 댁에 도착해 보니 방이 아주 작았다. 둘이 누우면 꽉 차는 그런 방이었다. 문 하나 사이에 더 작은 방이 있긴 했지만 잡동사니 물건들로 채워진데다가 추워서 잘 수가 없었다. 음악 선생님이 한사코 같이 자자고 했다. 어쩔 수 없이 방의 맨 가장자리엔 남편, 가운데에는 부인, 문 옆엔 내가 누웠다. 셋이 누우니 어찌나 비좁던지 돌아누울 수조차 없었다. 그래도 이불은 나만 따로 덮었다.

그런데 그날 밤 나에게 문제가 생겼다. 모유 수유 중이던 아가에게 못 먹인 젖이 불어 온 몸이 욱신욱신 쑤시고 아파왔던 것이다. 어쩌다 젖가슴을 살짝 건드리기라도 하면 유선이 자극을 받아 젖이 주르르 흘러내려 속옷이 펑 젖었다. 이럴 때 젖을 먹이면 아가도 나도 행복했는데, 아가가 젖이 먹고 싶어 울지나 않을까 걱정이 되었다. 이유식을 먹이며 날 기다리고 계실 어머니께도 미안했다. 불을 대로 불은 젖가슴을 그대로 끌어안고 참다보니 통증이 점점 심해져 신혼부부 몰래 맘고생을 하며 날이 밝길 기다렸다.

얼마나 지났을까. 새벽 종소리가 땡그랑 땡그랑 들려왔다. 드디어 통행금지가 풀린 것이다. 얼른 일어나 떠날 준비를 했다.

"잘 자고 가요, 고맙습니다. 따라 나오지 마시고 주무세요."

극구 말렸지만 홍 선생은 쌀쌀한 새벽 공기를 헤치고 버스 정류장까지 데려다 주었다. 고마워서 몸 둘 바를 몰랐다. 어느 친정 오라빈들 그보다 더 잘해 줬을까. 세월이 아무리 흘렀어도 정이 듬뿍 담겼던 그 날을 아직까지 잊지 못한다. 몇 번 본적도 없는 낯선 친구 부인을 비좁은 신혼방에 끼워 재워주던, 인정이 살아 있던 시절이었다.

피천득 작가는 수필 「인연」에서 현명한 사람은 옷깃만 스쳐도 인연을 살려낸다고 말했다. 그때 난 눈치는 없었지만 어느 정도는 현명했던 모양이다. 이불 속 인연을 살려내어 지금까지 아름다운 우정을 나누며 살고 있으니 말이다. 그날 이후 음악 선생님과 나는 자매 이상으로 절친한 사이가 되어, 가족처럼 내외를 트고 지내고 있다. 온갖 가정사도 의논하고 남편 흉도 맘 놓고 본다. 내일은 음악선생을 만나 이불 속 옛일을 들춰보며 그 가을의 Home Coming Day의 추억을 산책해 보아야겠다. 곱게 깔린 단풍 길을 따라서……

11- 궁궐 같은 집

결혼하고 알았다. 남편도 부모님으로부터 물려받을 게 아무것도 없는 빈손이라는 것을. 부부로 인연을 맺다 보면 어느 한쪽에라도 기대어 볼 언덕 비슷한 것이 있어야 힘이 되련만, 우리 둘은 저울에 달아도 수평을 이룰 정도로 가난의 무게가 똑같았다. 그러나 남편은 재물과 비교할 수 없는 반듯한 인격을 갖춘 배우자였다. 우리 둘은 서로의 버팀목이 되어 우리만의 힘으로 앞날을 꾸려 나가기로 했다. 남들처럼 부유하게 살기를 꿈꾸기보다는, 우리 방식대로 소박한 일상을 가꾸며 주어진 삶에 순응하기로 했다. 그러다 보면 언젠가는 언덕도 생기고 산도 생기겠지, 하는 막연한 꿈을 갖고서 말이다.

요즈음 젊은이들이라면 생활기반이 잡힐 때까지 미루었을 것이다. 그러나 난 결혼하면 제일 먼저 해야 하는 것이 출산이라고 믿었다. 그래서 좁디좁은 사글세살이를 전전하는 형편에도 식구를 늘렸다. 참으로 대책 없이 용감만 했던 순진한 여자였다. 그러던 어느 날, 대학 조교 노릇을 하던 남편이 귀가 번쩍 뜨이는 소식을 가지고 왔다. 지도교수인 한 교수님 가족이 외국에 나가게 되어 3년간 집이 비는데, 그 집에 우리 식구가 들어와 살았으면 하신다는 거다. 따로 세를 낼 필요는 없고, 그저 살면서 집 관리나 하면 된다지 뭔가.

남편은 신중했다.

"생각해 보고 결정짓자고."

하지만 나에겐 생각해 볼 겨를이 없었다. 당장이라도 이 기회가 다른 사람에게 넘어갈지 모른다는 불안감이 들었다. 결국 이튿날 수박 한 덩이를 사 들고 교수님 댁을 찾아가 감사의 절을 넙죽 드렸다. 그리고 교수님 가족이 외국으로 떠나기 무섭게 이삿짐을 꾸렸다. 이삿짐이라고 해봐야 호마이카 장롱 한 칸과 이불, 어린 것들 짐을 싼 보따리 두어 개, 솥과 냄비와 석유곤로가 전부였다. 그럴싸한 전

자제품 하나 없이 초라한 세간을 리어카에 싣고도 자리가
남아 빈 공간에 딸들을 태우고 앞에서 끌고 뒤에서 밀었
다.

그 집은 100평의 땅 위에 지어진 55평짜리 주택으로, 영
화에서나 봤을 법한 궁궐 같은 새집이었다. 만약 집에 입
이 달렸다면, "이 좋은 곳에 어쩌자고 구질 잡다한 짐을 끌
고 들어오는 게야?!"라고 노발대발했겠지만 말 없는 집은
우리를 따뜻하게 맞이해 주었다. 그때까지 그렇게 좋은 집
을 구경조차 해 본 일이 없었던 우리에게 궁궐 같은 집에
서의 생활은 황홀했다. 부잣집 새댁처럼 치렁거리는 홈드
레스를 끌며 잔디밭을 거닐고, 정원을 내다보며 커피를 마
시는 호사가 마치 꿈만 같았다. 앞날의 그림도 그려 보았
다.

'삼 년 간 아낀 세를 모으면 오막살이 집 정도는 살 수
있겠지?'

야무진 꿈이 뭉게구름처럼 부풀어 올랐다. 궁궐 같은 집
은 우리에게 행복만 안겨줄 것 같았다.

그러나 현실은 냉혹했다. 겨울과 함께 불어온 칼바람은
내 어리석음을 일깨워주기라도 하듯 시련을 몰고 왔다. 궁
궐 같은 집은 그 시절 지어진 대부분의 집과 마찬가지로
단열과 난방시설이 제대로 갖추어지지 않았다. 방바닥에
만 온돌 시설이 되어있고, 거실과 욕실에는 아예 난방 시
설이 없었다. 겨우내 연탄불을 꺼뜨리지 않으려고 밤과 낮

을 가리지 않고 집 밖의 아궁이에 매달리다 보니 손등이 터졌다. 그럼에도 불구하고 불길이 닿지 않는 욕실은 수도관이 얼어 터지고 타일이 흉물스럽게 떨어져 나갔다. 집안 곳곳에는 결로현상으로 흘러내린 물이 벽에 얼어붙어 얼음벽을 만들었다. 온종일 시베리아 한복판처럼 추운 거실에서 어린 딸들이 시퍼러둥둥해진 얼굴로 하얀 입김을 퐁퐁 내뿜었다. 쥐꼬리 같은 수입으로 근근이 생활하던 우리에겐 터무니없이 과분한 집이었다. 겨울에 저택을 관리할 만한 지식도, 경제적 능력도 없는 우리가 분수도 모르고 큰 집을 맡아버려 새집을 헌 집으로 만들어버린 것이다. 믿고 맡긴 교수님이 돌아오시면 어떻게 고개를 들 수 있을까. 공짜라면 양잿물도 마신다는 속담이 정녕 날 두고 한 말 같아 부끄러웠다.

우리의 시련은 거기서 끝나지 않았다. 겉으로 보기에는 그럴싸한 부잣집이다 보니 도둑들이 들끓었다. 어느 날, 외출에서 돌아와 보니 현관문이 박살 나고 거실 바닥에는 신발 자국이 사방팔방 찍혀 있었다. 방방을 다 뒤져 쑥대밭으로 만들어 놓았지만 없어진 건 겨우 남편의 잠바 한 벌이었다. 하도 오래 입어서 버려도 아깝지 않은 잠바였는데 그걸 훔쳐가다니, 잃어버리고도 도둑에게 미안했다. 비싸지는 않지만 소중한 물건을 도둑맞기도 했다. 평소 악기 연주에 관심이 많았던 내가 훗날 멋진 연주를 꿈꾸며 큰마음 먹고 장만했던 만돌린이 없어진 것이다. 만돌린을 도둑맞은 뒤, 다시는 만돌린을 연주할 기회가 없었으니 그 도둑은 만돌린뿐 아니라 내 꿈도 훔쳐간 셈이었다.

한밤중에 들어온 도둑도 있었다. 선풍기조차 없었던 우리 식구는 무더운 여름밤의 더위를 식혀보고자 창문을 활짝 열고 잠이 들었다. 찍찍대던 쥐 소리마저 끊긴 깊은 밤, 싸악~하는 소름 끼치는 소리에 잠에서 깼다. 잠을 가득 담은 눈을 무심코 창가로 돌렸을 때, 상상도 못한 광경이 내 시야에 들어왔다.

웬 남자가 방금 칼로 자른 모기장을 들추고 다리 한 짝을 창틀에 척 올려놓더니 얼굴을 방 안으로 쑥 들이미는 게 아닌가. 도둑과 눈이 딱 마주친 순간이었다. 눈가에 매달려 있던 잠 부스러기들이 모두 떨어져 나가며 뒤통수의 털이 쭈뼛 섰다. 도둑도 당황했는지 석고상처럼 꼼짝 않고 날 노려봤다. 은은한 달빛 아래, 도둑과 나는 한동안 서로를 바라만 보았다. 그리고 이내 도둑은 검지 손가락을 입에 대고 쉿! 하는 시늉을 하더니 창 밑으로 사라졌다. 도둑이 사라지자 온몸이 사시나무 떨리듯 와들와들 떨려오기 시작했다. 만약 내가 잠에서 깨지 않았다면, 그래서 도둑이 다섯 식구가 모두 잠든 방 안에 들어오는 데 성공했다면 어떤 일이 벌어졌을까? 생각만으로도 끔찍하고 등골이 오싹했다.

도둑들에게 시달리는 문제는 의외로 쉽게 해결되었다. 어느 날부터인가 도둑들의 발길이 저절로 뚝 끊긴 것이다.

대문을 열어 놓아도, 현관문을 잠그지 않아도 도둑들은 더이상 들어오지 않았다. 아마 도둑들 사이에 소문이 퍼진 모양이다. 겉으로 보이는 것과 달리 훔쳐갈 게 하나도 없는, 빛 좋은 개살구 집이라고.

이런저런 일을 겪으면서 궁궐 같은 집에서의 시간은 빠르게 지나갔다. 그 사이 남편은 공부를 끝냈고, 큰딸은 초등학교에, 둘째는 유치원에 들어갔다. 막내딸도 태어났다. 아쉽게도 삼 년간 세를 아껴서 돈을 모아 보겠다는 계획은 수포로 돌아갔다. 그동안 악착같이 모은 몇 푼의 돈은 탈탈 털어 집수리하는 데 다 썼기 때문이다. 그리고 교수님 가족이 집으로 돌아오며 우리의 철없고도 무모한 3년은 막을 내렸다. 세상살이가 녹록지 않음을 제대로 배우고 나서 말이다.

떠날 때는 새집이었는데, 돌아와 보니 헌 집이 되어있는 것을 발견한 교수님 앞에서 우리 부부는 고개를 들 수 없었다. 어떤 호통도 달게 받을 준비가 되어있었다. 그러나 한 교수님은 아무런 원망도 하지 않으셨다. 오히려 3년간 건강하게 잘 지내주어 고맙다며 기뻐하셨다. 마음 편하게 이사갈 집을 찾고, 앞으로의 진로를 고민하는 데에만 집중할 수 있도록 다독여 주셨다. 그 친절함이 우리에게 얼마나 큰 힘이 되었는지 모른다. 과거의 잘못에 대한 걱정을 덜게 되자, 비로소 앞으로 나아갈 힘을 얻게 되었다. 그리고 깨달았다.

그동안 빈손이라고 생각했던 우리의 인생은 사실 복으로 가득했었음을. 기댈 수 있는 커다란 언덕이 바로 곁에 있었음을. 자식에게 내주듯 선뜻 궁궐 같은 집을 맡기신 교수님, 그 큰 사랑을 베풀고도 생색 한 번 낼 줄 모르는 교수님의 아름다운 마음이 바로 우리의 복이자 언덕이었음을!

　살다 보면 아무도 의지할 곳이 없다는 생각에 좌절할 때가 있다. 오로지 혼자만의 힘으로 여기까지 왔다고 믿을 때도 있다. 하지만 뒤돌아보면 곁에는 늘 기댈 수 있는 누군가가 있었다. 따뜻한 말 한마디, 선한 마음과 배려로 여기까지 올 수 있는 힘을 실어 준 사람이 있었다. 우리에게 궁궐 같은 집의 3년을 선물해 주신 교수님처럼 말이다.

12- 디딤돌이 되어준 흉가

셋방살이는 서글프다. 아이들이 조금만 떠들어도 쫓아와 시끄럽다고 면박을 주는 것은 기본이고, 예고도 없이 방을 비워달라고 할 때도 있다. 정붙이고 살만하면 계약만기가 됐다며 방세를 올리는 바람에 자주 이사를 다녀야만 한다. 몇 푼 안 되는 돈을 들고 집을 얻으려 들여다보면, 햇빛이 잘 안 들거나, 수도에 녹물이 나오고 쥐들이 들락거릴 정도로 열악한 환경의 집들뿐이다. 어쩌다 맘에 드는 집은 터무니없이 방값이 비싸다. 괜찮은 집을 찾아다니다 보면 변두리 동네까지 밀려나게 된다.

"언제쯤 우리 집을 장만해 잦은 이사를 면할 수 있을까?"

처량한 마음으로 원래 살던 동네를 벗어나 변두리 복덕방을 기웃대고 있는데 누가 내 등을 툭 쳤다. 돌아보니 우리 교회 집사님이었다.

"방 구하러 다니세요?"

"네. 적은 돈으로 얻으려니 변두리 동네밖에 없네요."

집사님은 잠깐 생각에 잠긴 듯하더니 뜻밖의 제안을 했다.

"이참에 집을 사지 그래요?"

"네? 집이 무슨 시장 물건이에요? 사고 싶다고 맘대로 살 수 있게?"

"내가 아주 싼 집을 알고 있어요."

집사님이 소개해 준 집은 동네에 흉가라고 소문이 나돌고 있는 집이었다. 그 집에 살게 된 후로 그 집 남편은 교통사고로, 딸은 질병으로 죽었으며, 하나 남은 아들은 자살미수로 식물인간이 되어 누워있기 때문이란다. 심지어 밤마다 귀신이 나온다는 흉흉한 소문까지 나돌아 밤이 되면 그 집 근처엔 사람들 발길조차 뜸하다고 했다. 주인이 집을 내놓은 지 오래되었지만 모두 겁을 먹고 집을 보러 오지도 않는단다. 그래서 집을 살 작자만 있으면 헐값에 넘기겠다고 한다는 것이다.

"수경 엄마, 하나님을 믿는데 흉가면 어떻고 도깨비 집이면 어때요? 믿음이 있는데."

집사님은 살 맘이 있으면 흥정을 붙여 볼 테니 나서 보라며 힘을 실어주었다. 나는 독실한 기독교 집안에서 태어나 장로인 아버지 영향을 받으며 성장했기 때문에 허무맹랑한 미신 따위는 조금도 두렵지 않았다. 도리어 반짝하며 희망의 불빛이 보였다.

"이건 하나님이 우리 가족에게 주신 절호의 기회일지도 몰라."

흉가를 둘러보고 나니 더욱 그 흉가에 마음이 끌렸다. 30평의 실내에 작은 마당이 붙어있는 그 집은 우리 가족에게 안성맞춤이었다. 그날 저녁 우리 부부는 머리를 맞대고 수입과 지출, 그리고 동전 한 닢까지 따져가며 주판알을 굴렸다. 은행 신세도 지고, 방 한 칸을 세 놓고, 개미보다 더 잘록하게 허리띠를 동여맨다면 흉가를 우리 집으로 만들 수 있을 듯했다. 결국, 우리는 두 손을 불끈 쥐고 파이팅을 외치며 흉가의 매매계약서에 도장을 꽉 찍었다. 드디어 우리 집이 생긴 것이다. 그처럼 기쁜 날이 또 어디 있을까. 그날의 뭉클했던 감동은 내 일생에 두 번 다시 오지 않았다.

흉가로 닫혀 있던 대문과 방문이 열리던 날, 호기심에 가득 찬 이웃들이 구경 왔다.

"어머나, 들어와 보니 집이 생각보다 훌륭하네. 잘 샀어."

"젊은 엄마가 용감도 하지. 흉가를 내 집으로 만들다니, 대단해."

"손만 좀 보면 아름다운 집이 되겠어. 돈 벌었네."

이웃들의 감탄과 응원이 이어졌다. 그러나 다른 한 편에서는 비관적인 소리가 흘러나왔다.

"흉가에 살다가 집안 폭삭 망하는 거 아냐? 우중충한 게 귀신이 나오게도 생겼구먼."

"왠지 섬뜩한 기운이 느껴져. 기분 나쁘니까 어서 나갑시다."

흉가를 놓고 보는 관점과 생각이 제각각이었다. 난 사람들의 말을 귀담아듣지 않고 흘려보냈다. 그저 내 집에 대한 애착심으로 힘이 불끈불끈 솟아날 뿐이었다. 쓸고, 닦고, 칠하고, 온갖 궂은일을 하면서도 자꾸만 콧노래가 나왔다. 기쁨이 크다 보니 전혀 힘들지 않았다. 집은 가꾸기 나름이라고 했던가? 손길 닿는 곳곳마다 때가 벗겨져 환해지더니, 흉가의 흔적은 확대경을 비춘다 해도 보이지 않게 되었다.

그 집에 사는 동안 우리 가족들의 일도 슬슬 잘 풀렸다. 남편은 해외에서 연구원의 경력을 쌓고 돌아왔고, 나도 교사 일을 다시 시작했다. 그리고 남편이 마침내 대학교수로 발령이 난 것도 이 집에 살고 있을 때였다. 덕분에 가난도 한 겹 두 겹 벗겨졌다. 은행 빚을 갚기 위해 한 푼 두 푼 돈 모으는 재미가 어디에도 비교할 수 없이 기쁘고 보람찼다. 새로운 계획과 희망도 생겼다.

"그 집에 이사 오고 나더니 집안이 활짝 피네. 그럴 줄 알았으면 우리가 살 걸."

흉가라고 수군대며 두려워하던 이웃들이 입을 모아 부러워했다. 우리 집에 붙어있던 흉가라는 꼬리표가 떨어져 나가고 대신 행운의 집이라는 새로운 꼬리표가 따라붙었다.

그러던 어느 날이었다. 복덕방 영감님이 찾아왔다.

"사모님, 이 집을 사고 싶어 하는 사람이 있어요. 집을 파시죠."

영감님은 밑도 끝도 없이 명령조로 말했다.

"무슨 말씀이세요, 집을 팔라니?"

"이 집을 사 달라고 자꾸만 졸라요. 더 좋은 집 소개해 드릴 테니 파세요."

알고 보니 우리 식구의 행복이 이 집 때문이라는 어리석은 생각을 한 누군가가 우리 집을 탐낸 모양이었다. 하지만 집을 파는 건 생각도 해 보지 않은 일이었다. 단호히 거절하고 영감님을 내쫓다시피 돌려보냈다. 그런데도 영감님은 포기하지 않고 찾아와 집을 팔라고 졸랐다. 집값은 달라는 대로 다 받아 주겠다며 날 꼬셨다. 아무리 싫은 소리를 해도 노하지 않고 매달렸다. 아주 질긴 영감님이었다. 결국 복덕방 영감님의 성화에 우리는 항복하고 말았다. 집을 판 것이다. 욕심껏 집값을 받고서 말이다. 그리고 흉가를 팔아 생긴 돈을 디딤돌 삼아 시내에 있는 새 아파트를 분양받았다. 몇 년 뒤, 우리는 서울로 집을 옮겼다.

　살다 보면 누구에게나 행운을 잡을 기회가 찾아온다고 한다. 내 인생의 행운은 요란하게 인사하며 찾아오지 않았다. 나도 모르는 사이에 슬그머니 곁으로 다가와 있었다. 어리석은 소문과 두려움에 눈이 멀었다면 행운을 보지 못하고 놓쳤을지 모른다. 행운을 잡은 뒤에도 성실하게 살지 않았다면 손가락 사이로 모두 빠져나갔을 것이다. 그땐 나도 몰랐다. 사람들이 꺼림칙하다며 모두 거부한 흉가가 하나님이 내게 주신 행운의 기회인 것을. 그 행운을 붙들고 성실하게 산 것이 우리 가족을 품어주고 있는 듬직한 집의 디딤돌이 될 줄이야.

13- 봄날의 동화

봄을 앓을 나이는 이미 지났다. 그런데도 봄이 시작될 때면 마음속에 주책없이 봄바람이 일렁이는 건 무슨 이유일까? 촉촉한 단비가 내려 나뭇잎이 움트고 꽃봉우리가 봉긋 솟아오르면 내 마음도 덩달아 솟아올라 집안에 갇혀 있을 수가 없다. 문이란 문은 모조리 열어 놓고 봄기운을 집안 가득 불러들인다. 그러면 닫혀 있던 내 몸의 감각기관까지 활짝 열리면서 신선한 빛, 맑은 공기가 몸 안 가득 차오른다. 머지 않아 우중충한 동네엔 하얀 목련이 해맑은 미소를 터트리며 골목을 밝힐 것이다. 개나리는 아기 손톱 같은 꽃망울을 조롱조롱 매달고 노오란 물감을 풀 것이고, 산 군데군데엔 진달래가 분홍 눈을 뜨고 봄을 알릴 것이다. 봄의 화신이 속속 북상하면 모락모락 올라오는 아지랑이 속 풍경을 타고 아련한 추억들이 날 흔들어 깨우겠지?

하하하, 호호호, 까르르 까르르, 내 고향 봄 오는 소리는 나물 캐러 나온 아이들의 해맑은 웃음소리와 함께 시작되었다. 우수나 경칩 같은 절기가 지났어도 불어오는 봄바람 속엔 날을 곤두세운 꽃샘바람이 숨어 있었다. 꽃샘바람은 눈발을 휘날렸다가, 문풍지를 흔들었다가, 나뭇가지를 부여잡고 심술을 부리며 고이 물러가지 않았다. 그러나 겨울이 아무리 길을 막고 버티고 있어도 눈얼음을 밀쳐내고 새싹이 고개를 내밀었다. 그러면 겨우내 조롱 속에 갇힌 새처럼 답답하게 지냈던 동네 아이들은 어깨를 활짝 펴고 봄마중을 나갔다. 봄은 여자의 계절이라는 말이 무색할 정도로 남자아이들이 더 들떠서 삽과 괭이, 호미를 들고 앞장을 섰다.

돼지감자가 많다고 소문이 난 밭두렁 위엔 남녀가 한데 어울려 묵은 싹을 찾고 있다. 요즈음이야 돼지감자가 혈당을 낮춰주고 콜레스테롤 수치를 개선해 주는 건강 식재료로 알려져 있지만, 옛날엔 먹을 게 없어 허기진 아이들의 배를 채워주는 먹거리에 불과했다. 우리는 모양도 크기도

제각각인 돼지감자를 뚱딴지라 불렀다. 아이들은 돼지감자를 캐낼 때마다 환호성을 지르며 서로 먼저 먹으려고 다툼질까지 했다. 먼저 집은 아이가 껍질에 잔뜩 묻은 흙을 옷에 쓱쓱 문질러 먹었다. 밭고랑을 계속 파헤치니 이번엔 메 뿌리가 하얀 속살을 드러내며 나뒹굴었다. 메 뿌리는 보통 솥에 쪄먹는데, 들척지근한 게 맛은 별로 없었다. 하지만 먹을 게 궁한 시절에 맛이 무슨 상관이란 말인가. 많기만 하면 그만이었다. 돼지감자나 메 뿌리는 기나긴 봄날 아이들의 소중한 간식거리였다.

땅을 파헤치다 보면 가끔 뱀이나 개구리가 나올 때도 있었다. 사내애들은 잠이 덜 깬 개구리 뒷다리를 붙들고 여자애들을 쫓아다니며 짓궂게 굴었다. 평소 용감했던 여자애들도 으악! 비명을 지르며 나약한 척 도망을 갔다. 그러면 개구리를 미끼삼아 평소 마음속으로 좋아하던 아이를 쫓아가 사랑을 속삭이는 기회를 만드는 총각들도 있었다. 만약 요즈음 아이들이 땅속에서 개구리나 뱀을 직접 캐(?)내는 걸 본다면 자지러질 정도로 깜짝 놀라 도망칠 것이다. 그러나 그때 우리들은 그런 걸 즐기며 재미있어 했다.

봄이 점점 물이 오르면 달래, 냉이, 씀바귀, 물쑥 뿌리가 지천으로 돋아났다. 내 고향 마을의 냉이는 잎사귀보다 뿌리가 길어서 호미 없이는 캘 수가 없었다. 황새 냉이라고 불리던 그 냉이는 뿌리만 먹었는데 초고추장에 무쳐먹으면 봄 향기가 입 안 가득 고였다. 나물을 캐러 들판을 헤맬

때면 살짝 얼었던 땅이 녹으면서 진흙이 고무신에 엉겨붙
었다. 발걸음을 옮기려고 하면 발만 쑥 빠져나오고 검정고
무신은 흙속에 묻혀 버렸다. 짜증이 날만도 한데 그것도
재미있다고 깔깔깔 웃어댔다.

바구니 가득 나물이 차오르면 슬슬 배가 고파왔다. 그러
면 나물 바구니를 한곳에 모아놓고 먹거리를 찾아다녔다.
서걱거리는 묵은 나뭇잎을 들추면 새콤한 싱아가 고개를
들고 있고, 한무더기 찔레덩굴 틈새로는 통통한 찔레순이
먹음직스럽게 올라오고 있었다. 그뿐만이 아니었다. 불태
우고 난 까만 논두렁엔 발그레한 삘기가 나란히 줄을 서
있었다. 아이들은 너 나 없이 싱아, 찔레순, 삘기를 양손
가득 뽑아들고 행복해 했다.

어느새 해는 중천으로 기울고 우린 나물바구니를 끼고
집으로 향했다. 조붓한 밭둑을 지나면 시냇물이 나왔다.
시냇물은 하얗고 검은 돌들을 건반삼아 누르며 바람소리
와 어우러져 돌돌돌 흘렀다. 그 맑고 고운 물소리……. 어
느 악기 소리가 그만큼 아름다울까.

"얘들아, 시냇물에서 나물 씻어 가자."

"그래, 그러자."

앞장선 아이가 치마를 둘둘 말아 위로 치켜 올리고 물속
으로 첨벙첨벙 들어갔다.

"아이, 차가워!"

햇빛에 반짝이는 물은 보석처럼 빛나건만 물속은 얼음처

럼 차가웠다. 시려움도 잠깐, 빨갛게 된 손으로 나물을 씻
고 흙 묻은 고무신을 깨끗이 닦아 돌 위에 널어놓았다. 그
렇게 놀다 보면 겨우내 씻어본 적 없는 발등의 때가 퉁퉁
불었다. 아이들은 돌멩이를 주워 들고 발등의 때를 말끔히
밀어냈다.

웬일일까? 움츠렀던 어깨가 활짝 펴지며 누가 먼저랄 것
도 없이 합창이 시작되었다. 내 친구 옥자, 연자, 문자, 순
옥이와 함께 곡조나 가사가 맞든 안 맞든 목청껏 노래를
불렀다.

"동무들아 나오라/ 봄맞이가자/ 나물 캐러 바구니/ 옆에 끼
고서/
달래 냉이 꽃다지/ 모두 캐 보자/ 종달이도 봄이라/ 노래하
잔다"

드넓은 들판이 이 세상 최고의 놀이터라고 생각하고 자
연이 주는 먹거리에 감사하던 그 옛날 아이들의 봄. 지금
은 동화 속 세상에서나 만날 수 있는 봄날의 추억을 담은
봄바람이 올해도 참 따뜻하다.

14- 그곳에 계셨던 선생님

　선생님은 햇병아리 교사로 우리 앞에 오셨다. 후리후리
한 키에 검정 바지, 흰 와이셔츠 차림을 한, 출중한 인물의
선생님이셨다. 딸 가진 어머니들이 보았다면 누구나 사위
로 삼고 싶어 할 정도로 호감이 가는 그런 인상이었다. 그
때 우리는 4학년 2반, 치마저고리에 검정 고무신을 신고
단발머리를 한 촌구석 아이들이었다. 6·25전쟁 때 알몸뚱
이로 쫓겨온 실향민들이라 하나같이 가난하고 굶주림에

시달렸다. 그래도 배워보겠다는 일념 하나로 1시간도 넘게 걸리는 학교 길을 마다 않고 달려온 아이들이 대부분이었다. 전쟁의 후유증으로 표정은 어둡고 웃음이 없었지만 마음은 순수하고 착한 아이들이었다.

선생님이 출석부를 들고 처음 교실에 들어오시던 날, 교실 안은 신선한 새 바람으로 일렁였다. 하늘같이 높은 선생님께서 때가 꼬질꼬질 끼어있는 작은 손들을 일일이 매만지며 환한 웃음으로 대해주셨기 때문이다. 그때까지 만났던 선생님들은 툭하면 회초리부터 드는 호랑이 같은 분들이었기에 처음에는 모두 얼어 있었다. 하지만 뜻밖에도 선생님은 따뜻한 미소로 우리 곁에 다가와 주셨고, 그 사랑에 우리의 얼어 있던 마음은 녹아내렸다. 선생님은 사십여 명이 넘는 반 아이들을 공평하게 예뻐하셨다. 우리 곁을 스치고 지나가실 때면 늘 사랑의 향기가 풍겼다. 글씨를 잘 써도, 책을 잘 읽어도, 발표를 잘 해도, 꼭 칭찬해 주시며 용기와 희망을 주셨다. 우리 교실은 선생님의 가르치는 소리와 아이들의 글 읽는 소리로 생기가 넘쳤다.

선생님은 수업 직전이나 점심식사 때마다 두 손을 모으고 꼭 기도를 하셨다. 그때 나는 알았다. 남다른 선생님의 따뜻한 성품과 사랑, 그리고 아름다운 마음의 진원지가 하나님이었다는 걸. 그런 선생님을 만난 건 예기치 않았던 나의 행운이며 축복이었다. 나는 선생님의 삶을 닮고 싶었다. 그래서 꿈을 꾸었다. 선생님처럼 아이들을 사랑하는 교사가 되고 싶다는 꿈을. 그러기 위해 나는 누구보다 열심히 공부에 매달렸다.

그날도 나는 아침 일찍 책보를 허리춤에 매달고 집을 나섰다. 마을 길을 벗어나 촉촉이 물이 올라 미끈거리는 5월의 논두렁 풀숲을 헤치고 가다 보면 이슬에 치맛자락이 눅눅해지고 고무신이 흥건히 젖었다. 내가 제일 일찍 왔으려니 하고 교실에 도착해 보니 웬걸, 오늘도 선생님은 벌써 교실 문을 열어 놓고 아이들을 기다리고 계셨다.

"오늘도 네가 제일 먼저 왔구나. 저런, 고무신이 젖었네. 이리 벗어 주렴."

선생님은 마른 헝겊으로 내 검정 고무신을 손수 닦아주셨다. 그때는 왜 감사합니다, 고맙습니다, 하는 말을 할 줄 몰랐는지 모르겠다. 그 따뜻한 사랑을 받으면서도 나는 손만 만지작거리고 서 있었다.

매주 월요일은 전교생들의 운동장 조회가 있는 날이었다. 교실엔 당번만 남고 모두 운동장에 나와 자유롭게 뛰어놀았다. 직원회의가 끝나려면 한참을 기다려야 했기 때문이다. 운동장은 고무줄, 말뚝박기, 딱지치기, 구슬치기 놀이에 푹 빠진 아이들의 소리로 들썩였다. 내가 고무줄을 폴짝 넘으려는 순간이었다. 어디선가 꽝! 꽝! 꽝! 하는 폭음 소리가 운동장을 뒤흔들었다. 누군가 "전쟁이다!" 라고 외쳤다. 전교생은 마치 훈련을 받은 것처럼 일제히 땅바닥에 엎드렸다. 쥐죽은 듯한 고요가 흘렀다. 그때였다.

"살려주세요……. 도와주세요……."

폭음이 들린 곳으로부터 소름끼치도록 처절한 목소리가 들려왔다. 공포가 엄습하면서 솜털까지 바싹 섰다. 엎드린 아이들의 얼굴은 모두 충격과 겁에 질려있었다. 그 순간 교무실 문을 박차고 미처 신발도 신지 못한 선생님 한 분이 산을 향해 내달렸다. 우리 담임 선생님이었다. 그 뒤를 다른 선생님들이 뒤따랐다.

'도대체 무슨 일이 벌어진 걸까?'

나는 엎드린 채 눈으로만 산을 빙 둘러 보았다.

'이럴 수가!'

산자락 한 켠에서 차마 눈 뜨고 볼 수 없는 끔찍한 광경이 펼쳐지고 있었다. 피투성이가 된 아이, 팔이 덜렁대는 아이, 다리가 부러진 아이, 찢어진 옷 밖으로 창자가 튀어나온 아이를 선생님이 품에 안고 막 도착한 구급차에 태우고 있었으니 말이다. 부상자를 품에 안은 담임 선생님은 하늘을 올려다보며 다급히 하나님을 찾았다. 선생님의 몸은 피에 물들다 못해 푹 젖어 있었다.

마지막 부상자를 안은 선생님이 차에 오르자 구급차는 에앵! 에앵! 비상사태를 알리며 병원으로 내달렸다. 운동장에 엎드려 있던 전교생이 웅성거리며 일어났다. 소식을 들은 학부형들은 자식의 안부를 확인하기 위해 구름떼처럼 몰려왔다. 교장선생님이 창백하게 굳은 표정으로 앞에 섰다.

"유일하게 살아남은 학생에게 전해 들은 이야기입니다."

교장선생님은 사고 경위를 자세히 설명해 주었다.

우리 학교는 산자락 밑에 자리잡은 목조건물이었다. 학교 뒤와 양옆이 야산이고 담이 없어서 멀리서 보면 한 폭의 그림처럼 평화로운 모습이었다. 그러나 가까이 들여다보면 "출입 금지"라는 경고문이 산속 여기저기 붙어 있었다. 전쟁 중에 공산군들이 묻어놓고 간 지뢰와 폭탄이 여기저기 산재하여 있었기 때문이었다. 경고문이 붙은 곳은 선생님들의 철저한 감시로 아무도 들어갈 수 없었다.

오월이 무르익기 시작하면 그 산엔 찔레순과 싱아가 지천으로 깔렸다. 찔레순과 싱아는 긴긴 봄날 동안 먹을 게 없어 배고파하던 아이들의 간식거리였다. 말 안 듣는 6학년 남자아이들은 가끔 먹을 것에 눈이 멀어 선생님 몰래 산에 올라가 입술이 시퍼렇게 되도록 찔레순과 싱아를 꺾어 먹고 내려오곤 했다. 때마침 그날은 직원회의가 있던 월요일이라, 한 무리의 개구쟁이들이 선생님 눈치 살필 필요도 없이 활개치면서 산에 올라갔다지 뭔가.

그리고 그중 한 아이가 찔레순을 꺾다가 폭탄을 발견했다. 호기심이 발동한 개구쟁이들은 폭탄 속에 무엇이 들어 있는지 궁금해 열어 보기로 했다. 그렇게 다 함께 빙 둘러앉아 폭탄을 돌로 내려친 것이 그만 비극을 불러오고 만 것이었다.

전쟁의 빗발치는 총탄 앞에서 용케 살아남은 아이들이

어이없게 학교 옆 산에서 변을 당했다. 오죽 배가 고프고 무엇이든 먹고 싶었으면 그랬겠냐며, 그럴 줄 알았으면 쌀밥이나 한 번 실컷 먹여 보낼 걸 통곡하는 부모들과 함께 마을 전체가 울음바다가 되었다. 그 가운데 선생님이 계셨다. 다른 선생님들은 근처에 가는 것조차 두려워했던 출입 금지 지역에서의 사고 소리에 가장 먼저 달려가셨던 우리 선생님. 남은 폭발의 위험이 있다는 것을 누구보다 잘 알고 있음에도 온몸을 내던져 아이들을 구해냈던 우리 선생님. 다른 반 아이들을 우리 반 아이들처럼 앞장서서 구조하신 우리 선생님. 하지만 선생님은 아이들이 산에 올라가지 못하도록 제대로 감시하지 못한 자신을 탓하며 눈물을 흘리셨다.

4학년을 마친 우리는 선생님과 이별했다. 선생님이 입대하게 되었기 때문이다. 선생님과는 헤어졌지만, 선생님이 우리에게 남겨주신 꿈과 희망은 떠나지 않았다. 덕분에 우리는 모두 배움을 멈추지 않고 이어나갈 수 있었다. 어리바리한 시골 아이들이 이웃에게 따뜻한 사랑을 베풀줄 아는 어른으로 성장할 수 있었던 건 선생님의 가르침이 마음속에 각인되어 있어서일 것이다.

젊었을 적 만났다 헤어진 남자친구들 이름은 까맣게 잊었다. 학년이 바뀔 때마다 새로 만났던 수많은 선생님의 이름도 몽땅 잊었다. 그러나 내 어머니와 아버지의 이름을 평생 잊을 수 없듯 4학년 2반 우리 담임 선생님의 이름은 평생 잊을 수가 없다. 오랜만에 선생님 이름을 불러 본다.

"이학규 선생님!"

15- 밍크코트

　지하에서 여자의 울음소리가 들렸던 날은 날씨가 갑자기 추워진 겨울이었다.

　"오늘은 일도 안 나가고, 무슨 일이지?"

　심상치 않은 소리에 내려가 본 지하방엔 어딘지 모르게 어두운 그림자가 드리워져 있었다. 돌아앉은 아주머닌 연신 눈물만 찍어 내고, 아저씬 굳은 표정으로 한숨을 푹푹 내 쉬고 있었다.

"무슨 일 있어요?"

혹시 부부 싸움이라도 했나 싶어 중재를 하려고 참견을 했다.

"사모님, 큰일 났습다. 우리 아주마이가 저 모양 저 꼴이 되지 않았습까."

아주머니의 모습을 본 순간 난 깜짝 놀랐다. 입이 돌아가고 오른쪽 몸 전체가 마비되어 꼼짝도 못하고 있었기 때문이다. 아름다웠던 얼굴 전체가 일그러져 있었다.

"아침만 해도 멀쩡했잖아요?"

"맞습다, 그런데 오늘 식당에서 설거지 도중 갑자기 쓰러졌다지 뭡네까?"

한국에 아는 사람도 없고, 병원에 가 본적도 없는 부부는 허둥지둥 어찌할 바를 모르고 있었다. 다급한 상황이라 모른 척 할 수가 없었다.

"서둘러요. 가까운 병원에 내가 아는 의사가 있어요. 그리로 가요."

아주머니를 둘이서 부축하고 병원으로 갔다. 검사결과 뇌졸중으로 밝혀졌다. 뇌졸중은 매우 응급을 요하는 질환인데, 서두른 덕분에 위험한 고비는 넘겼다. 앞으로 언어구사가 어눌하고 걷기도 힘들겠지만 꾸준한 운동과 적절한 영양섭취가 중요하다고 했다. 낯선 타국에서 그 누구보다 열심히 살던 부부에게 이런 어려운 일이 닥칠 줄 알았을까.

우리 집 반지하엔 중국 길림성이 고향인 조선족 부부가
세 들어 살고 있다. 사투리를 빼면 여느 한국 부부나 다를
바 없다. 대학생인 아들 한 명을 고향에 두고 오로지 돈을
벌기 위해 한국으로 나왔단다. 남자는 공사장에 나가 일을
하고, 여자는 식당에서 일을 한다. 둘이 상당한 액수의 돈
을 벌면서도 생활비는 최소한으로 쓰고 나머진 몽땅 저축
을 하고 산단다. 짠내를 풍기는 왕소금 부부는 한국에서
오 년간 저축한 돈으로 길림성 고향에다 작은 건물을 장만
했다며 은근히 자랑을 하기도 했다. 돈 버는 재미에 푹 빠
진 그들은 몸 부서지는 줄 모르고 공휴일도 없이 일을 한
다. 남자는 키가 작지만 다부지게 생겼고 여자는 늘씬한
키에 외모가 준수해서 모르는 사람이 보면 그녀가 나대신
집주인 같아 보일 정도였다.

선하고 신용이 좋은 부부는 방세 한 번 밀려본 적 없는
모범 세입자다. 가끔 뒤꼍에 볼일이 있어 지하방 앞을 지
나다 보면 아주머닌 비스듬히 누워 TV 채널을 돌리고 있
고 아저씬 식사 준비를 하느라 분주하다. 내가 의아한 눈
으로 쳐다보자 중국에선 대부분 남자들이 살림을 한다며
돼지고기를 넣은 미역국을 끓이기도 하고 기름을 듬뿍 넣
고 청경채 볶음을 만들기도 한다. 중국 특유의 향신료 냄
새를 풍풍 풍기면서 말이다.

하루는 더운 김이 자욱한 부엌에서 아저씨가 무언가를
열심히 만들고 있었다.

"뭘 만드세요?"

궁금해서 고개를 들이 밀고 물었다.

"고향에서 해 먹던 만두 만들고 있음네다."

밀가루 반죽을 뚝뚝 떼어 만두를 빚는 손이 얼마나 재빠른지 놀라웠다.

"아저씨, 중국에서 만두 장사 하다 오셨어요?"

"아임네다. 만두를 자주 해 먹다보니 손이 빠름네다."

잠깐 이야기하는 동안 아저씬 찜통에서 김이 모락모락 나는 만두 한 접시를 꺼내 맛보라며 내게 내밀었다. 방금 쪄낸 만두피에서 반질반질 윤기가 흘러 먹음직스러웠다. 내가 후후 불며 달게 먹자 아저씨가 수줍은 목소리로 말했다.

"사모님 같은 분들은 우리 같은 사람이 만든 음식 안 먹는 줄 알았슴다. 맛나게 드시는 걸 보니 기분이 좋고 기쁨네다."

만두 맛은 정말 일품이었다.

그렇게 서로를 위하며 성실한 하루하루를 살고 있던 부부가 하루아침에 건강을 잃고 실의에 빠지고 말았다. 난 은근히 걱정이 되었다. 지하방을 가끔 들여다보면, 이부자리가 몇날 며칠 그대로 깔려 있기 일쑤고 쓰레기가 방 구석구석 쌓여 있었다. 창문을 전혀 열지 않고 살아서 고약한 냄새까지 났다. 위생관념 없는 아저씨가 병든 아내를 잘 보살필 수 있을까 의문이었다. 그런데 놀라운 일이 벌

어졌다. 아저씨가 확 바뀌었기 때문이다. 병원에서 돌아오
자마자 방문을 활짝 열고 대청소부터 시작했다. 집안 구석
구석을 쓸고 닦고 창문 먼지까지 털어냈다. 아내를 위해
침대를 사들이고 휠체어를 장만했다. 시커먼 이부자린 다
버리고 산뜻한 새 이불을 사다 침대에 깔았다. 아내가 좋
아하는 재스민향이 나는 방향제까지 사다 놨다. 방은 마치
새 집처럼 환해졌다.

아저씬 전문 간병인처럼 아내를 정성껏 보살폈다. 양치
질을 돕고, 목욕을 시키고, 기저귀를 갈아 주었다. 매일 틈
나는 대로 아내와 어깨동무를 하고 걷고, 휠체어에 태워
호수가로 산책을 나갔다. 밤이면 아내가 잠들 때까지 팔
다리를 주물러 근육을 풀어 주었다.

"우리 아주마이가 나 같은 가난뱅이 남편 만나 몹쓸 고
생 많이 했슴다. 중국에서는 길거리에 앉아 옷도 팔고, 밀
차를 끌고 다니며 물장사도 했댔슴다. 이젠 고향에 가서
편하게 살만한데도 그만……."

아저씨는 아내의 고생한 일들을 꼽다 말고 눈물을 흘렸
다. 그리고 아내의 끊임없는 불평과 까다로운 요구에도 싫
은 기색 한 번 없이 "미안해." "사랑해." 하며 열심히 간병
했다. 성경 말씀에 '사랑은 오래 참고, 사랑은 온유하며'
라는 구절이 있다. 그러나 하나님 말씀대로 사는 사람은
그리 많지 않다. 아저씬 교회는 안 다니지만 하나님 말씀
을 몸소 실천하는 보기 드문 사람이었다.

오늘이면 나을까 내일이면 괜찮을까 시간에 기대어 희망을 가졌지만 아주머니의 병은 점점 깊어만 갔다. 내가 사과 몇 알을 사 들고 지하방을 찾았을 땐 아저씨는 잠깐 일을 나가고 아주머니 혼자 누워 있었다.

"아무래도 중국으로 돌아가 침으로 병을 다스려야겠어요."

어눌한 말투로 아주머니는 말했다. 한국으로 돈 벌러 나온다고 했을 때 친구들과 이웃들 모두 부러워했다고, 그런데 병에 걸려 다 죽어가는 몸으로 돌아가려니 자존심이 상한다고.

"악착같이 돈을 벌기만 했지, 한 번도 나를 위해 써 본 적이 없어요. 그게 너무 후회돼요. 밍크코트라도 한 벌 사서 걸치고 가고 싶어요. 병든 내 모습이 너무 초라해 보이지 않게 밍크코트를……."

그래서 나는 그녀를 휠체어에 태우고 백화점의 밍크코트 전문 매장을 한 바퀴 돌았다. 하지만 고기도 먹어 본 사람이 잘 먹고, 돈도 써본 사람이 쓸 줄 안다고 했던가. 아주머니는 코트 가격표를 들여다보며 너무 비싸다는 말만 되풀이 했다. 밍크코트를 만져만 볼 뿐, 선뜻 지갑을 열지 못했다. 보다 못해 모직 코트라도 사 입으라고 권했지만 그것마저도 돈이 아깝다며 고개를 저었다. 돈을 아무리 많이 벌어도 고향의 가족들을 위해 아끼며 살던 버릇은 하룻밤에 쉬 고쳐지지 않나 보다. 그렇게 우리는 빈손으로 집으로 돌아왔다.

"건강한 모습으로 다시 만나요"

그녀가 고향으로 돌아가던 날, 간당간당한 목숨을 부여 안고 휠체어에 의지해 한국을 떠나는 그녀를 끌어안고 작별 인사를 했다. 그리고 그것이 그녀와의 마지막이 되고 말았다. 한국의 병원도, 중국의 침술도, 남편의 지극한 정성조차도 그녀를 살려내지 못했다. 누구 하나 탓할 자 없는 죽음이었다. 다만 허전한 지하방 앞을 지날 때마다 드는 생각이 있다.

'그럴 줄 알았으면 무슨 수를 써서라도 밍크코트를 사입혀 보내는 건데……'

16- 하나님을 왜 믿겠어요

얼마 전 삼성동 코엑스에서 치매예방합창경연대회가 있었다. 나도 잠실 은빛 합창단의 일원으로 참가했다. 경연대회에 참가한 열 두 팀의 합창단은 60세부터 80세 사이의 노인들로 구성된 합창단이었다. 반짝이는 드레스를 단체로 입고 나이를 잊은 채 노래하는 모습이 마치 순수한 어린이들 같았다. 등수와는 상관없는, 노인들 축제의 날이었다.

옛날과 달리 지금은 노인들도 갈 곳 많고 할 일 많고 배울 것 많은 세상이다. 덕분에 노년에 들어서도 바쁜 생활을 하는 분들이 많다. 그러기 위해서는 몸 건강과 더불어 정신 건강이 중요하다. 그 중에서도 자신뿐 아니라 온 가정을 고통스럽게 만드는 치매는 노인들이 가장 주의해야 할 질병이다. 치매는 가족의 도움 없이는 도저히 극복할 수 없으며, 이를 예방하기 위해서는 치매를 바로 알고, 조기에 검진하며 다양한 치매 예방 운동을 하는 것이 중요하다고 한다.

치매에 대해 생각하다 보니 몇 년 전 지하철 안에서 만났던 어떤 할머니가 떠오른다. 그 당시 나는 일주일에 서너 번 지하철을 타고 분당에 있는 YMCA에 가서 어린이들에게 동화를 들려주는 일을 했다. 지금은 어떨지 몰라도 그때는 분당으로 가는 지하철 안이 한산해서 항상 자리에 앉아 편히 갈 수 있었다. 그날도 난 경로석 세 자리를 혼자 차지하고 앉아 오늘 아이들에게 들려 줄 동화를 되새기고 있었다. 그때 70대쯤으로 보이는 노부부가 지하철에 올라타더니 내 옆 자리에 앉았다. 할머니는 나와 눈이 마주치자 살짝 고개를 숙여 인사를 했다. 할머니임에도 불구하고 묵은 냄새 같은 것이 전혀 느껴지지 않았다.

그런데 어딘가 모르게 이상해 보이는 부부였다. 부인은 머리끝부터 발끝까지 반듯한 반면, 남편은 무서운 느낌이 들 정도로 험상궂은 표정에 불안정해 보였다. 입맛을 쩝쩝

다시며 나를 쳐다보는 집요한 시선이 몹시 불편했다.

'나에게 달려들면 어쩌지?'

나는 벽 쪽으로 바싹 붙어 앉으며 경계했다. 할머니가 얼른 눈치를 채고 말문을 열었다.

"우리 남편인데 치매환자예요. 여보, 얼른 '안녕하세요?'라고 인사해야죠."

마치 어린아이를 타이르듯 등을 가볍게 어루만지며 환하게 웃는 할머니의 말에 할아버진 말없이 꾸벅 인사를 했다. 할머니가 말을 이었다.

"17년 전부터 서서히 진행된 치매가 지금은 아주 심각한 수준까지 왔어요."

남편을 치료하기 위해 병원에 입원도 시켜 보고, 치매 치료에 좋다는 온갖 방법을 동원해 봤지만 점점 악화될 뿐 호전되지 않는다고 말하면서도 할머니 입가엔 미소가 걸려 있었다. 내가 관심을 갖고 귀를 기울이자 할머닌 할아버지 손을 꼭 붙잡고 나머지 이야기를 열심히 해주었다.

"집에 있으면 조금만 방심해도 전혀 예상치 못한 사고를 저질러버려서 어쩔 수 없이 밖으로 데리고 다니게 됐어요. 그런데 밖에 나와도 물건을 들고 가는 사람만 보면 눈 깜짝할 사이 달려들어 물건을 빼앗고, 가게 앞을 지날 때면 쏜살같이 들어가 물건을 들고 나오지 뭐예요. 도저히 감당할 수가 없어 고민하던 중 지하철을 한번 타 보니 의외로 좋아하고 말썽도 안 부려 매일 지하철을 타고 다녀요."

16 - 하나님을 왜 믿겠어요

그때 핸드폰이 울렸다.

"응, 여기 모란역이야. 오늘도 아무 일 없이 잘 가고 있어. 걱정하지 마."

전화를 끊고는 나를 보고 방긋 웃었다.

"딸이예요. 회사에서 매일 전화를 해요. 아버지가 치매에 걸리다 보니 온 식구가 걱정이 많아요. 식구들의 사랑이 큰 힘이 되어요."

"그렇겠네요. 그런데 할아버진 전혀 기억을 못해요?"

"겨우 나 하나 알아봐요. 아이들은 몰라보고요."

"지하철을 타면 매일 어디를 가세요?"

"목적지가 없어요. 뭐 그냥 가장 먼 곳을 갔다 와요. 오늘은 천안 쪽으로 가려고 해요."

"참 대단하시네요. 얼굴 한 번 찡그리지 않고 남편을 돌보시다니⋯⋯. 정말 놀랐습니다."

"하나님을 왜 믿겠어요. 다 하나님이 가르쳐주신 사랑 덕분이지요. 하나님을 믿지 않았다면 벌써 무너졌을 거예요."

"힘내세요, 할머니."

나는 뭉클해진 가슴을 안고 지하철을 내렸다. 그리고 그 어떤 은혜로운 설교 말씀보다 더 큰 감동을 준 그 말을 잊지 못하고 있다.

"하나님을 왜 믿겠어요."

17- 양말 속의 편지

'넓은 벌 동쪽 끝으로 실개천이 휘돌아 지나고, 얼룩백이 황소가 헤슬피 금빛 울음을 우는 곳…….'

조용히 눈을 감고 정지용님의 시에 곡을 붙인 노래를 읊조리듯 불러본다. 그러면 나도 모르게 콧날이 시큰해지며 아득한 유년의 이야기가 가득 담겨 있는 고향 마을에 마음이 가서 머문다.

그날은 중학생이 되어 두 번째 하복을 입던 날이었을 것이다. 학교에서 돌아와 보니 어머니는 밭일을 나가고 안 계셨다. 할 수 없이 단벌 교복과 양말을 내 손으로 빨아 널었다. 저녁 무렵 밭에서 돌아오신 어머니가 물으셨다.

"이젠 너도 철이 든 모양이구나, 교복도 제 손으로 빨아 널고. 그런데 양말은 왜 한 짝만 빨아 널었니?"

"두 짝 다 빨아 널었는데요."

"그럼 바람에 날아간 모양이니 어서 나가 찾아봐라."

어머니 말씀이 끝나기가 무섭게 밖으로 나가 장대로 양 귀를 받쳐 놓은 빨래 줄을 보았다. 분명 양말 두 짝을 하얗게 빨아 교복 옆에 가지런히 널어 놨는데 정말 한 짝만 덩그러니 걸려 바람에 흔들거리고 있는 게 아닌가.

"어, 정말 없네. 어디로 갔지?"

난 당장 교복을 빨았던 시냇가로 달려가 둘러보고, 돌아오는 길 풀섶을 뒤지고, 텃밭과 마당 구석구석, 심지어 이웃집 마당까지 넘겨다 보았다. 그러나 양말 한 짝은 그 어디에도 없었다. 혹시나 해서 이번엔 애호박 꽃이 노오랗게 핀 담장 밑을 작대기로 헤쳐가며 찾았지만 조롱조롱 매달린 아기 호박만 보일뿐 사라진 양말은 그곳에도 없었다.

"어디에 있을까?"

정말이지 밤을 새워서라도 꼭 찾아내고 싶은 심정이었다. 끝내 양말을 찾지 못한 나는 사방이 어둑어둑해 져서야 눈물을 그렁그렁 매달고 집으로 돌아왔다.

"정신 차려 빨아 널지, 덤벙대다가 물에 떠내려 보냈구나!"

어머닌 밥 짓던 손길을 멈추고 부엌 문 앞에 서 있는 나를 향해 버럭 소리를 지르셨다. 가난하던 시절, 양말 한 켤레는 그만큼 소중하고 귀했다.

그 뒷날 이른 아침이었다. 아침밥을 지으러 나가셨던 어머니의 흥분된 목소리가 정신없이 자고 있는 나를 깨웠다.

"야, 이 정신 없는 것아. 양말을 장독대에다 널어놓고는 앞마당에서 백날 찾으니 나오냐? 쯧쯧……."

어머닌 방문을 벌컥 열고 아침 이슬에 촉촉이 젖어 있는 양말 한 짝을 내게 휙 던지셨다. 잠결에 방바닥에 떨어진 양말을 집어든 순간 무언가 이상했다. 양말 속에서 바스락 소리가 났기 때문이다. 나는 잠에 취해 눈도 제대로 못 뜨고 양말 속에 손을 넣어 보았다. 종이쪽지가 잡혔다.

"이게 뭐지?"

그때야 벌떡 일어나 종이쪽지를 펴 봤다. 순간 내 가슴에서 쿵 소리가 나며 눈에 매달려 있던 잠 부스러기들까지 놀라 우수수 떨어져 나갔다. 심장이 걷잡을 수 없이 두근거렸다. 양말 속에서 나온 건 꿈에도 생각해 본 적 없는 연애편지지 뭔가. 연애편지는 품행이 단정치 못하고 까불대던 계집애들이나 받는 줄 알았는데, 내가 받다니 마치 불량소녀가 된 느낌이었다. 겁이 더럭 나며 큰일을 저지른 것처럼 얼굴이 화끈거렸다.

"누구 짓일까? 이름도 안 밝히고……."

그 시절 우리 마을엔 중학생은 나 하나였다. 그래서 교복을 입고 학교엘 오고 갈 때면 동네 아이들의 부러움을 샀다. 그들은 내가 지나가기라도 하면 슬금슬금 길을 피했고 나에게 함부로 하지 않았다. 그랬던 아이들인데 누가 편지를 보냈단 말인가. 난 동네 사내아이들을 한 명씩 의심하기 시작했다. 여드름이 그득한 만식이, 코흘리개 창길이, 도장부스럼을 달고 다니던 수길이, 곰보 순식이가 차례로 얼굴을 내밀었다. 그리고는 한마디씩 했다.

　"난 아냐."

　"나도 아냐."

　"내가 감히 어떻게 너한테……. 난 절대 아냐!"

　하나같이 능글맞게 웃으며 고개를 흔들었다. 아무리 생각해도 의심 가는 머슴애가 없었다.

　방바닥에 코만 박으면 순식간에 골아떨어지던 날과 달리, 그날 밤엔 이상하게 가슴이 울렁거려 잠을 이룰 수가 없었다. 그러나 이튿날, 난 어머니보다 일찍 일어나야만 했다. 그 머슴애가 우리 집 장독대에다 편지를 매일 갖다 놓을 테니 들키지 말고 가져다 보라고 했기 때문이다. 우리 집 장독대는 몇 그루의 나무가 울타리를 대신해주고 있어서 누구나 쉽게 드나들 수 있는 곳이었다. 그 장독대에는 간장, 된장, 고추장, 소금을 담아 놓은 올망졸망한 항아리들이 가득해서 어머니가 매일 드나들던 곳이므로 자칫하면 편지가 발각될 수도 있었다. 약속대로 편지는 장독대

에 놓여 있었다. 바람 부는 날엔 돌맹이에 짓눌린 채, 비오는 날엔 비닐 종이에 쌓인 채, 맑은 날엔 나뭇가지에 매달린 채 나를 달착지근한 미열에 시달리게 만들었다.

그러던 어느 날, 대담한 내용의 편지가 배달되었다.

'소에게 풀을 먹이면서도 네 생각,

농사일을 하면서도 네 생각,

하늘을 쳐다봐도 네 생각,

온통 네 생각뿐이다.

오늘은 너를 만나 이야길 하고 싶다.

느티나무 밑에서 만나자.

안 나오면 밤새껏 기다릴 거다.'

만나자는 말에 펄쩍 뛸만도 한데 웬일인지 싫지가 않았다. 그 용감한 아이가 누군지 알고 싶었다. 그러나 느티나무 밑으로 나가기가 부담스러웠던 나는 그 아이의 정체만 엿보기로 했다. 그래서 풀벌레가 요란하게 울며 깊어가는 밤을 알리자 느티나무가 빤히 보이는 고추밭 고랑으로 살금살금 숨어들어 갔다. 그리고 납작 엎드려 그 아이가 나타나기를 기다렸다. 하지만 느티나무 밑엔 사람의 그림자라곤 보이지 않고 수많은 반딧불이만 모여 반짝반짝 까만 밤을 밝히고 있었다. 난 밤이슬에 옷깃만 눅눅해진 채 집으로 돌아왔다.

그 뒤 그 아이가 누군지 알아내려고 문구멍을 뚫어 밖을 엿보거나 검은 보자기를 쓰고 장독대 사이에 숨어 보았다. 그러나 주체할 수 없이 쏟아지는 잠을 이길 수 없어 범인 (?)을 잡는데 실패했다. 편지의 주인공을 찾겠다는 시도는 양말 속에 편지를 넣어 보낼 만큼 기발한 생각을 했던 소년이 내 어리석은 탐정놀음에 걸려들리 만무하다는 걸 깨달은 후에야 막을 내렸다.

　그 후 고등학교에 진학할 때쯤, 나는 그 마을을 떠나 서울로 유학을 갔다. 뒤이어 가족 모두 서울로 이사를 했다. 친척이 남아 있지 않은 고향은 더 이상 갈 일이 없어졌지만, 양말 속 편지의 추억은 지금까지 그곳에 생생하게 남아 가끔 내 가슴에 신선한 바람과 웃음을 몰고 온다. 순수하고 때 묻지 않았던 시절, 내 첫 이성의 대상은 아련한 그리움으로 일생의 언저리에 붙어 다니며 동화 한 편 같은 이야기를 만들어 내고 있다. 세월은 거침없이 흘러 나를 백발의 할머니로 만들어 놓았다. 그러나 추억 속의 단발머리 소녀는 아직도 장독대 앞에서 삼각형으로 곱게 접은 짝사랑의 편지를 주워들고 가슴을 두근거리며 서 있다.

18- 초경 파티

　오랜만에 고향 친구를 만났다. 점심을 먹으려는데 전화
벨이 울렸다. 친구가 수저를 놓고 전화를 받았다.

　"작다고요? 내 눈엔 딱 맞을 것 같아 샀는데 미안해요.
내일 한 사이즈 큰 것으로 바꿔다 줄게요."

　친구는 온화한 미소를 띠며 전화를 끊었다.

　"영감이야?"

　친구가 고개를 흔들었다.

"그럼 누군데 그렇게 정중하고 깍듯해?"

"우리 손녀딸이야. 애가 며칠 전부터 완전 여자가 됐거든. 그래서 당분간 숙녀 대우를 해 주려고."

알쏭달쏭한 대답에 내가 의아해하자 친구는 나직한 목소리로 조근조근 속삭이듯 이야길 했다.

"우리 손녀가 지금 5학년이야. 내가 어릴 때부터 키워서 제 어미보다 나랑 사이가 더 돈독하거든……."

그런 손녀딸이 며칠 전 "할머니, 나 생리 시작했어." 라고 하더라지 뭔가. 당황하거나 부끄러워하지 않고 자연스럽게 말이다. 도리어 할머니가 쑥스러워 얼결에 "축하해." 라고 했는데 적당한 답이었는지 모르겠다며 웃었다. 그날 저녁 온 가족이 선물을 한 가지씩 들고 모여 손녀딸의 초경 파티를 성대하게 치러주었단다. 할아버진 꽃다발, 할머닌 브래지어, 아빠는 케이크, 엄마는 생리대……. 그런데 할머니가 선물한 브래지어가 작다며 손녀가 전화한 것이다. 친구는 손녀의 가슴이 앞으로 더 성장할 것을 염두에 두고 구매한다는 걸 그만 깜빡했다고 했다.

"에그, 망측해라. 세상에 뭐 그런 부끄러운 파티를 다 하니?"

"세상이 바뀌었어. 요즘은 딸이 초경을 시작하면 식구들이 모여 선물을 건네며 축하파티를 해 주는 게 당연한 일이래. 보기 좋던데, 뭐."

"별스러운 파티가 다 있구나. 우리 땐 누가 알까봐 숨기느라 난리였는데 지금은 파티까지 한다니, 세상 많이 변했다."

정말 그랬다. 옛날 우리 소녀 시절엔 월경에 대한 사전교육이 없다 보니 초경이 시작되면 죽을병에 걸린 줄로만 알았다. 정상적인 성장기의 여성이라면 누구에게나 일어나는 생리작용인 줄도 모르고, 속옷에 묻어 나온 피를 보았을 때 가슴이 철렁 내려앉으며 얼마나 공포에 떨었던가. 그나마 학교 문턱이라도 넘어갔다 온 어머니들은 딸에게 생리대를 만들어 건네주며 귀띔이라도 해 주었다. 그러나 시골 문밖을 나가 본 적 없는, 자연인 그대로인 내 어머니 같은 분들은 소녀만큼이나 부끄러움이 많았다. 당신이 월경이 무엇인지 스스로 깨우쳤듯 딸들도 그럴 것이라 믿었다. 난 어머니와 월경에 대해 대화를 나눠 본 적이 없다. 학교에서도 교육을 받지 못했다. 그래서 피를 흘리게 되면 오로지 죽는다는 공포가 어린 가슴에 각인되어 있었다. 그도 그럴 것이, 우리 동네 은지 엄마는 집에서 아기를 낳다가 출혈이 멈추지 않아 죽었다. 수길이 아버진 폐결핵에 걸려 각혈을 하다 돌아가셨다. 그러니 어느 날 몸속에서 흘러나온 피를 보았을 때, 죽음의 사신이 날 데리러 온 것이라고 철석같이 믿을 수밖에. 그런데도 부끄럽다는 이유로 숨기기에 급급했으니 얼마나 딱한 노릇인가.

호주의 작가 콜린 메컬로가 쓴 『가시나무 새』라는 소설이 있다. 소설 속에는 주인공인 매기가 초경을 시작했을 때의 심정이 다음과 같이 묘사된다.

'매기는 열다섯 번째 생일을 맞이하기 직전, 여름의 열기가 머리를 어지럽게 할 만큼 치솟고 있던 어느 날, 자신의 속옷에 묻은 피를 보았다. 하루 이틀이 지나 그것은 사라졌지만 여섯 주일이 지나자 다시 시작되어 그녀의 부끄러움은 공포로 변했다. 그녀는 피가 어디서 나오는지를 전혀 알 수가 없었지만, 밑에서라고 짐작될 뿐이었다. 그 느린 출혈은 사흘 뒤에 역시 사라졌다. 두 달 동안은 보이지 않았는데 어쨌든 빨래는 그녀의 일이었으므로 아무도 눈치를 채지 못했다. 다음번에 그녀는 처음으로 심한 고통을 느꼈다. 그리고 출혈은 훨씬 많았다. 그녀는 피가 스며 나올까 봐 겁이 나서 쌍둥이의 기저귀를 옷 속 안에 넣으려고 했다. 죽음의 사신이 찾아온 것일까. 그녀는 어머니나 아버지에게 가서 그 밑의 추악한 질병 때문에 자기가 서서히 죽어가고 있다는 얘기를 어떻게 꺼낼 수 있을까 심한 번민에 휩싸였다.'

우리가 살아가면서 인생을 배울 수 있는 곳은 학교만이 아니다. 책을 통해 새로운 지식을 얻게 되는 경우도 많다. 소녀 시절, 『가시나무 새』 속의 매기를 진작 만났더라면 여성으로서 성숙해가는 과정의 실마리가 풀려 그토록 불안해하진 않았을 것이다. 그러나 그때는 『가시나무 새』가 써지지도 않았을 뿐 아니라, 출간되었더라도 나 같은 시골 소녀의 손에 닿기에는 책이 한참 부족하던 시절이었다. 안타까운 일이다. 그만큼 소설 속 매기와 그 옛날의 나는 국적만 다를 뿐, 초경에 대한 두려움과 부끄러움은 거의 똑같았다.

옛날엔 생리대를 파는 곳이 없었다. 포목점에서 소창을 끊어다 직접 만들어 사용했다. 그런 준비가 미리 되어있지 않았던 나는 초경을 어떻게 처리를 해야 할지 고민이 되었다. 그때 마침 나이 차이가 많이 나는 큰언니가 아기를 낳고 친정인 우리 집에서 몸조리하고 있었다. 아기 머리맡엔 항상 하얀 기저귀가 차곡차곡 쌓여있었다. 난 그 기저귀에 눈독을 들였다. 언니가 잠깐 자리를 비운 틈을 타 난 드디어 기저귀를 옷 속에 집어넣는 데 성공했다. 그리고 어둑어둑한 저녁이면 몰래 시냇가로 달려가 그걸 빨았다. 그러나 얼룩은 쉽게 빠지지 않았다. 두렵고 겁이 나서 시냇물에 떠내려 보냈다. 그런 짓을 생리혈이 나오는 며칠간 계속했다.

"참 이상하네. 기저귀에 발이 달린 것도 아닐 텐데……. 도대체 어디로 간 거야?"

언니는 온 방을 헤매며 없어진 기저귀를 찾았다. 이불장도 열어 보고 앉은뱅이책상 밑도 뒤져가며 샅샅이 찾았다. 그러나 어린 조카의 기저귀가 부끄럼쟁이 이모의 생리대로 쓰이고 있다는 걸 언니는 알 리가 없었다. 난 끝까지 시치미를 뗐다. 사람의 생각이 투명하게 밖으로 내비치지 않는다는 사실이 그때처럼 고마운 적이 없었다.

그 후 들은 이야기지만, 나처럼 남몰래 음흉한 짓들을 한 친구들이 하나둘이 아니었다. 친구 갑은 수건을 생리대로 사용하고 나서 변소에 버렸다고 했다. 어머니가 일찍 돌아가시고 새언니 밑에서 눈치 보며 살던 친구 을은 사용한 생리대를 모두 감추어두었다가 새언니가 외출한 틈을 타 밥솥에 넣고 푹푹 삶았단다. 그리고 솥을 싹 닦아 놓았더니 아무것도 모르는 새언니가 그 솥에다 밥을 하더라지 뭔가. 비위가 상해 밥을 굶었다는 친구의 말에 얼마나 웃었는지 모른다. 친구 병의 어머니는 "엄마, 나 아무래도 이질병에 걸렸나 봐."라는 딸의 말에 금방 눈치를 채고 소창으로 생리대를 만들어 주셨다고 했다. 그날 저녁 특별식으로 팥밥까지 해 주었단다. 팥밥의 붉은 색은 악귀로부터 우리 몸을 보호해 준다고 믿었기 때문이다. 나름대로 그 시절 비밀로 치른 초경 파티라고나 할까? 친구 정은 생리통으로 가슴에 통증을 느껴 이명래고약을 양쪽 젖꼭지에 붙였단다. 이것을 본 오빠가 "고약은 종기가 났을 때 붙이는 거지, 그런 데 붙이는 게 아니야."라며 주의를 주었다고 한다. 순수하고 순박한 옛날 시골 소녀들의 때문지 않은 별별 사건들을 듣다 보면 저절로 웃음이 나온다.

지금의 소녀들은 자신의 생리를 비밀로 하지 않는 모양이다. 크기와 모양이 다양한 일회용 생리대 중 자신에게 맞는 걸 골라 사용할 줄도 알고, 생리통이 생기면 약을 먹으면 된다는 것도 안다고 한다. 성숙한 여성이 되는 과정을 숨길 필요가 없다는 걸 깨달은 것이다. 맞는 말이다. 모두가 축하하고 축복하는 임신과 출산이다. 그런 임신과 출산을 준비하는 몸의 생리작용은 부끄러운 것도, 비밀로 감춰야 할 것도 아니다. 월경을 부끄럽게 여기거나 비밀로 감추는 일은 옛날이야기가 되어버렸다.

이제 소녀의 비밀은 나이 든 우리의 추억으로만 남아있다. 생각만 해도 웃음이 터져 나오는, 세월 속에 묻어둔 비밀. 초경을 비밀로 공유했던 내 어릴 적 동무들은 지금 모두 어느 하늘 밑, 어느 마을, 어느 집 문턱에서 할미 노릇을 하고 있는지.

19- 당신은 무슨 장사유?

지나가버린 날들은 고생을 했든 호강을 했든 뒤돌아보면 모두 향수를 느끼게 한다. 설날이 되어야만 옷 한 벌 겨우 지어 입던 시절이라든가, 가난을 껴안고 살던 시절, 비참했던 순간마저도 아름다운 옛 이야기가 되고 있다. 그래서 추억은 아름답다고도 했고, 추억은 영원하다고도 노래한 모양이다. 내 마음 속에는 수십 년 넘게 숨어 지내 온 비밀스런 추억 한 토막이 숨을 쉬고 있다. 지금 들추어 보니 그 부끄러운 추억은 어느새 곱게 채색되어 반짝반짝 빛을 발하며 나를 미소짓게 한다. 추억은 아름답다는 말을 증명이라도 하듯 말이다.

수원의 오막살이를 정리하고 대출로 아파트를 분양받아 살 때다.

"엄마, 새 아파트가 이젠 우리 집이야?"

"그럼, 우리 집이지."

"야, 신난다! 우리도 새 아파트에 살게 됐네."

산뜻한 새 아파트의 생활은 어린것들까지도 기쁘게 만들었다. 하지만 그것도 잠시, 월말이 되자 나도 모르게 한숨이 새어 나왔다. 갚아야 할 각종 고지서가 먼저 날아와 손을 벌리고 있었기 때문이다. 주택부금, 관리비, 교육비, 생활비, 할부금…… 어물거리며 자칫 여기 저기 눈을 돌렸다간 가계부에 구멍이 뚫린다. 알뜰 지혜를 발휘해야만 한 달 동안 무사히 살아갈 수 있다.

남편이 봉급을 타다 준 날이 되자 조목조목 필요한 품목들을 메모해 들고 시장으로 내달렸다. 물건 값이 싸다고 소문이 난 재래 시장으로 말이다. 난 시장을 서너 바퀴 돌면서 생필품들을 사 모았다. 조금 남은 돈으로는 김칫거리까지 사서 합쳤다. 짐은 내 힘에 버거울 정도로 많아졌다. 그런데도 두 정거장 버스비가 아까워 그 많은 짐을 어깨에 걸고 두 손에 들고 주택단지 골목길을 뚫고 걸어가게 되었다. 처음엔 무거운 줄도 모르고 힘차게 걸었다. 그런데 얼마큼 가다 보니 짐이 점점 무거워졌다. 11월의 쌀쌀한 바람이 골목길을 휘젓고 다니는데도 내 이마엔 땀방울이 송골송골 맺혀왔다. 양쪽에 짐을 바꾸어 들어 봤지만 무겁긴 마찬가지, 이번엔 다리까지 후들거리고 숨은 턱 밑까지 차올랐다. 아파트가 손에 닿을 듯 서 있었지만 아직도 시외버스 터미널을 지나 횡단보도를 건너 정육점을 끼고 한참은 더 가야만 한다. 더 이상 걸을 수가 없어 난 어느 담 모퉁이에 짐을 내려놓고 철퍼덕 주저앉았다.

그때 내가 쉬고 있는 곳으로 얼굴이 까맣게 그을린 아주머니가 총각무를 팔러 다니다가 내 앞에 멈추어 섰다.

"아이쿠 힘들어, 나도 쉬었다 가야지."

아주머니는 총각무 단을 털썩 내려놓고는 내 옆에 바싹 붙어 앉았다. 그리고 날 아래위로 쓱 훑어보더니 다짜고짜 물었다.

"당신은 무슨 장사유?"

날 행상 아줌마로 착각한 모양이다. 내가 그만 당황되어 대답 대신 얼굴이 시뻘게 지자 재차 말을 이었다.

"물건을 한꺼번에 들고 다니면 팔리지도 않고 힘만 들어요. 어디다 물건을 맡겨놓고 나누어 가지고 다녀야 떨이인 줄 알고 잘 팔려요."

그녀는 혀까지 끌끌 차며 안타까운 시선으로 날 쳐다봤다. "난 장사꾼이 아니에요." 라고 말하려 했지만 말을 가로 챌 기회가 없었다. 아주머닌 사방으로 침을 튀겨 가며 장사 노하우를 열정적으로 가르쳐 주었다. 그렇게 난 졸지에 골목길을 누비는 행상 아줌마로 오해를 받았다.

사람들은 상대방을 볼 때 외모만 보고 그 사람을 판단하는 경우가 많다. 행색이 남루하거나 막일을 하는 듯 보이면 쉽게 무시하고, 삐까뻔쩍 잘 차려 입은 사람에겐 과잉 친절을 베풀기도 한다. 그리고 내가 아닌 엉뚱한 사람으로 취급받기도 한다. 초라한 차림에 짐이 많다는 이유로 날 장사꾼으로 둔갑시키듯 말이다.

"젊은이, 날 따라 다니면서 물건 한 번 팔아 볼라우?"

아주머니 말에 내가 고개를 흔들었다. 그러자 아주머닌 벌떡 일어나 엉덩이에 묻은 먼지를 툭툭 털었다.

"많이 쉬었으니 난 그만 총각무를 팔러 가 봐야겠어요."

그리고는 물건을 머리에 번쩍 이고는 "총각무 사려! 총각무요!" 고래고래 고함을 지르며 골목길로 꼬부라져 사라졌다.

그제야 난 정신을 가다듬고 일어나 내 모습을 내려다보았다. 몇 년 전 유행했던 판탈롱 바지, 고무줄 풀린 남편 양말, 철 지난 블라우스, 여름 슬리퍼……. 짐이라도 이고 일어서면 썩 어울릴 행상 아줌마 모습이 아니던가. 그런데 난 속이 비어서 그랬는지 비실비실 웃음이 터져 나왔다. 전봇대를 붙들고 으하하하 한참을 웃었다. 그래도 약간 부끄러워 이 일을 마음속에 비밀로 담아버렸다.

세상에는 금수저를 물고 태어나 평생 풍족하게 사는 사

람이 있다. 또한 부유한 배우자를 만나 돈 때문에 골머리를 앓아본 적 없는 사람들도 있다. 하지만 그런 사람들을 너무 부러워할 필요는 없다. 그건 나의 삶이 아니잖는가. 금수저를 물고 나온 사람처럼 살고 싶다면 고생을 감수하고 열심히 일을 하며, 아끼고, 안 쓰고, 저축하는 것을 생활화하면 된다. 근검절약 정신으로 열심히 살다 보면 기적을 만들 수 있는 기회가 분명 찾아올 것이다.

내가 젊은 날 가난하게 산 건 사실이지만 초라하다거나 불행하다고 느껴본 적은 없다. 잘사는 사람도 출세한 사람도 부러워하지 않았으니까. 나와 거리가 먼 일을 탐내는 건 욕심이다. 때가 올 때 잡으면 된다. 내가 믿는 하나님은 공평하셔서 한참 젊을 땐 가난을 경험하게 하시고 늙으면 여유로운 생활로 인도해 주실 것이라 믿었다. 무엇보다, 기쁨을 주는 아이들과 든든한 남편을 나의 아름다운 의복과 재산처럼 여기고 살았기에 행상 아줌마 취급에도 껄껄껄 웃지 않았나 싶다.

20 - 홧김에

첫아이 출산을 앞두고 약국엘 갔다. 신생아에게 필요한 상비약을 준비하기 위해서였다. 마침 20분 거리에 기숙사 생활을 함께 했던 친구가 약국을 경영하고 있었다. 내가 약국에 도착해 보니 손님은 없고 잡상인이 친구를 붙들고 실랑이를 벌이고 있었다.

"하나만 팔아 주세요. 양털처럼 부드럽고 따뜻한 담요예요."

"글쎄 안 산다니까요. 손님들이 드나드는 약국이니 미안하지만 다른 곳으로 가 보세요."

친구가 정중하게 거절을 했다. 그래도 상인은 물러나지 않고 붙들고 늘어졌다. 친구가 나를 보자 자리를 피해 내 쪽으로 왔다.

"해산달이 곧 가까워 오지?"

"응, 신생아 상비약 좀 사다 놓으려고."

"소파에 앉아있어, 상비약 빠짐없이 챙겨 줄게."

친구가 조제실로 들어가자 상인은 담요가 들어있는 비닐 가방을 내 옆에 옮겨다 놓았다. 가만히 앉아 있기가 무료해서 나도 모르게 담요를 들여다보았다. 색이 곱고 포근해 보였다. 상인이 갑자기 날 빤히 쳐다봤다. 당황스러워 고개를 돌리려는데 칵 하고 기침을 하더니 염장지르는 말을 내뱉었다.

"아주머닌 인상이 가난하게 생겨서 오천 원 하는 담요, 반으로 깎아 줘도 못 살걸요. 어차피 돈도 없어서 못 살 담요를 왜 그렇게 들여다 보슈?"

상인의 어이없는 발언에 웃어야 할지 울어야 할지 몰랐다. 말문이 막혔다. 가만히 생각해보니 은근히 화가 치밀어 올랐다. 상인이 비아냥거리듯 한마디 더 뱉었다.

"가난한 사람이 제값 주고 이런 고급 담요를 어떻게 사겠어요? 특별히 아주머니께 거저 드리다시피 할 테니 천 원만 내세요."

지독하게 자존심이 상했다. 그런데도 대꾸 한 마디 못하고 새빨개진 얼굴을 두 손으로 감쌌다.

'홧김에 저놈의 담요를 몽땅 사버려?'

정말이지 마음 같아선 보라는 듯 담요를 다 사서 그 남자의 코를 납작하게 만들어 주고 싶었다. 그러나 불쾌함과 우울함이 교차하여 아무 말도 하기 싫었다.

그때 다른 손님이 들어왔다. 50대로 보이는 아주머니가 감기약을 사러 온 것이다. 상인이 그 아주머니를 향해 화살을 돌렸다.

"에그, 아주머니도 인상이 궁하게 생겼네. 엄청 가난이 들었어. 이 좋은 담요, 천 원에 줘도 사지 못할 상이야."

그 말을 들으니 부글부글 끓던 내 마음이 약간 가라앉았다. 가난한 인상을 가진 사람이 나 말고 또 있다는 게 위로가 되었다. 아주머니는 눈을 치켜 뜨더니 상인에게 큰소리 치기 시작했다.

"지금 뭐라고 했어요? 뭐, 가난한 인상이라고? 사람을 어떻게 보고 함부로 지껄이는 거야? 아유 기분 나빠. 천 원이라고 했지? 세 개 싸!"

왠지 모르게 내 속이 시원했다.

"말 한 마디 잘못한 죄로 오늘 장사 망했네."

망했다는 상인이 얼굴에 만족한 미소를 지으며 도망치듯 약국을 빠져 나갔다.

'앞으로 말 좀 가려서 하세요.'

한 마디 하려고 벼르고 있던 말도 못하고 나는 사라지는 상인의 뒷모습을 멍하니 바라보았다.

"세상에 별 이상한 놈들이 다 있다니까."

아주머닌 분이 안 풀리는지 계속 투덜거리며 돌아갔다.

잠시 후 그 아주머니가 달리기 선수처럼 헐레벌떡 약국으로 되돌아왔다. 숨이 턱밑까지 차오른 아주머니는 헉헉대며 말을 했다.

"약사님, 약사님! 그 사기꾼, 어디로 갔어요?"

"사기꾼이라니요?"

"아, 있잖아요, 담요장수! 담요라고 펴 보니 손바닥만 한 담요 조각이 포개져 있고 방석만 한 게 한 개 들어 있더라고요. 그걸 그렇게 홧김에 사는 게 아닌데……!"

아주머닌 얼마나 화가 났던지 침을 사방에 튀기며 펄펄 뛰었다.

"멀리 못 갔을 거야, 그 놈을 꼭 잡아 경찰서에 넘기고 말테야."

아주머닌 얼굴이 시뻘게진 채 약국을 나갔다.

며칠 후 구역예배를 보러 갔다. 예배 볼 집사님 댁에 가 보니 약국에서 보았던 담요가 들어있는 비닐 가방이 한쪽 구석에 처박혀 있었다.

"집사님, 저 담요 사셨어요?"

"홧김에 샀지요, 유 집사님도 당했군요?"

"난 당할 뻔했어요."

나도 그 집사님도 웃었다. 예배 보러 온 구역 식구들도 자초지종을 듣고 모두 따라 웃었다. 그 후 여기저기서 홧김에 담요를 산 사람들의 볼멘소리가 들려왔다. 담요장수는 홧김에 일을 저지르고 나면 후회하게 된다는 교훈을 많은 사람들에게 남긴 뒤 자취를 감췄다.

이 이야기는 50여 년 전 이야기다. 지나간 일은 모두 아름다운 추억이 된다고 하더니, 사기꾼에게 걸려 넘어갈 뻔한 이야기도 빛바랜 사진처럼 아련한 추억이 되었다. 발품 팔아 돌아다니며 천 원, 이 천 원씩 사기치던 담요장수는 지금쯤 어떻게 살고 있을까? 홧김에 담요 사던 시절이 그립다고 하면 그리운 것도 꽤나 없나보다 하고 날 이상하게 여기려나?

21- 미담 속에 살아 계신 나의 아버지

친척만 있었더라도 뻔질나게 드나들었을 고향이다. 아는
사람 하나 없는 고향이다 보니, 꼭 한 번 가야지 벼르기만
한 지 수십 년. 이젠 간절했던 마음을 접을 참이었는데 생
각지도 않게 고향 땅을 밟게 되었다. 철원농촌지도소 연구
원으로 일하는 남편의 제자로부터 한 번 다녀가시라는 연
락이 왔다지 뭔가. 은퇴 후 사진작가로 활동 중인 스승에
게 철원의 비경을 카메라에 담아가셨으면 하는 마음도 전

해 왔다. 철원은 나의 가장 순수하고 예쁜 추억들이 묻혀 있는 고향이다. 수십 년 만에 찾아가려니 마음이 설레고 흥분된다.

아침 일찍 출발하는 남편을 따라나섰다. 남편이야 아내 고향이 뭐 그리 대수일까 싶어 제자와 오붓한 시간을 마련해 주고 나만 홀로 이평리 마을을 찾았다. 옛 오솔길이 사라진 곳엔 넓은 찻길이 생겼고, 눈에 선한 오막살이 대신 예쁜 전원주택들이 자금자금 들어서 있었다. 종종걸음으로 내 집인 양 드나들던 교회를 찾았다. 역시 교회도 변해 있었다. 교회 뒤에 서 있는 느티나무만이 옛 모습을 간직한 채 나처럼 늙어가고 있었다. 나는 옛날 냄새가 그리워 느티나무에 기대섰다. 그리고 버섯전골집으로 바뀐, 내가 살던 집을 바라다보았다. 다알리아, 봉숭아, 백일홍, 분꽃, 과꽃이 활짝 피어있던 우리 집 마당 한가운데, 새색시 같았던 어머니가 웃고 서 계신 것만 같았다. 논일을 끝낸 아버지가 지게를 지고 집으로 들어서는 모습도 보이는 듯했다. 가만히 어머니, 아버지, 하고 불러보니 가슴 가득 그리움이 차올라 왈칵 눈물이 앞을 가린다.

그때 뒤에서 인기척 소리가 났다. 돌아다 보니 낯선 50대 남자였다.

"누구네 집 찾아오셨어요?"

"그냥 들렀어요. 옛날에 나도 이 마을에 살았거든요."

"옛날에? 누구신데요?"

"하도 오래되어서 모르실 거예요. 우리 아버지가 이 교회의 장로님이셨어요. 유봉운 장로님이라고."

"아~, 장로님 따님이군요! 유 장로님 알죠. 우리 마을에서 유 장로님을 모르는 사람은 없을걸요."

남자의 말에 난 깜짝 놀랐다. 아버지를 아직까지 기억하고 있다니. 그것도 모르는 사람이 없을 정도라니 어안이 벙벙했다.

마을에서 아버지와 직접 알고 지내던 분들은 다 세상을 떠났다. 하지만 아버지에 대한 기억은 입과 입을 통해 전해져 지금도 모여 앉기만 하면 아버지 이야기를 한다지 뭔가. 아버지가 이야기 속 주인공이 되어 마을 사람들의 사랑을 받고 있었다니……. 순간 감동이 밀려오며, 미담 속 주인공이 될 수밖에 없었던 아버지의 젊은 날의 활동이 생생하게 떠올랐다.

그해 여름은 유난히 가물었다. 밭 작물이 타들어 가고, 논에 물이 말라갔다. 논배미 한쪽에 고여있는 물속에는 미꾸리란 놈들이 땡볕 아래 살아남기 위해 몸부림을 쳤다. 우리 가족이 이평리 마을로 이사 온 후 처음 맞는 가뭄이었다. 농사꾼들에게 가뭄처럼 속 타는 일이 또 어디 있을까. 아버진 비상대책을 세웠다. 식구들을 총동원해서 물이 남아있는 시냇가의 물을 퍼 나르기로 한 것이다. 아버지와 어머닌 물지게로, 언니는 양동이, 동생과 난 세숫대야로 논에 물을 채워나갔다. 그렇게 온 가족들이 팔을 걷어붙이고 여름 내내 땀을 흘리며 일꾼 노릇을 했다. 벼들은 감질나게 목을 축이며 자란 탓인지 큰 결실을 거두진 못했다. 오로지 우리 식구 먹을 양식을 겨우 건졌을 뿐이다.

남자가 있는 집들은 대부분 그런 방법으로 가뭄을 버텼다. 그러나 하늘만 쳐다보던 홀어머니들은 쌀 한 톨도 얻지 못했다. 빈털터리 신세가 되어버린 홀어머니들의 곡간은 그해 가을 텅텅 비고 말았다. 이것을 가슴 아프게 생각한 아버지가 어머니 몰래 우리 집 쌀을 빼내기 시작했다. 우리 식구가 먹고 살 양식도 간당간당하다는 걸 누구보다 잘 알면서도 말이다. 아버진 평소보다 일찍 새벽기도회에 가신다며 쌀자루를 메고 나갔다. 그리고 혹시 누가 볼 새라 몰래 홀어머니 집 앞에 쌀자루를 던져놓고, 도망치듯 교회로 가셨다.

이 사실을 뒤늦게 알게 된 어머니가 가만있을 리 없었다. 노발대발 난리가 났다.

"동네에 가난이 들었는데, 식구나 다름없는 교인들을 어떻게 나 몰라라 하우?"

아버진 어머니 목소리가 담을 넘지 못하도록 다독이며 화를 잠재웠다. 오른손이 하는 일을 왼손이 모르게 하라는 성경 말씀을 실천하려고 노력하셨던 아버지였다. 도리어 가난한 이웃에게 더 풍성하게 내어주지 못해 미안해하셨다.

어느 해는 비가 많이 내렸다. 장마였다. 비 오는 날이면 농사꾼들은 저녁만 먹으면 잠을 청한다. 온종일 일에 시달린 탓도 있지만, 빗소리는 왠지 모르게 자장가처럼 잠을 쉽게 들게 하는 소리다. 아버지도 초저녁부터 자리에 누웠다. 라디오가 없으니 일기예보도 들을 수 없고 세상 소식이 온통 깜깜하다. 비야 언젠간 오다 말겠지, 안일한 생각으로 마음 푹 놓고 잠이 들었다. 모두가 잠든 칠흑 같은 밤, 비는 천둥번개를 동반한 폭우로 변하여 마을을 뒤흔들었다.

한밤중이었을 것이다. 끊임없이 쏟아지는 세찬 빗소리에 아버지가 잠에서 깨셨다. 그리고 호롱불을 밝혔다. 무언가 심상치 않음을 직감하신 것이다.

"아니, 웬 비가 이렇게 많이 내리지?"

호롱불로 밖을 비춰보시던 아버지가 깜짝 놀라며 당황하셨다.

"여보, 애들 깨워. 곧 물바다가 되겠어! 빨리 피신해야 해!"

우리 마을은 지대가 낮은데다가 마을 옆으로 시냇물이 흐르고 있었다. 그래서 비가 많이 내리면 시냇물이 역류해 순식간에 마을이 물에 잠기고 만다. 아버진 그 이치를 잘 알고 계셨다. 자칫 늑장을 부렸다간 동네가 물바다가 되어 인명피해까지 불러올 수 있는 긴박한 상황이었다. 우리 식구는 무사히 교회로 피신을 했다. 교회는 지대가 높은 곳에 있어서 안전했다.

아버진 서두르셨다. 폭포수처럼 퍼붓는 빗속을 뚫고 이리 뛰고 저리 뛰어다니며 세상 모르고 자고 있는 마을 사람들을 깨우기 시작했다. 우선 젊은이부터 깨워 아버지와 힘을 모았다. 젊은이들은 아버지의 지휘 아래, 마을 사람들을 피신시키기 시작했다. 길마저 삼켜버린 물 위로 업고, 안고, 부축하고, 손을 잡아가며 교회로 인도했다. 오로지 손전등 불빛 하나에 의지한 채. 조금만 방심해도 물에 휩쓸려 떠내려갈 위험이 각 곳에 도사리고 있었기에 신경을 곤두세우고 침착하게 피신시켰다. 교회 안은 마을 사람들로 가득 찼다. 잠자다 뛰쳐나온 사람들은 혼이 나간 듯 하늘만 쳐다보고 있었다. 미처 신발도 신지 못하고 겨우 팬티만 걸친 채 우왕좌왕하는 모습이 마치 수용소에 모인 피난민 같았다. 다행히 실종자나 부상자 한 사람 없이 모두 무사했다.

비는 언제 난동을 부렸냐는 듯 시침을 뚝 떼고 자취를 감췄다. 쨍하고 햇빛이 쏟아져 내렸다. 마을을 맴돌던 물이 서서히 빠져나가며 물속에 잠겨있던 집과 길이 제 모습을 드러냈다. 사람들은 서둘러 집으로 돌아갔다. 식구 같았던 개, 돼지, 닭들이 물에 떠내려가 보이지 않았다. 방문을 열어 보니 집안이 아수라장이었다. 벽은 진흙투성이고 방바닥에는 흙탕물이 흥건했다. 팔을 걷어붙이고 흙탕물을 퍼내고 살림살이를 꺼내 물에 씻었다. 물에 잠겼던 쌀도 정성들여 펴 널었다.

비가 그친 하늘에선 눈부신 햇살이 사정없이 쏟아져 내렸다. 철없는 어린것들은 벌거숭이 몸으로 밖으로 뛰어나왔다. 아이들은 신바람이 났다. 넘실대는 물 구경도 하고, 물고기도 잡고……. 재미있는 놀 거리가 사방에 깔려있었다. 물고기들은 불어난 물살에 길을 잃고 논에, 도랑에, 웅덩이에 갇혀 빠져나가지 못하고 퍼덕였다. 물고기 잡는 일이 쉬운 날이었다. 아이들은 너나없이 물고기를 두 손에 잡아 쥐고 어찌할 바를 몰랐다. 얼굴에서는 웃음이 떠나지를 않았다.

동네 아낙들은 모두 시냇가로 몰려나와 빨래를 하며 물난리 이야기에 열을 올렸다.

"도대체 한밤중에 누가 동네 사람들을 다 깨웠대요?"

"유 장로님이 집집마다 찾아다니며 깨웠대."

"유 장로님 아니었으면 동네 초상치를 뻔했잖아!"

"그러게 말이야."

뒤늦게 아버지가 한 일이 알려지기 시작했다. 그러자 사람들의 감사 인사가 빗발쳤다. 어떤 사람은 직접 집으로 찾아와 감사함에 무릎을 꿇기도 했다. 아버진 위험한 상황이 생기면 누구를 막론하고 앞장서게 된다며 극구 얼굴을 숨겼다. 당연한 일을 했을 뿐이라며 쑥스러워하셨다. 아버지의 목숨을 건 선행은 시골 마을 이곳저곳으로 입소문을 타고 퍼져나갔다. 오십여 가구밖에 되지 않는 작은 마을에서 사람다운 일을 하신 아버진 세상에 살다간 흔적을 그렇게 남겼다.

그때 난 너무 어려서 아버지가 한 일을 대수롭지 않게 여겼었다. 그러나 현장을 목격한 마을 사람들은 아버지에 대한 고마움을 잊지 못하고, 모여 앉기만 하면 아버지를 추억하며 이야기꽃을 피운단다. 잊혀질 만큼 수많은 세월이 흘렀는데도 말이다.

자랑스러운 나의 아버지. 뒤늦게나마 아버지의 자랑을 마냥 늘어놓고 싶다. 우리 아버진 미담 속에 살아 계신다고.

22- 서울로 날아온 촌닭

3월 초순인데도 철원은 여전히 추웠다. 봄이려니 하고 속내복을 벗었더니 목덜미로 한기가 파고든다. 걷고 있는 발밑엔 아직까지 잔설이 남아 있어 미끄럽다. 양복이 있을 리 없는 아버진 허름한 두루마기에 중절모를 쓰고 낡은 고무신을 신으셨다. 그나마 단정하고 깔끔한 교복차림의 나도 어딘가 모르게 촌티가 흐른다. 얼룩덜룩한 보자기에 싼 짐보따리를 주렁주렁 매단 모습이 꼭 행상을 떠나는 것만 같다. 그러나 얼굴엔 환한 빛이 반짝거리고, 입가엔 멈추어지지 않는 웃음꽃들이 방글방글 매달려 있다. 오늘이 바로 서울 구경 한 번 못해 본 내가 서울 고등학교로 전학 가는 날이기 때문이다. 내 책가방 한쪽엔 어머니가 삶아주신 달걀과 누룽지도 따라오고 있다. 드디어 우리를 태우고 갈 버스가 다가왔다. 나의 꿈까지 실은 버스는 꼬불꼬불한 길을 뒤로하고 서울을 향해 달렸다.

서울에 도착하니 정오가 넘어가고 있었다. 수많은 사람과 자동차의 물결에 놀라, 서울로 날아온 촌닭은 위압감에 짓눌려 눈치만 살폈다. 아버지가 호되게 한마디 하신다.

"정신 차려. 여기가 눈뜨고 코 베어 간다는 서울이야."

아버지는 아현동에 있다는 K여고를 찾아 앞장서셨다. 기독교 학교로 유명한 곳이라 꼭 다니고 싶은 학교였다. 그러나 전학증을 받아 든 K여고 직원은 고개를 저었다. 편입생 모집이 이미 끝났다는 것이었다. 불합격 통지를 받은 것만큼 낙심되었다. 보따리를 다시 매달고 S여고를 찾아갔다. 역시 편입생 모집 기간이 지났다며 B여고로 가 보라고 했다. B여고는 비탈에 붙어있는 산동네를 지나 언덕 꼭대기에 있는 학교였다. 아버진 가쁜 숨을 몰아쉬며 한눈에 내려다보이는 서울 시내를 잠깐 감상하셨다.

"학교에 다니려면 몸은 힘들겠지만, 경치는 참 아름답구나."

B여고는 그날이 편입생 모집 마지막 날이라고 했다. 마

　　　　　　　　　　　　　　　　　　　　22- 서울로 날아온 촌닭

음을 졸이다 등록해서인지 하늘을 날 것 같은 기분이었다.

"자, 이젠 언니네 집으로 가자."

고향이 이북인 우리 식구에겐 서울에 친척은커녕 아는 사람조차 없었다. 오로지 단 한 사람, 고모의 배다른 딸인 사촌 언니가 있었다. 공무원인 언니는 창신동에서 자취하고 있었다. 만나 본 적 없는 언니였지만, 고모를 통해 같이 살 수 있도록 허락을 받은 상태였다. 언니의 퇴근 시간에 맞추어 집으로 찾아갔다. 부엌도 없는 단칸방이었다. 그곳에 의식주를 담아 가지고 온 올망졸망한 보따리를 풀었다.

드디어 학교생활이 시작되었다. 교실로 들어가는 내 마음은 기대와 흥분으로 가슴까지 두근거렸다. 담임선생님은 40대 후반의 가정 선생님으로 미혼이며, 다리를 약간 절었다. 쪽진 머리에 인형 같은 얼굴, 단정한 한복차림이 인상적이었다. 선생님이 나를 반 아이들에게 인사시켰다. 수십 개의 눈동자가 일제히 나에게 쏠렸다. 순간 난 깜짝 놀랐다. 맨 가장자리에 앉아있는 친구 때문이었다. 눈을 닦고 보고 또 보아도 그 아이는 문자가 분명했다.

"P여고 다닌다던 문자가 왜 저기에 있지?"

어리둥절한 표정으로 문자에게 다가갔다. 문자도 내게 다가왔다. 우린 누가 먼저랄 것도 없이 서로 알아보고 얼싸안았다.

"뭐야, 너 인천서 학교 다닌다며!"

"나도 전학왔어."

문자를 만나니 지난 일들이 꿈처럼 떠올랐다. 6·25전쟁으로 아수라장이 되었던 나라가 다소 진정될 무렵, 한반도 남단으로 피난왔던 우리 가족은 강원도 철원으로 이사했다. 아버지가 가장 자신 있게 할 수 있는 일이 농사였기 때문이다. 우린 그곳에 꿈이 가득한 보금자리를 만들었다. 그리고 정말 오랜만에 평화가 넘치는 가정 냄새를 맡을 수 있었다. 나는 그동안 잦은 이사로 학교 문턱도 못 가본 상태였다. 그 시절 학교 갈 기회를 놓친 어린이는 뒤늦게 나이에 맞는 학년으로 월반을 하거나 아니면 아예 학교를 포기했다. 10살이었던 나는 3학년으로 월반했다. 우리 반엔 1학년도 안 되어 보이는 아이들과 중학생만큼 큰 아이들이 모여 있었다. 처음 공부라는 걸 하게 된 나는 학업이 뜻대로 잘 안 되어 쉬 울음을 터뜨리며 조바심을 냈다. 그럴 때마다 아버진 "조급해하지 마라. 시간이 지나면 너도 잘 할 수 있어."라며 날 달래주었다. 그 덕분일까? 나는 조금씩 수업을 따라잡기 시작해, 지역 고등학교에 진학한 유일한 여학생이 되었다. 워낙 깊은 농촌이다 보니 우리 마을엔 찾아오는 손님도 없고 외부로 나가는 사람도 없었다. 이곳이 세상의 전부라고 알고 살았다. 유일한 고등학생이었던 나는 이 작은 공동체의 특권층이라도 된 듯한 착각 속에 지냈다. 그러던 어느 여름날, 내 잔잔한 마음을 흔들며 나타난 도시 소녀가 있었다. 우리 교회에 새로 부임한 목사님의 딸, 바로 문자였다. 여름방학을 이용해 놀러 온 그 아

22- 서울로 날아온 촌닭

이는 인천 P여고 1학년으로, 나와 동갑내기였다. 교복을 말쑥하게 차려입은 문자는 하얀 얼굴에 세련된 모습이었다. 문자의 출연으로 시골 마을이 환해진 것 같았다. 소 꼴을 베러 다니던 사내애들도 도시 여학생이 궁금한지 문자 주위를 맴돌며 힐끔힐끔 쳐다보았다.

고등학교 진학으로 한껏 콧대가 높아져 있던 난 문자의 출연으로 열등감이 생겼다. 구질구질한 내 모습을 내려다보니 촌티가 물씬 풍겨 문자 앞에 쉽게 다가갈 수가 없었다. 그러나 도시 소녀에 대한 호기심은 열등감보다 강했다. 결국 친구가 된 나와 문자는 여름 내내 함께 붙어 지냈다. 문자는 내가 알지 못하는 도시의 이모저모를 소개해주었다. 그리고 문학 이야기, 공부 이야기, 앞날의 계획까지 들려주었다. 문자의 새로운 이야기에 푹 빠져 듣고 있노라니 그동안 내가 얼마나 우물 안에 갇혀 살았는지를 깨닫게 되었다. 정신이 번쩍 들었다. '말은 제주도로 보내고 사람은 서울로 보내라.' 라는 속담이 마음에 와서 박혔다. 같은 나라, 같은 나이, 같은 학년, 같은 여학생인데 머무는 장소에 따라 이렇게 사람이 다르다니……

마음속엔 어느새 서울로 향하는 꿈이 뭉게구름처럼 피어오르고 있었다. 아무리 달래보아도 내 마음은 이미 시골을 떠나 서울에 가 있었다. 가난한 형편에 부모님께 부담만 되는 건 아닐까, 하는 생각이 발목을 잡았다. 하지만 시도도 해보지 않고 포기할 수는 없었다. 난 아버지에게 내 마음을 쏟아놓았다.

"서울 가서 공부하는 게 네 소원이라면 그렇게 해라."

놀랍게도 아버지는 쉽게 허락하셨다. 조마조마하던 마음이 다림질한 듯 쫙 펴졌다. 그 옛날엔 돈이 남아도는 집안이라도 여자들을 학교에 보내지 않았다. 그러나 아버진 달랐다.

"유 장로, 딸년 유학까지 보내 공부시켜 봤자 아무 소용없어요. 가르쳐 놓으면 저 잘나서 된 줄 알고 부모까지 무시할 텐데. 사내애라면 몰라도 그까짓 계집애를……."

아버지는 동네 사람들의 비아냥거림에도 아랑곳하지 않았다. 여자도 공부를 해야 꿈을 이룰 수 있고, 행복한 미래가 있다는 확신을 가진 분이셨다. 그렇게 난 철원에서 고등학교 1학년을 마치고 서울로 오게 되었다. 문자와의 만남에서 시작된 긴 여정이었다. 그런데 종착지인 서울 학교에서 다시 문자를 만나게 되다니!

문자 덕분에 서울 학교 생활은 비교적 수월했다. 그러나 나는 시골에서 올라온 전학생이라는 열등감을 쉽게 벗어 낼 수 없었다. '내가 서울에서 나고 자란 아이들보다 잘 할 수 있는 것이 하나라도 있을까?' 하는 걱정이 늘 앞섰다. 우리 학교는 매주 월요일이면 전교생이 모여 예배를 드리고 난 후 수업을 시작했다. 선생님들이 직원 조회를 하는 동안 학생들은 미리 모여 준비 찬송을 한다. 그런데 수백 명이 모여 찬송하는 자리에 반주자가 없었다. 사회자가 말했다.

"피아노 칠 줄 아는 사람 있으면 앞으로 나와 반주 좀 해 주세요."

그러나 나가는 이는 아무도 없었다. 그 순간 나는 겁도 없이 저벅저벅 걸어나가 피아노 앞에 앉았다. 고향 교회에서 뚱땅거리며 혼자 풍금을 배운 난 서울에 오기 전까지 주일마다 반주자로 봉사했었다. 그래서 다른 곡은 몰라도 찬송가 반주만은 자신 있었다. 사실 풍금은 수없이 쳐 봤지만 피아노를 직접 본 건 그날이 처음이었다. 하지만 사회자가 선택하는 찬송을 무리 없이 반주했다. 정식 예배시간의 반주는 음악 선생님이 하셨다. 예배가 끝나자 음악 선생님은 내게 다가와 방과 후에 음악실로 오라는 말씀을 남기셨다.

오후에 문자와 함께 음악실로 향했다. 문자를 문밖에 세워두고 들어가니 선생님이 기다리고 계셨다.

"몇 학년이야?"

"2학년 B반입니다."

선생님은 피아노를 언제부터 배웠는지, 어디서 배웠는지 등을 물으셨다. 그러더니 음악성도 있고, 박자감도 좋은데 손가락이나 자세가 엉망이라며, 체계적으로 피아노 공부를 하지 않겠냐고 하셨다. 음악에 재능이 있으니 잘 다듬어 보자는 제안이었다. 예상도 못한 칭찬에 나는 벌어지는 입을 다물지 못하고 돌아섰다. 그때 음악 선생님의 마지막 말씀이 뒤통수에 와 꽂혔다.

"그런데 피아노 배우려면 천 원을 가져오렴. 피아노 조율을 종종 해야 하니까."

그 시절 나에게 천 원은 큰돈이었다. 서울 학교에 전학한 것 자체도 이미 부모님께 큰 부담을 드리고 있었으니, 더 돈을 들여 무언가를 배우는 것은 사치였다. 결국 나는 그다음부터 예배시간에 피아노 반주를 그만두고, 음악 선생님을 피해 다니느라 한참을 애먹었다. 비록 피아노를 정식으로 배우지는 못했지만, 음악 선생님의 말씀은 나에게도 서울 애들보다 잘할 수 있는 게 있다는 자신감을 주었다.

이렇게 서울에서 학교에 다니며 학업에도 열중하고, 좋은 친구도 만나고, 시야도 넓어져 미래를 향한 꿈이 알차게 여물었다. 문자의 등장, 아버지의 허락, 사촌 언니의 단칸방, 선생님의 칭찬……. 무엇 하나라도 빠졌다면 꿈꿀 수 없었던 꿈이었다. 하지만 누가 뭐래도, 당돌하게 서울로 유학 가겠노라 결심한 내 마음이 가장 큰 역할을 했다고 믿는다. 벌써 60여 년이 흐른 옛날이야기지만, 누가 내일생 중 가장 잘한 일을 한 가지 꼽으라면 나는 망설임 없이 서울로 전학한 일을 꼽을 것이다. 그래서 난 가끔 스스로를 칭찬한다.

"그때 너 참 잘했어. 서울로 날아온 촌닭아!"

23 - 선물로 받은 톱

공연이 끝난 뒤 피곤한 몸을 이끌고 집으로 돌아오는 길이었다. 청담동을 지날 때쯤 버스가 신호등에 걸려 잠시 멈추었다. 무심히 창밖을 내다보다가 가로수에 매단 현수막에 눈길이 꽂혔다.

「심령대부흥회. 강사: Y○○ 목사님」

나는 용수철에 튕기듯 자리에서 벌떡 일어나 악기 가방을 챙겨 다음 정거장에서 내렸다. 그리고 부흥회 장소인 교회를 찾아갔다. 교회는 상가 3층에 있었는데 개척교회인 것 같았다. 문을 살짝 열고 들어가 맨 뒷자리에 앉았다. 얼굴 가득 함박 웃음꽃을 피워내며 설교하는 목사님이 눈에 들어왔다. 준수한 용모에 허스키한 목소리, 그는 Y가 분명했다. 갑자기 가슴이 두근대며 긴장이 되었다. 예배는 많이 진행되어 잠시 후에 끝났다. 교인들이 모두 돌아간 뒤, 나는 목사님 앞으로 다가갔다.

"목사님, 오랜만이에요. 내가 누군지 아시겠어요?"

중년을 훨씬 넘긴 아줌마가 불쑥 나타나 묻자 목사님은 잠깐 멈칫하더니, 내 손을 덥석 잡고는 반가워 어찌할 줄 몰라 했다.

"영자 누님?! 야-, 진짜 맞네. 이게 얼마 만입니까?"

알고 보니 그는 그 시절 우리나라 부흥강사 중에 성령이 충만하고 설교 말씀이 훌륭한 목사로 이미 명성을 얻고 있었다. 긴 이야기는 따로 만나 하기로 하고, 그가 쥐여준 명함을 들여다보며 교회를 나왔다. 갑자기 아련한 추억 속에 잠들어 있던 대학 시절 기억들이 와글와글 깨어나며 날 그 시절로 끌어당겼다.

서대문에 가면 북아현동으로 넘어가는 오르막길이 있다. 그 오르막길 중간쯤엔 명덕학사가, 10여 분 더 위로 올라가면 인우학사가 있다. 이 두 곳은 미국인 선교사들이 일본식 건물을 개조하여, 지방에서 목회하는 목사님들의 자녀들이 서울에서 공부할 수 있도록 만든 기숙사다. 명덕학사는 여학생들만, 인우학사는 남학생들만 들어갈 수 있는 자매 기숙사로, 기숙사비가 엄청 싸서 목사님을 부모로 둔 가난한 고등학생이나 대학생에게 큰 힘이 되어 주었던 곳이다. 당시 나는 서울의 대학에 입학해놓고도 숙식을 해결할만한 곳이 없어 막막한 상황이었다. 그래서 명덕학사 사감선생님을 직접 찾아 뵙고 내 딱한 사정을 아뢰었다. 사감선생님은 목사의 자녀가 아닌 나를 60명만 들어갈 수 있는 명덕학사의 식구로 받아주셨다. 기숙사 생활을 하다 보니 부모님이 목사가 아닌 친구들이 나 외에 몇 명 더 있었다. 덕분에 난 걱정 없이 공부할 수 있었다.

그 시절 기독교 방송국에서 일주일에 한 번씩 성경퀴즈 대회를 방송했다. 그때 명덕학사와 인우학사 차례가 되어 녹음을 하게 되었다. 나는 명덕학사의 대표선수로 마이크 앞에 섰다. 내 상대 선수는 나보다 2살 어린 고3 남학생 Y였다. 그날 열띤 응원 속에 치러진 대회는 명덕학사의 승리로 끝났다. 이튿날 저녁 7시, 기숙사로 누가 날 면회왔다.

"누구지? 면회 올 사람 없는데……."

나가 보니 뜻밖에도 성경퀴즈에서 내 상대 선수였던 Y가 나를 기다리고 있었다. 나의 인상이 좋아 이야기를 나누고 싶어 찾아왔단다. Y는 묻지도 않은 자기 이야기를 줄줄이 엮어냈다. 자신은 B고등학교 3학년에 재학 중이고, 가족으로는 인천에서 목회하시는 부모님과 남동생 둘이 있으며, 의과대학에 진학할 꿈을 갖고 있고, 시를 읽고 쓰는 걸 사랑하는 문학 소년이란다. 그리고 누이가 없어 쓸쓸했다며 나에게 자신의 누님이 되어 달라고 간청했다. 나는 갑작스러운 Y의 제안에 당황했지만 착실해 보이는 Y가 싫지 않았다.

이렇게 Y와의 인연이 시작되었다. Y는 외출이 허락되는 매주 목요일이면 기숙사 문 앞에서 날 기다렸다. Y가 고등학생이었기 때문에 다방 같은 곳에 들어갈 수는 없었다. 그래서 담장에 기대어, 길을 걸으며, 동네 놀이터 그네에 앉아, 지금은 기억도 나지 않는 수많은 이야길 나눴다. Y는 나보다 어리지만 다정다감하고 친절하며 마음씨가 따뜻한 소년이었다. 만날 때마다 자작시를 들고 와 읽어주기도 하고, 먹을 것을 싸 오기도 하고, 책에 눌러 잘 말린 예쁜 나뭇잎을 선물하기도 했다.

"동생이야, 애인이야?"

기숙사 친구들은 Y와 만나고 돌아온 나를 놀려댔다. 지금은 연하인 남성과의 연애가 별일 아니지만, 그때만 해도 손가락질을 받을 정도로 부끄러운 일이었다. 나에게 Y는 친한 동생 이상도 이하도 아니었다. Y에 대한 나의 솔직한 감정은 어머니의 자애, 누나의 사랑, 동생을 향한 귀여움 같은 것들이 복합된 것들이었다. 이런 마음뿐 아니라 신앙이 깊고 고지식한 내 머리도 Y를 이성으로 대할 가능성을 단단히 가로막고 있었다. 그렇기에 만약 Y가 나와 달리 나에게 이성간의 사랑이라는 감정을 느꼈거나, 그러한 감정을 나에게 내색했다면 그날로 Y와 만나는 걸 그만두었을 것이다. 하지만 그런 일은 일어나지 않았다. 그래서 누가 색안경 너머로 우리 둘을 의심한다 해도 개의치 않고 오랜 세월 변함없는 관계를 유지할 수 있었다.

몇 년 뒤, 나는 졸업과 동시에 기숙사를 나와 취직을 했다. 그리고 취업 중이던 여동생과 같이 흑석동 산동네에 방을 얻어 자취를 시작했다. 어느 토요일, 봄비가 부슬부슬 내리던 늦은 밤이었다. Y가 양손 가득 짐을 들고 우리 자취방을 찾아왔다.

"웬일이니, 이 밤중에?"

"어머니가 오늘 김치를 담그셨는데 누나 생각이 나서 들고 왔어."

"어머니께서 힘들게 만드신 귀한 김치를……. 정말 고마워."

Y가 들고 있는 짐을 받으니 제법 무거웠다. 그 안에는 김치뿐 아니라 각종 밑반찬까지 골고루 들어 있었다. 코끝이 찡해왔다. 가난한 초보 자취생에게 그보다 고마운 마음씀은 없었다.

"누나, 오늘 밤 여기서 자고 가도 돼?"

"무슨 소리야, 통행금지 시간 되기 전에 얼른 가."

"어머니한테도 자고 온다고 말하고 왔어."

"방이 좁아서 불편할 텐데……."

여동생과 함께여서 허락을 했다. 동생과 나, Y가 좁은 방 안에 나란히 누웠다. 창밖엔 여전히 봄비가 내리는지 처마에서 물 떨어지는 소리가 들렸다. 초저녁잠이 많은 나는 졸음이 몰려오는데 Y는 자꾸만 말을 걸었다. 잠자리가 바뀌어서인지 도통 잠을 못 이루는 Y와 밤새 속닥속닥 이야기를 나눴다. 신학대학에 진학한 어른이 되었지만, Y는 인우학사 시절과 다름없이 순수한 소년 같았다. 다음날 아침, 우리 자매는 Y와 함께 삼남매처럼 다정히 둘러앉아 아침밥을 먹었다.

서울에서 직장 생활한 지 1년쯤 지났을까, 난 새로운 일에 도전하기 위해 다니던 직장에 사표를 내고 멀고 먼 지방으로 일자리를 옮기게 되었다. 마지막 인사 자리에서 Y는 들고 온 악기 가방을 내게 건네주며 말했다.

"누나. 이거 내가 배우려고 샀는데, 난 도저히 안 되네. 누나라면 얼마든지 연주해 낼 수 있을 거야. 그곳에 가서 시간 날 때마다 연습해서 멋진 연주가가 되길 바라."

가방을 열어 보니 나무를 자를 때 쓰는 커다란 톱이 첼로 활과 함께 들어 있었다. 톱의 매끈한 날에 활을 켜면 소리가 나는데, 혼자서도 연습만 하면 얼마든지 연주할 수 있는 악기라고 했다. 항상 악기연주를 꿈꿔오던 나에게 톱이라는 흔치 않은 악기는 무엇보다 귀하고 소중한 선물이었다. Y의 세심한 마음에 다시 한번 감동하는 순간이었다.

우리는 자주 편지를 하기로 하고 아쉬운 작별을 했다.

몇 해의 세월이 흐르면서 많은 변화가 찾아 왔다. Y는 입대를 하게 되었고, 나는 결혼도 하고 미국에 가서 살다가 오기도 했다. 그러면서 간당간당하게 이어지던 소식은 어느 날부터 뚝 끊겨, Y의 소식은 어디서도 들려오지 않았다. 그 사이 난 톱 연주를 연습했다. 처음엔 톱 소리가 귀신 소리 같아 으스스했다. 오죽했으면 옆 방에 살던 집사님이 일부러 찾아와 톱 소리가 소름이 끼친다며 밤에는 연습하지 말아달라고 부탁을 다 했을까. 그러나 톱은 연습을 거듭할수록 신비롭고 아름다운 소리로 심금을 울렸다. 찬송가를 연주하면 어찌나 은혜롭던지 눈물이 날 지경이었다. 그렇게 난 톱 연주자가 되었다. 해외에 초청받아 연주회를 갔다 오기도 하고, TV 아침방송에 출연하기도 하며 많은 활동을 하게 되었다. 언젠가는 Y를 꼭 다시 만나 보고 싶다는 마음을 간직하고 있었는데, Y가 목사님이 되어 직접 설교를 하는 모습을 보게 되다니……!

Y에게서 받은 톱이 들어있는 가방을 고쳐 매며 생각했다.

'다음 주일엔 Y의 교회에 가서 우리 딸의 피아노 반주에 맞춰 톱연주를 들려줘야겠다.'

집으로 돌아가는 발걸음이 깃털처럼 가벼웠다.

24- 이층에서 생긴 일

추석 바로 전날이었다. 항상 시끌벅적하던 집이 조용해
졌다. 2층과 반지하에 세 사는 사람들이 모두 서울을 떠나
고향으로 내려갔기 때문이다. 나 역시 30분 거리에 있는
큰 집에 가서 온종일 음식을 만들고 집으로 돌아왔다. 그
런데 텅텅 비어 있어야 할 2층 문간방에 불이 환하게 켜져
있었다. 누가 있나 알아봤더니 얼마 전 새로 이사 온 아가
씨였다. 2층은 원래 충청도가 고향인 교사 부부가 남동생

과 함께 살고 있었다. 그런데 대학교 3학년이었던 동생이 몇 달 전 입대하고 나자 비어있는 방이 아깝다며 잠만 자고 출퇴근하는 아가씨에게 세를 놓겠다고 하여 승낙한 일이 있다. 바로 그 아가씨가 직장 일로 고향에도 못 내려가고 남아 있었다. 난 마음이 짠해서 사과 몇 알을 올려다 주고 내려왔다.

나는 집안 일을 끝낸 뒤 잠옷 바람으로 비스듬히 누워 TV를 보고 있었다. 추석 특집극 재미에 푹 빠져 정신을 뺏기고 있는데 밖에서 경찰차 소리가 요란하게 들려왔다.

"이 밤중에 어디서 사고가 났나?"

궁금한 마음이 들어 잠옷 위에 남편 잠바를 걸치고 발에 걸리는 대로 슬리퍼를 끌고 슬금슬금 밖으로 나갔다. 가을 밤바람이 옷깃을 파고들었다. 초겨울 바람처럼 차디찼다. 사람들이 웅성거리며 우리 집 골목을 향해 모여들고 있었다. 빡빡한 긴장감이 감돌며 사람들 입에서 두런두런 근심스런 말이 퍼지고 있었다. 난 팔짱을 끼고 사람들 틈을 비집고 들어가 그들의 말에 귀를 기울였다.

"글쎄, 저 이층에 강도가 들었대요."

"그게 아니라 아가씨가 성폭행을 당했다던데요."

그러면서 일제히 고개를 뒤로 젖히고 우리 집 2층을 올려다보고 있는 게 아닌가.

"뭐라고? 우리 집 이층에서 강도가 성폭행을?"

가슴이 철렁 내려앉았다. 집 앞엔 어느새 경찰차 두 대와 오토바이 한 대가 멈추어 서서 연신 빨간불을 빙글빙글 돌리고 있었다. 자정이 훨씬 넘은 밤중인데도 불구하고 골목길은 몰려든 사람들로 추석 시장처럼 붐볐다. 경찰이 2층을 향해 고함을 쳤다.

"이층에 있는 범인은 자수하라, 그렇지 않으면 올라가 체포하겠다."

그러나 굳게 닫힌 2층 문은 열리지 않았다. 잠시 무거운 침묵이 흘렀다. 내가 어찌할 바를 몰라 우왕좌왕하고 있는데 경찰이 몰려든 사람들을 향해 말했다.

"집주인 계시면 나오세요. 우리와 함께 이층으로 올라가야겠습니다."

난 남편을 깨우러 갈 틈도 없이 얼떨결에 두 명의 경찰 뒤를 따랐다. 숨죽인 구경꾼들의 눈동자가 일제히 내 뒤를 쫓아왔다. 경찰이 닫힌 문고리를 잡아당겼다. 문이 힘없이 스르륵 열렸다. 가슴이 방망이질하듯 뛰었다.

"꼼짝 마!"

경찰이 몽둥이를 휘두르며 문 안으로 들어갔다. 경찰 뒤에 붙어서서 집 안을 들여다보던 난 두 눈을 의심했다. 부엌 바닥에 앉아서 담배만 뻑뻑 빨고 있는 한 사내, 그는 이 집에 살다가 몇 달 전에 입대한 바로 그 대학생이 아닌가. 평소 예의 바르고 착실한 그는 Y대에서 심리학을 전공하는, 장래가 촉망되는 학생이었다. 그가 범인이라니 도무지 믿을 수가 없었다. 난 경찰을 제치고 그에게 다가가 말을

24 · 이층에서 생긴 일

꺼냈다.

"어머머, 학생이 맞네. 휴가 나온 모양인데 무슨 일이야?"

나의 흥분된 목소리 앞에 그는 범행을 인정하듯 무릎을 꿇었다. 그리고 신부에게 고백하듯 차분하게 자초지종을 이야기했다.

그날이 바로 입대 후 첫 번째 맞이한 휴가 날이었다. 기쁨에 들뜬 그는 친구들과의 술자리에서 소주잔을 기울이며 회포를 푸느라 그만 고향 가는 막차를 놓치고 말았다. 그래서 뒷날 새벽에 떠나는 차표를 사 들고 잠시 눈을 붙이러 서울 집으로 왔는데, 비어있을 줄 알았던 집 문을 처음 보는 젊은 아가씨가 열어 주더라지 뭔가. 방금 세수를 했는지 은은한 향기를 풍기며 자기가 쓰던 방으로 들어가는 아가씨를 보자 밀려오는 흥분을 절제하지 못했던 모양이다. 잔뜩 취한 상태이니 없던 용기까지 생겼다고 한다. 그래서 방문 앞을 가로막고 이런저런 요구를 했다는 거다.

"나랑 맥주 한 잔만 합시다."

"같이 앉아서 얘기나 나누죠."

그러자 겁을 잔뜩 먹은 아가씨는 "한 발자국이라도 들어오면 소리칠 거예요."라고 경고하더니, 곧이어 창문을 드르륵 열고 진짜 소리를 지르려고 하더란다. 그냥 뒀다가는 동네 망신이다 싶은 마음에 군인은 자기도 모르게 방으로 뛰어들어가 그녀의 입을 손으로 막았다고 한다. 그러다가 아가씨의 입술을 터뜨렸고, 그녀는 피를 흘리며 "사람 살려! 강도야!"를 연발하며 층계를 뛰어내려 도망가버렸다는 거다. 이것을 목격한 동네 주민이 경찰에 신고하는 바람에 졸지에 강도에 성폭행범으로 몰리게 되었다며 군인은 고개를 떨구었다.

모든 이야기를 들은 경찰들은 너털웃음을 터뜨렸다.

"이 친구야. 손도 제대로 못 잡아 보고, 그것도 자기 집에서 신고를 당해?"

경찰은 군인의 처지를 이해한다는 듯 퍽 우호적이었다. 나도 한마디 거들었다.

"경찰 아저씨, 이 군인은 평소 착실한 청년이었어요. 한 번만 봐 주세요."

"일단 신고 접수된 사건이니 경찰서에 가서 조사를 받아야 합니다만……."

"죄가 없으니까 곧 풀려날 겁니다."

군인은 경찰의 말대로 경찰서에 간 지 한 시간도 되지 않아 집으로 돌아왔다. 그리고 추석날 밤의 소동은 자기 집에서 억울하게 체포당한 군인 이야기로 한동안 동네에서 화제가 되었다. 모두 군인이 누명을 벗고 무사히 집으로 돌아왔다는 해피엔딩에 만족해 했다.

추석이 지난 며칠 뒤, 친구네 집으로 도망가 지내던 아가씨가 2층에서 방을 뺀다며 인사를 하러 왔다.

"많이 놀랐죠? 원래는 착한 청년인데 그놈의 술 때문

에……. 경찰을 부르지 않았더라도 나쁜 짓 하지 않았을 거예요. 아가씨가 이해해요."

내 말에 힘없이 고개를 끄덕이는 아가씨의 얼굴은 그새 반쪽이 되어 있었다. 입술 옆에는 그날 밤 생긴 듯 한 상처가 선명하게 남아 있었다. 며칠간 제대로 먹지도 자지도 못한 듯한 얼굴엔 아직도 그날 밤의 공포가 드리워져 있었다. 군인이 지은 죄 없이 억울하게 신고당했다는 지금까지의 생각이 흔들렸다. 생전 처음 보는 취한 남자가 둘밖에 없는 공간에서 방문 앞을 막아선 채 술을 마시자며 조르는데 겁을 먹지 않을 여자는 없을 것이다. 게다가 군인은 힘으로 여자의 입을 틀어막는 폭력도 휘둘렀다. 아가씨는 저항하지 않고 술 취한 남자의 위협을 얌전히 당하고만 있어야 했을까? 아가씨가 적극적으로 저항하지 않았다면, 정말 아무 일도 벌어지지 않았을까? 착한 사람도 죄를 짓는다. 술을 마신 것이 그 죄를 용서해 줄 이유가 될 수는 없다.

"원래는 착한 청년인데 술 때문에……."라는 내 말에 한 번 더 상처받은 듯한 아가씨의 얼굴을 바라보고 있노라니 우리 세 딸이 떠올랐다. 내 딸들도 세상을 살다 보면 이런저런 남자들을 겪게 될 것이다. 남들에게는 웃고 넘어갈 일처럼 보일지라도 본인은 신변에 위협을 느낄 정도로 두려운 일을 당하게 될지도 모른다. 그때 주변에서 "큰일도 아닌데 유난 떨지 말라.", "술 때문에 실수했으니 이해하라."고 한다면 어떤 기분일까? 세상의 위협에서 가장 먼저 보호막이 되어 주어야 할 경찰조차 "별것 아닌 일로 신고 당했다."며 남성을 우선으로 편들어주면 앞으로 무엇을 의지해 살아가라고 가르쳐야 할까? 남들과 문제가 생기면 서로 웃고 이해하며 넘어가는 것이 가장 사람답게 사는 방법이라고 생각해 왔다. 하지만 떠나가는 아가씨의 뒷모습을 바라보며, 때로는 엄격하게 잘잘못을 따지고 오롯이 피해 입은 사람 편에 서 주는 것이 진짜 사람다운 세상을 만드는 방법이라는 생각을 지울 수 없었다.

25- 아, 살았다!

　흑석동에 사는 딸네 집에 가려고 지하철을 탔다. 잠실종합운동장에서 9호선으로 갈아타야 하는데 딴생각을 하다 그만 지나치고 말았다. 몇 정거장 더 가서 사당역에서 환승하기로 했다. 한낮의 전철 안은 한가롭다. 빈자리를 찾아 몸을 의자에 맡겼다. 스르르 눈이 감긴다. 그때 꽝! 하는 굉음이 났다. 나는 겁에 질려 사방을 살폈다. 전철은 아무 일도 없다는 듯 덜커덩거리며 계속 달렸다. 서너 역을 더 지났을까? 또다시 꽝! 소리가 나더니 이번엔 형광등마저 픽하고 꺼졌다. 사방이 깜깜해졌다. 금방이라도 무슨 일이 벌어질 것 같아 긴장되었다. 충돌? 화재? 테러? 불길한 생각이 꼬리를 문다. 안내방송도 없이 전철은 정거장도 아닌 곳에 멈추어 섰다. 꼼짝없이 전철 안 어둠 속에 갇히고 말았다.

'불이라도 나면 큰일인데……'

공포감에 마음이 철렁 내려앉았다.

오늘은 오랜만에 손자들을 만나러 가는 길이었다. 남편은 나보다 먼저 집을 나가며 잘 다녀오라는 인사를 했고 난 집안 정리를 한 후 밖으로 나왔다. 불과 1시간 전이 남편과의 마지막 이별의 순간은 아닐는지……. 불길한 예감이 마음을 파고든다. 탑승한 동승자들은 핸드폰 불빛을 비추며 빠져나갈 틈을 찾아 우왕좌왕 난리들이다. 어떤 사람들은 어딘가에 전화를 걸고 있다. 그 틈에 끼어 난 눈치만 살필 뿐이다. 모두 탈출한다 해도 늙고 굼뜬 나는 꼴찌로 매달리게 되겠지. 더듬더듬 어둠 속에서 손잡이를 찾아 꽉 움켜쥐었다. 그리고 내가 믿는 하나님을 찾았다.

'한 생명을 천하보다 귀하게 여기시는 하나님, 내 손을 꼭 붙들어 위험에서 구해주소서.'

마음이 한결 편안해졌다.

죽어서 벌어질 일들이 영화장면처럼 그려졌다. 구급차와 소방차가 달려오고 있다. 구경꾼들이 웅성거리며 지하철

역으로 모여든다. 피투성이가 되었거나 불에 탄 검은 시체가 흰 천에 쌓여 운반되고 있는 아수라장을 향해 가족들이 휘청거리며 달려오고 있다. 어쩌면 우리 식구는 내가 사고 난 열차에 탄 걸 모를 지도 모른다. 그날따라 엉뚱한 노선을 따라가고 있었으니까.

난 지금 죽어도 원통하거나 억울하지 않다. 옛날 같으면 벌써 죽었어야 할 나이에 10년이란 세월을 더 살고 있다. 백 세 시대라고 한다. 하지만 여기서 더 산들 노인의 건강은 장담 못한다. 건강을 잃고 백 세까지 사는 건 삶이 아니라 고통이다. 그건 죽음보다 더 슬픈 일이다. 누군가는 늙어가는 것은 죽음보다 더 비참하다고 했다. 이렇게나마 스스로를 위로하며 죽음의 두려움을 쫓아본다.

식구들과의 영원한 이별을 생각해 본다. 다행히 세 딸은 오래전에 내 품을 떠나 생활의 기반을 잡고 잘살고 있다. 엄마로서 책임져야 할 임무는 이미 모두 끝났다. 갑자기 작자 미상의 영시 『늙은 어머니』가 생각났다.

늙은 어머니는 안됐지만, 신경 쓰지 마.
아이들은 다 컸고 할 일은 끝났어.
아이들을 키우느라 머리칼이 반백이 된 건 사실이지만
아무도 찾지 않는 곳에 홀로 내버려 줘
……. (중략)

첫 줄부터 마음이 서늘해지는 시다. 할 일을 마친 늙은 어머니를 골방에 떼어놓고 외면하려는 자식들의 노래이다. 그러나 우리 세 딸은 그런 딸들이 아니다. 각자의 가정과 직장 때문에 간혹 부모에게 소홀하기도 하지만, 그래도 괜찮다. 딸들이 즐겁고 행복하게 살면 그만이다. 문제는 남편이다. 내가 죽으면 가장 가슴 아파할 사람……. 50여 년을 함께 살아온 부부의 시간을 쉽게 끊어낼 수 있을까? 남편이 새로운 행복을 찾고 싶다면 그렇게 하라고 하고 싶지만, 너무 늙어서 쉽게 행복이 찾아질지 걱정이다.

"제발 물건들 좀 버리며 삽시다. 이젠 모두 버리고 간편하게 살자고요."

남편의 말대로 버리고 살았더라면 부부싸움 없이 더 행복했을 것이다. 내가 남긴 산더미 같은 짐을 치우느라 식구들은 모두 녹초가 되겠지. 공기 중에 연기로 사라질 내 몸뚱이 하나에 그 많은 물건이 왜 필요했을까. 이제야 반성이 된다. 아무리 핏줄인 딸들이지만 흐트러진 생활을 고스란히 떠넘기며 치우라고 하려니 면목이 없고 부끄럽다. 그나마 다행인 건 누구에게도 금전적으로 빚을 진 게 없다는 것이다. 도리어 남편 몰래 챙겨둔 비상금과 패물이 있다. 세 딸에게 값진 선물로 전해졌으면 좋으련만 죽은 사람이 무슨 수로 내 뜻을 전할 수 있을는지.

지진이 난 것처럼 가끔씩 전해오던 진동과 소리가 멈췄다. 그리고 열차 맨 뒤 칸부터 하나둘 불이 환하게 켜졌다.

그새 어둠에 눈이 익숙해져버렸는지 유난히 눈이 부셨다. 탑승자들이 구조 요청을 하려는 순간 안내방송이 흘러나왔다.

"열차에 일시적 문제가 생겨 잠시 정차하였습니다. 걱정을 끼쳐드려 대단히 죄송합니다. 이제 곧 출발하겠습니다."

주위에 아무도 없었더라면 난 "야, 살았다!" 하고 두 손을 번쩍 들어 만세삼창을 했을지 모른다. 겨우 5분이 지났을 뿐인데 열흘 넘게 마음고생 한 기분이다.

한 치 앞도 내다보지 못하고 사는 게 인생이다. 전염병으로, 교통사고로, 해상사고, 비행기사고, 테러로……, 헤아릴 수 없이 다양한 사건으로 죽어가는 사람들이 많다. 끊이지 않고 계속되는 각종 사고 소식을 접하다 보니 사는 것이 마치 얇은 살얼음판을 딛고 사는 인생 같다. 그래서인지 별일 아닌 사고도 죽음을 떠올리며 떨게 한다. 게다가 사고대처 능력이 미흡한 나라에 살고 있으니, 언제 어디서든 오로지 내 운수가 좋기만을 바라게 된다.

밖으로 나오니 꽃과 나무가 봄의 향연을 펼치고 있다. 더 많이 사랑하고 더 많이 봉사하고 더 많이 도우며 세상을 살아야겠다. 인생이 새롭게 시작되는 것처럼 모든 게 소중한 날이다.

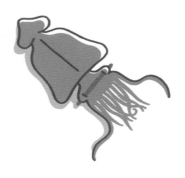

26- 내 인생의 황금기

바닷가의 상록수

'감명 깊게 읽은 책은?'

누가 물으면 난 지금도 상록수라고 대답한다. 상록수는 1935년 심훈이 발표한 소설로, 나에겐 아주 특별한 작품이다. 내 꿈을 펼치는데 큰 몫을 해주었기 때문이다.

유아교육학과를 졸업하고 첫 직장을 잡은 곳은 대학 부

속 유치원이었다. 치열한 경쟁을 물리치고 운 좋게 합격하여 얼떨결에 햇병아리 교사가 되었다. 꼬마들을 가르치는 일은 즐거웠고, 한동안 신들린 듯 정신없이 일을 해 나갔다. 그러나 부족함이라고는 전혀 찾아볼 수 없는 풍족한 유치원 일에 금세 회의를 느꼈다.

"내가 원하던 교사 생활은 이게 아닌데⋯⋯."

산간벽지나 섬마을같이 교육환경이 열악하고 교사가 절실하게 필요한 곳으로 달려가 내 젊음을 쏟고 싶었다. 그러나 대학 부속 유치원이 가져다준 세속적 만족감은 선뜻 사표를 낼 수 없게 나를 가로막고 있었다. 방향을 잃고 방황하던 그때 나에게 용기를 심어 준 것이 바로 소설 상록수였다. 세속의 성공을 포기하고 농촌 아이들의 교육에 목숨까지 내던졌던 소설 속 채영신은 나의 정신적 스승이 되어, 정들었던 꼬마들과 작별을 고하고 사표를 내는데 대부 역할을 해주었다.

식구들과 친구들은 펄쩍 뛰며 말렸다. 그러나 불타오르기 시작한 내 사명감을 꺼트리지는 못했다. 그해 4월, 난짐 보따리와 유치원 교재를 한 아름 싸 짊어지고 교사를 애타게 찾고 있다는 강원도 주문진을 향해 대관령을 넘었다. 지금은 주문진이 관광도시로 발전하여 서울 오가기를 이웃집 드나들 듯하지만, 60년대의 주문진 가는 길은 어찌나 멀고 험하던지 머나먼 타국을 찾아가는 것만 같았다.

주문진에 도착하니 담당자가 나를 기다리고 있었다.

"오시느라 고생 많았지요? 실망하지 않았으면 좋겠어요."

담당자는 짐을 받아들고 앞장을 섰다. 사방에서 생선 비린내와 바다 내음이 풍겨와 낯선 세상에 홀로 떨어진 느낌이었다. 그는 나를 부임 받은 유치원으로 안내했다. 오랫동안 정착한 교사가 없어서인지 썰렁하고 황량하기 그지없는 유치원이었다. 나는 밤을 홀랑 새워가며 유치원 내부를 치우고 꾸몄다. 그리고 뒷날부터 동네 아이들을 찾아나섰다. 울고 떼쓰는 아이, 모래 장난에 정신이 팔린 아이, 엄마 치마폭에 매달린 아이……. 그런 아이들의 엄마를 직접 만나 유치원 교육의 중요성을 설명하고 유치원에 보내달라고 당부하였다. 하지만 미지근한 표정의 엄마들 속마음은 도저히 종잡을 수 없었다.

유치원 수업을 시작하던 날, 나는 놀라 입이 벌어졌다. 혼자서는 감당할 수 없을 정도로 수많은 아이가 몰려왔기 때문이다. 아이들 모습을 보고 또 한 번 놀랐다. 맨발인 아이, 윗도리만 걸친 아이, 팬티만 입은 아이, 동생을 업고 온 아이, 심지어 홀라당 벗고 온 아이도 있는 게 아닌가. 아프리카 난민 아이들만큼이나 남루하고 불쌍한 모습에 눈물이 날 것 같았다. 그러나 호기심 가득한 눈망울만큼은 또랑또랑 빛을 내고 있었다. 난 팔딱거리는 온몸의 세포를 느끼며 아이들에게 아낌없이 열정을 쏟아붓기 시작했다. 오전엔 열심히 수업하고, 오후가 되면 부모님이 집을 비워

갈 곳 없는 아이들을 따로 모아 저녁까지 돌보았다. 머리도 감기고, 손톱도 잘라주고, 목욕도 시키고, 지친 아이는 잠도 재웠다. 몸은 힘들었지만, 마음은 마냥 즐겁고 행복했다. 내가 하고 싶은 일이 바로 이런 것이었으니까.

시간이 흐르자 아이들은 스스로 옷을 챙겨 입고 유치원에 왔다. 가르친 대로 질서를 지키고 수업시간엔 조용히 앉아 내 말에 귀를 기울여 주었다. 동화를 들려주면 두 귀를 쫑긋 세우고 듣다가 입가에 예쁜 웃음을 방긋방긋 피워내며 또 들려달라고 졸랐다. 내 앞에 앉아 있는 많은 아이와 눈 맞춤을 하다 보면 그 순수하고 맑은 모습에 마음이 아려올 지경이었다. 동화작가 안데르센의 말이 매일같이 떠오르는 나날이었다.

"나는 갠지스강도 건너 보았고 알프스 산도 넘어 보았다. 그러나 내가 본 것 중 가장 아름다운 것은 어린이였다."

내가 진실로 아이들을 사랑하며 가르친다는 이야기는 금세 동네에 소문이 났다. 어쩌다 시장이라도 나갔다가 마주친 학부형이 날 강제로 음식점으로 끌고 들어가 극진히 대접하는 일이 잦아졌다. 생선회를 먹어본 경험이 없던 나에게 꿈틀꿈틀 살아 움직이는 회를 한 접시 떠서 주던 학부형도 계셨다. 그분들께는 가장 좋은 음식이었겠지만 놀라 기절할 뻔했던 그 날을 떠올리면 지금도 웃음이 나온다. 그래도 감사했다. 대접을 받아서가 아니라, 내 진심을 알아준 것에 감사하고 고마웠다.

세상에서 가장 순수하고 착했던 바닷가 아이들과의 기억은 내 맘 속에 상록수로 남아, 수십 년이 흐른 지금도 푸르고 아름답다.

오징어 오백 마리

여름방학 동안 할 일이 많아 서울 집에도 못 가고 2학기를 맞이했다. 방학 동안 일을 해 둔 덕분인지 유치원 일은 안정을 찾았고, 1학기와는 달리 시간적 여유도 생겼다. 그러자 그동안 들리지 않던 파도 소리와 뱃고동 소리가 귀에 들어 왔다. 잊고 지내던 식구들과 친구들 생각이 파도를 타고 밀려와 내 가슴을 적셨다.

"좋은 유치원에 취직이 되어 한시름 놓았는데 사표를 내다니, 도대체 왜 그랬어?"

어머니의 실망에 잠긴 목소리가 떠올랐다.

"대가리 좀 컸다고 네 맘대로 해도 되는 게야? 주문진이 어디라고 곧 시집갈 에미나이가 객지생활을 하겠다는 게야? 다시 생각하라우."

아버지의 이북 사투리 섞인 호통이 귓가를 맴돌았다. 부모님 곁을 떠나면 누구든지 철이 든다고 했던가? 한 번도해 보지 않았던 부모님 걱정에 마음이 아파오기 시작했다.

그 시절엔 모두가 가난했지만, 더 가난했던 부모님을 나

몰라라 하고 도망치듯 집을 떠나온 나였다. 딸 셋 중에 나를 제일 많이 의지하셨는데 얼마나 속상하셨을까, 하는 생각에 가슴이 먹먹해지며 자꾸 눈물이 나왔다. 창문 밖으로 펼쳐진 넓은 바다를 바라보며 부모님 생각을 하고 있을 때였다. 바닷가의 길고 긴 빨래줄 위에 수많은 오징어가 널려 몸을 말리고 있는 것이 눈에 들어왔다. 순간 좋은 생각이 떠올랐다. 난 벌떡 일어나 평소 가깝게 지내던 교회 집사님을 찾아갔다. 장사에 능하신 집사님이셨다.

"집사님, 우리 아버지한테 오징어 장사를 하게 하면 어떨까요? 서울은 오징어가 귀하잖아요."

"잘만 하면 괜찮지. 젊은이가 기특하네."

"그럼 저 좀 도와주세요."

집사님은 오징어 도매점으로 나를 데리고 갔다. 오징어가 말 그대로 산처럼 쌓여 있는 곳이었다. 그중에서 마른 오징어와 소금에 절인 오징어를 오백 마리 사 포장을 해서 아버지께 부쳤다. 집사님이 가르쳐 주는 대로 장사하는 방법을 자세히 써서 짐 한쪽에 넣었다. 잘 팔리면 계속 사 보낼 테니 전보를 치라는 말도 덧붙였다. 우리 아버지가 이 오징어를 팔아 부자가 될 걸 생각하니 웃음이 샘솟았다.

목을 빼고 기다리던 아버지의 답장이 도착했다. 기대에 차 편지를 읽던 난 실망할 수밖에 없었다. 오징어를 잘 받았다는 내용과 밥 잘 챙겨 먹으라는 내용, 그리고 겨울방학이 되면 집에 다녀가라는 내용뿐, 오징어를 판 것에 대

26 - 내 인생의 황금기

한 이야긴 한마디도 없는 게 아닌가. 오징어 장사는 어떻게 되었을까 궁금해 견딜 수가 없었다. 얼마나 신경이 쓰였는지 심지어 유치원 아이들에게도 소홀해질 지경이었다.

겨울방학이 시작되자 서둘러 서울 집으로 향했다. 버스에서 내려 집으로 들어가는 골목길에 접어들었다. 이웃 아주머니 몇 명이 반색하며 길을 가로막았다.

"오징어 잘 먹었어. 어찌나 맛있던지!"

"주문진 오징어가 유명하다더니 다 이유가 있더라고."

"아버지 못 만났어? 딸 온다고 정류장에 왔다 갔다 하시던데."

분에 넘치는 인사를 받으며 집으로 들어섰다. 내 발소리에 어머니가 달려나와 가방을 받았다. 길이 엇갈렸던 아버지도 금세 집에 돌아오셨다. 난 인사드리는 것도 잊고 다짜고짜 오징어 이야길 꺼냈다.

"아버지 오징어 다 파셨어요? 얼마나 남았어요?"

내 물음에 아버진 대답 대신 껄껄 웃고 계셨다.

"웃지만 말고 빨리 말씀해 보세요."

옆에서 동생이 볼멘소리로 대답했다.

"언니, 아버진 장사 못 해. 남에게 뭐든지 주고 싶어서 어떻게 장사를 하겠어? 언니가 보내 준 오징어도 목사님 댁을 시작으로 교회 사람들, 동네 사람들 다 나눠 줘 버렸다고. 우리 먹을 것도 안 남았어."

"진짜요? 오백 마리를 본전도 안 남기고 그냥 다 나눠 주셨다고요?"

난 어이가 없었다. 아버진 그때야 한마디 하셨다.

"본전 생각하며 팔다 보면 이웃에 나눠줄 오징어가 안 남잖아. 이렇게 아낌없이 나눠줘 보기도 하고, 딸 덕분에 소원 한 번 풀었다. 허허허."

손해 보며 남에게 베풀어 놓고도 한없이 기뻐하시는 모습을 보면서 나도 어쩔 수 없이 따라 웃었다.

"지금 사는 것에도 충분히 만족하고 있으니까, 앞으로 아버지 부자 되게 해 보겠다고 오징어 사 보내는 거 하지 말라우. 여태 잘 살아왔고, 오징어 장사 안 해도 먹고 살 수 있어. 넌 걱정하지 말고 아이들이나 올바르게 잘 가르치라우."

정곡을 콕 찌르는 말씀에 할 말을 잃었다. 아버지 오징어 장사에 신경 쓰다 아이들 가르치는 것에 소홀했던 건 어떻게 아셨는지……. 이렇게 오징어로 아버지 부자 만들기 작전은 철없는 딸의 헛소동으로 막을 내렸다.

다시 주문진으로 돌아왔을 땐 아이들 교육에만 집중할 수 있었다. 가난을 짊어지고 살았을망정 불평하지 않고 주어진 삶에 감사하며 살아오신 부모님의 가르침 덕분이었다. 바닷가 유치원에서 아이들 가르치는 일이 남들 보기엔 초라하고 궁상맞게 보일지 몰라도, 내게는 가장 가치 있고 보람된 일이라는 걸 다시 한 번 떠올리게 된 것이다. 그리고 이제는 자신 있게 말할 수 있다. 비록 주머니에 넣을 황금은 벌지 못했지만, 그곳에서 보낸 시간이 내 인생의 황금이었다는 걸!

27- 무전여행이 될 줄이야

  강원도 주문진은 우리나라 사람들 뿐 아니라 외국 사람
들도 찾아와 늘 관광객으로 들썩이는 곳이다. 바닷가 주변
으로는 호텔과 펜션이 즐비해서 휴가철이 되면 서울 한 복
판처럼 붐비기도 한다. 그러나 50여 년 전만 해도 주문진
은 바닷가 오지 마을이었다. 그곳에 일자리가 생겨 발령이
나면, 사람들은 어떻게 해서든지 안 가려고 애를 썼다. 그
렇지만 난 기왕 태어난 인생, 한 번 쯤은 오지 마을에서 내

젊음을 펼치고 싶은 꿈을 가지고 있었다. 그래서 대학을 졸업하던 해, 자진하여 주문진을 찾아가 교사 생활을 시작했다. 지금이야 교통의 발달로 자동차, 버스, 기차, 비행기로 주문진을 이웃 집 드나들 듯 하지만, 그 옛날엔 한 번 가려면 계획을 세우고 날짜를 잡을 정도로 멀게 느껴지는 곳이었다. 그래서 내가 주문진에서 지내는 2년 동안 부모님조차 찾아올 엄두를 내지 못했다.

그러던 어느 날이었다. 어린 학생들을 열정적으로 가르치고 귀가시킨 뒤 기진맥진하여 잠깐 쉬고 있는데, 수위 아저씨가 쫓아와 흥분된 목소리로 말했다.

"선생님, 선생님. 밖에 누가 찾아 왔어요!"

처음으로 손님이 찾아오니 아저씨도 반가운 모양이다.

"누굴까? 찾아 올 사람이 없는데……."

궁금한 마음에 벌떡 일어나 밖으로 나가 보았다. 여행복 차림에 큼직한 가방을 메고 서 있는 여자는 내 친구 경아였다. 우린 누가 먼저랄 것도 없이 달려가 서로 얼싸 안고 반가움에 발까지 동동 굴렀다.

"학교는 어떡하고 여기까지 왔어?"

"서울은 지금 연일 데모 때문에 어수선하고 최루탄 냄새로 코가 맹맹해. 대학 전체가 기약도 없는 휴강 상태라, 이때다 싶어 달려 왔지."

경아는 한동안 휴학을 했다가 올 봄에 다시 복학을 한 대학생이라서인지 발랄하고 상큼한 냄새가 났다.

"마침 잘 왔어. 내일은 노는 날에다 일요일까지 끼어 있으니, 우리 가까운 설악산으로 여행이나 떠나자."

숨 돌릴 틈도 없이 그 길로 경아와 함께 설악산 행 버스를 탔다. 직사광선이 내리 쪼이던 한낮의 해가 비켜간 6월의 오후는 날씨마저 쾌적했다. 대체 얼마 만에 이런 즐거운 여행을 하는 건지, 온 몸의 세포들이 기뻐 날뛰는 것 같았다. 왼쪽으로는 깜찍한 농가들이 산과 어우러져 아기자기하게 펼쳐지고, 오른쪽으로는 끝이 보이지 않는 바닷물이 보석을 뿌려 놓은 듯 반짝거렸다. 우리는 즐거운 마음으로 새우깡을 먹으며 쉬지 않고 이야기를 나눴다.

새우깡이 서너 개 쯤 남았을까? 버스는 낙산사에 잠시 정차했다. 소나무 밑으로 펼쳐진 낙산사의 풍경은 예술이었다. 그냥 지나치려고 했는데 낙산사의 아름다움에 반해 무작정 내렸다. 그러나 아름다운 풍경보다 식당 간판이 먼저 눈에 들어 왔다. 갑자기 허기가 몰려온 것이다. 그러고 보니 반갑고 기쁜 나머지 배고픈 줄도 모르고 새우깡 한 봉지로 여기까지 왔다. 금강산도 식후경이라고 하지 않았던가. 식당 안으로 들어갔다.

"이 식당은 바지락 죽이 유명한가 봐. 한 번 먹어 보자."

우린 바지락 죽을 시켰다. 먹어 보니 어찌나 맛있던지 한 그릇을 더 추가해 반씩 나누어 먹었다.

"얼마예요?"

식사를 마치고 계산대 앞에서 지갑을 찾으려던 순간, 등 뒤로 식은땀이 쭉 흘렀다. 지갑을 두고 온 게 생각났기 때문이다. 책상 위에 지갑을 올려놓은 뒤 창문을 잠그고는 그만 깜박하고 그냥 나온 것이다. 급할수록 더디 하라는 말이 있는데, 어리석은 난 급할수록 더 서두르는데다 성격까지 급해 실수를 하고 말았다. 가방과 주머니를 샅샅이 뒤져 찾은 돈으로 겨우 죽 값을 지불했지만, 남은 여정동안에는 할 수 없이 손님으로 온 경아의 돈을 쓸 수밖에 없었다.

"있잖아, 큰일 났어. 지갑을 깜박하고 두고 왔어."

"걱정 마, 내 지갑 두둑해."

지갑을 꺼내려던 경아가 나보다 더 당황하며 펄펄 뛰었다.

"어떡해, 어떡해! 큰 가방 속에 지갑을 넣어 놓고 동전지갑만 들고 나왔네. 어떡하면 좋지?"

경아는 울상이 되어 어쩔 줄 몰라 했다. 우린 말없이 서로를 쳐다보았다. 여기까지 와서 돌아가고 싶지도 않거니와, 돌아갈 차비도 없었다. 즐거움이 우울함으로 바뀌고 말았다. 기분이 저기압으로 뚝 떨어진 우린 일단 설악산행 버스에 다시 올랐다. 경아가 말했다.

"이제부터 우린 무전여행을 시작하는 거야. 하늘이 무너져도 솟아날 구멍이 있다고 했잖아. 희망을 갖자."

낯선 여행길은 순간순간 어떤 일이 벌어질지 모른다. 그러나 둘이 힘을 합친다면 두려울 게 없다. 다만 남에게 아쉬운 소리를 해 본적도, 손 벌려 본적도 없는 우리가 무전여행을 잘 헤쳐 나갈 수 있을지 걱정이 되었다.

한 순간에 알거지 무전여행자의 신세로 전락한 경아와 나는 설악산에 도착하자마자 공짜로 잘 방 구하기에 나섰다. 민박집이 즐비한 곳을 찾아가 기웃대기 시작한 것이다. 집은 많은데 용기가 나지 않아 민박 촌을 다람쥐 쳇바퀴 돌듯 돌기만 했다. 그때 마침 꽃나무에 물을 주고 있는 아주머니가 보였다. 우린 조심스레 아주머니 곁으로 다가갔다. 사정 이야길 해야 되는데 입이 딱 달라붙어 떨어지질 않는다. 도저히 말할 자신이 없는 난 경아를 쿡쿡 찌르며 신호를 보냈다. 설득력 있는 말솜씨를 가지고 있는 경아는 진지하게 아주머니께 사정을 했다.

'여기서 거절당하면 어떡하지?'

마음을 졸이고 있는데 뜻밖에 부드러운 대답이 돌아왔다.

"내 딸 같은 아가씨들이 처지도 딱하고, 들어보니 진실된 것 같아 하룻밤 묵어가게 해 줄게요."

구세주를 만난들 이보다 더 반가울까. 우리는 합창하듯 동시에 "정말이요? 고맙습니다!" 라고 외쳤다.

"6월이지만 여기는 산속이라 밤엔 추워요."

아주머니는 공짜 투숙객인 우리를 따끈따끈하게 데워진 방으로 안내했다. 처마 밑에서라도 자야 될 판국에 따뜻한 방이라니, 감동이 물밀 듯 밀려왔다. 우린 따뜻한 구들장

위에 나란히 누워 창문 밖에서 기웃대는 보름달 빛을 방안 가득 들여놓고 즐겁게 이야기를 나누었다.

"주문진에 사귈만한 남자 없어?"

"있으면 벌써 사귀었지."

한참 연애를 할 나이였지만 바닷가에 묻혀 살던 나는 남자친구 한 명 없었다. 경아가 조심스럽게 입을 떼었다.

"난 졸업 후에 결혼을 약속한 남자가 있어."

갑작스런 경아의 고백에 우리의 대화는 시간 가는 줄 모르고 계속되었다. 경아는 주문진에 오느라 잠시 떨어져 있게 된 남자친구가 몹시 보고 싶고 그립다고 했다. 그리고 결혼하면 잔디가 있는 마당 가득 하얀 마가렛 꽃을 심고, 황금빛 침대에 온종일 커피향이 은은하게 풍기는 신혼방을 만들겠다는 꿈을 털어 놓았다. 나는 경아의 꿈이 다 이루어지기를 기도했다.

뒷날 아침, 기분 좋게 잠에서 깨어 어제 싸갖고 온 도시락을 들고 계곡으로 나갔다. 그리고 바위에 걸터앉아 흐르는 찬물에 밥을 말아 오징어 볶음과 장아찌로 요기를 했다. 관광 철이 아닌 설악산엔 물소리, 새소리, 바람소리만이 주인인 양 소리를 높이고 있었다. 우리도 맘껏 노래를 부르며 산행을 했다. 경아에게는 꿈이 하나 더 생겼다. 나무와 구름이 연출해내는 이 아름다운 절경을 애인과 함께 보는 것이었다. 돌아올 땐 외상 택시를 타고 집에 도착한 뒤 값을 지불 했다. 이보다 즐거울 수 없는 여행이었다.

"무전여행인데도 불구하고 즐거웠어."

"아니, 무전여행이라서 즐거웠지!"

그랬다. 우리의 여행을 가장 환하게 밝혀준 것은, 맛있는 음식이나 아름다운 풍경에 앞서, 무전여행이라는 곤경에 처한 우리에게 따뜻한 손길을 내밀어 준 민박집 아주머니의 고마운 마음이었다. 그 고마움을 꼭 갚아 드리고 싶었는데, 아주머니를 다시 만날 기회는 오지 않았다. 오늘도 나는 내 안의 따뜻한 마음을 곤경에 처한 다른 사람에게 전달해 본다. 조금이나마 빚을 갚는 심정으로.

28 - 돌돌이 이야기

　우리 집에는 개 한 마리가 있다. 흰 털에 귀가 쫑긋한 발바리 암캐다. 개라면 대개 '존'이나 '메리'라고 서양식 이름을 지어 주기에, 4월에 데려온 강아지라 '에이프릴'이라고 이름 붙여 주었다. 그랬더니 아이들이 한국 강아지인데 왜 미국 이름을 지어 주느냐며 '돌돌이'로 바꿔 불렀다. 가끔 아이들 생각이 어른들 보다 훌륭할 때가 있다.

　1년을 넘게 기르다 보니 정이 많이 들었다. "돌돌아!" 하고 부르면 꼬리를 흔들며 눈을 반짝인다. 그 모습이 어찌나 귀엽던지 식구들의 사랑을 독차지 하고 있다. 그런데 그 녀석이 요즈음 사고를 저지르고 동물 병원에 끌려가 감옥살이를 하고 있다.

녀석은 다른 동네 개들처럼 대문 앞 향나무에 묶어 키우고 있다. 아침에 아이들이 학교에 가고 나면 녀석은 두 다리로 팔베개를 하고 엎드려 잠을 잔다. 오후에 아이들이 학교서 돌아오면 그때야 일어나 반갑다고 기어오르며 멍멍 짖고 꼬리를 쉴 새 없이 흔든다. 그래서 우리 집 마당은 아이들과 강아지가 친구처럼 어울려 노는 소리로 시끌벅적하다. 그런 강아지를 초등학교 3학년인 막내가 학교에 가서 자랑을 한 모양이다. 친구가 강아지를 보고 싶다며 가방을 맨채 곧장 우리 집으로 따라 왔으니 말이다. 낯선 친구를 보자 돌돌인 평소보다 과격하게 멍멍 짖고 펄쩍펄쩍 뛰었다. 목줄이 팽팽해지도록 짖는 돌돌이의 모습에 겁에 질린 친구가 뒷걸음을 치자 돌돌이는 더욱 흥분했고, 그 기세에 목줄이 그만 풀어지고 말았다. 흥분한 녀석은 친구에게 달려들었고, 막내가 말릴 틈도 없이 쫓아가 발을 물고 말았다. 내가 깜짝 놀라 뛰어나가 양말을 벗겨 보니 발등에 살짝 이빨 자국이 나있었다.

"너희 집 어디니? 아줌마랑 같이 가자."

소리소리 지르며 우는 아이 손을 잡고 친구 집을 찾아 갔다. 집이 비어있었다. 일단 아이가 울음을 그쳤기에 다시

오기로 하고 집으로 돌아 왔다.

그날 저녁 무렵, 친구 엄마가 찾아와 야단이 났다.

"우리 아이가 광견병이라도 걸리면 일생 책임지세요!"

친구 엄마는 감정을 추스르지 못하고 악을 썼다.

"우리 강아진 광견병 예방 주사도 맞았고 상처도 크지 않으니 별일은 없을 거예요."

난 죄인처럼 굽실 거리며 변명을 했다. 그러나 친구 엄마는 오늘 중으로 개에게 광견병이 없다는 증명을 해 달라며 억지를 썼다. 할 수 없이 그 길로 나와 딸의 친구, 그의 엄마, 우리 집 세 아이까지 6명의 사람이 한 마리의 강아지를 끌고 동물 병원을 찾았다. 수의사는 콩알만 한 강아지 한 마리에 웬 사람이 이렇게 많이 따라왔냐며 껄껄 웃었다. 그리고 겁에 질린 돌돌이를 끌어다 앞에 놓고 진료 카드에 이름을 적으며 설명을 했다.

"광견병에 걸린 개는 사람을 물고 나서 묶어 놓으면 침을 질질 흘립니다. 열흘 동안 관찰하고 조사하면 결과가 나오지요."

해서 녀석은 동물 병원에 감금당하는 신세가 되고 말았던 것이다. 그 후 열흘 간 검사를 받은 돌돌이는 다행히 광견병과는 무관하다는 판결을 받고 풀려났다.

나는 동물 애호가도 아니며 개도 좋아하지 않는다. 개에게 관심이 전혀 없는 내가 돌돌이를 기르게 된 것은 순전히 남편 때문이다. 남편 직장 동료 한분이 아파트에서 기르던 개를 관리가 어렵다며 마당이 있는 우리 집으로 보냈기 때문이다. 별생각 없이 남은 밥이나 주면 되겠지 하고 받아들였는데, 아이 한 명 키우는 것만큼 손이 많이 갔다. 매일 산처럼 싸놓는 똥, 오줌을 치우는 일도 상당하거니와, 엉뚱하게 광견병 검사로 십 만원이나 되는 돈을 쓰게 만드는가 하면, 화단 흙을 전부 파헤치거나 화초를 꺾어 놓고, 신문을 찢어발기고, 우편물이나 세금 고지서를 물어 뜯어 놓는 일을 서슴지 않는다. 개들도 사춘기가 있는지 하루가 멀다 하고 말썽을 부린다. 다섯 식구의 살림도 벅찬 내가 개까지 시중을 들려니 귀찮은 일이 한 두 가지가 아니다. 차라리 녀석이 없어졌으면 하는 생각도 들었다. 그러나 학교가 파하고 집에 돌아오면 개가 좋아서 죽자 사자 하는 아이들을 보며 자의 반 타의 반으로 키우고 있었다.

그런데 마침 돌돌이를 다른 집에 보낼 핑계 거리가 생겼다. 집이 팔려 이사를 가게 되었으니 말이다. 그날 저녁 아이들을 모아놓고 물었다.

"얘들아, 돌돌이를 어떻게 했으면 좋겠니?"

"데리고 같이 이사 가요!"

셋이 합창을 하듯 대답했다.

"너희들이 키울래?"

난 버럭 화를 내고 말았다. 그리고 부동산 사장님께 개를 줘 버릴 거라고 선포해 버렸다. 세 아인 풀이 죽어 입을 쑥 내밀고 방으로 들어갔다.

"사모님, 이사 준비하는데 걸리적거릴 테니 오늘 당장 데려 가겠습니다."

"그렇게 하세요."

그런데 막상 보내려니 연민의 정이 느껴졌다.

'안되겠어요. 우리가 그냥 키워야지.'

그 말이 입 밖으로 나오는 걸 꾹 참았다. 온 가족이 섭섭해서 어쩔 줄 몰라 했다. 아이들은 돌돌이를 제각기 한 번씩 안아주며 작별 인사를 나누고 떠나보냈다. 녀석도 정든 집을 떠나지 않으려고 꽁무니를 뒤로 빼며 질질 끌려갔다. 아이들이 돌아서서 눈물을 흘렸다. 더 이상 개를 키우지 않게 되면 속이 후련할 줄 알았는데 마음이 몹시 불편했다. 개 한 마리가 나갔을 뿐인데도 집안이 스산하고 우울했다.

그 후 삼사일이 지났을까? 학교에서 돌아온 막내가 대문을 박차고 들어오며 소리쳤다.

"엄마, 엄마! 나 돌돌이가 살고 있는 집을 찾아냈어요!"

알고 보니 그 동안 학교 공부가 끝나면 돌돌이를 찾아 동네를 헤맨 모양이다. 그러다가 어느 연립주택 이층 문 앞에 묶여 있는 돌돌이를 찾아 낸 것이다. 시험 때라 학교에서 일찍 돌아온 두 언니들이 단숨에 달려 나오며 외쳤다.

"어디야, 어디?"

그리고는 막내를 앞세우고 내가 말릴 새도 없이 쏜살같

이 뛰어 나갔다. 내가 할 수 있는 건 빵과 물을 챙겨 들고 돌돌이 만나기 위해 전속력으로 달려가는 아이들의 뒷모습을 바라보는 것 뿐이었다.

이사를 한 뒤, 다행히 딸들은 새 집과 새 동네에 적응하느라 금세 돌돌이를 잊었다. 오히려 돌돌이를 종종 떠올리는 건 내쪽이었다.

'새 주인은 잘 해 주려나? 밥은 꼬박꼬박 얻어먹고 있을까? 낯선 사람을 또 문 건 아니겠지? 우편물을 뜯으면 안 되는데……'

고작 발발이 개 한 마리라고 생각했던 돌돌이와의 이별에 이렇게 마음이 무거워질 줄 몰랐다. 애초에 기르지 않았더라면 모를까, 정을 주며 맡아 키우던 살아있는 생명을 무슨 짐짝 처분하듯 남에게 줘 버리다니. 죄책감인지 연민인지 그리움인지 모를 복잡한 기분이 들 때마다 나는 허공에 대고 돌돌이에게 말을 걸었다.

"다음 생에도 우리 가족에게 온다면 영원히 함께하자, 돌돌아."

29 - 부부싸움

'나는 성공했다.' 라고 말하면 모두들 의아한 표정으로 날 쳐다본다. 존재감도 없고 평범하기 그지 없는 사람이 도대체 어떤 성공을 했기에 큰 소리를 치나 싶은 모양이다. 나는 당당하게 내 성공 스토리를 밝힌다. 생판 모르는 사람 둘이 부부로 만나, 아이를 낳고 갈등의 고개를 넘어 인생의 황혼에서 함께 힘차게 만세를 부를 수 있는 건 분명 성공한 인생이다. 그리고 나는 그런 인생을 살았다.

1953년 노벨 문학상을 받은 영국의 총리 윈스턴 처칠도 '내 인생의 가장 큰 성공은 내 아내와 결혼한 것'이라고 밝혔다. '가족은 젊은 남자와 젊은 여자가 사랑에 빠지는 것으로부터 시작되며, 그 이상 좋은 길은 발견되지 않았다.'라는 명언도 남겼다. 다정한 부부 사이야 말로 인생의 진정한 성공이며, 행복한 결혼생활은 성공의 주춧돌이라고도 했다.

　　부부간의 행복을 부르짖으며 남편의 험담을 한다는 건 누워서 침뱉기나 다름 없다. 그러나 살다 보면 남편과 종종 불협화음이 생긴다. 나는 일상의 일들을 대화로 나누길 좋아하지만, 남편은 집에 와서는 도통 말이 없다. 게다가 약간의 언쟁이 생길 듯하면 아예 입을 딱 봉하고 만다. '침묵은 금이다.'라는 말이 지금은 '침묵으로 금이 갈라진다.'로 바뀐 것도 모르고 살고 있다. 침묵을 진짜 금으로 여기고 살다가 부부사이에 금가는 소리를 내게 만든다.

　　그날만 해도 그렇다. 시장을 봐 가지고 돌아오는 길목에서 남편의 동료 교수의 부인을 만났다. 사모님은 날 보자마자 대뜸 축하한다며 부러워했다.

　　"교환교수로 미국에 가게 됐다면서요? 얼마나 좋아요?"

　　알고 있다는 듯 웃어넘겼지만, 나는 어리둥절했다. 금시초문이었기 때문이다. 우리집 일을 제삼자로부터 먼저 전해들은 건 이번이 처음이 아니었다. 나는 노골적으로 남편에게 불쾌감을 표현했다.

　　"여보, 아무리 말이 없어도 그렇지요. 그 기쁜 소식을 남한테 듣게 하는 남편이 세상 어디 있습니까?"

"확실하게 결정되면 말하려고 했어요. 그렇다고 얼굴을 붉히며 따지는 아내는 또 어디 있소?"

"부부가 어떻게 확실한 이야기만 하고 살아요? 어떤 일이든 가장 먼저 알리고, 서로 의논하고 대화하면서 결정해 나가는 게 부부잖아요. 그런데 왜 매번 내가 우리 집 소식을 듣는 가장 마지막 사람이 되는 건데요? 왜요? 왜?"

내가 따지듯 묻자 다툼이 될 것 같다고 판단한 남편은 입을 다물어버렸다. 혼자 흥분하고 화내다가 제풀에 꺾이고 마는 나의 약점을 너무나 잘 알고 있기 때문이다. 하지만 오늘은 내가 처음으로 단단히 벼르고 나섰다. 매번 남편이 침묵으로 일관하는 바람에 다툼다운 다툼도, 대화다운 대화도 시원스럽게 해 본 적이 없었다. 오늘은 꼭 남편의 자물쇠 달린 입을 열게 만들어 속 시원한 대답도 듣고, 버릇도 고쳐볼 셈이다.

"여보, 당신이 얼마나 비겁한지 알아요? 내가 진실하게 이야기하면 대답을 해야지 입만 다문다고 해결이 돼요? 왜 나를 상대할 가치도 없는 하찮은 사람 취급하는 거죠? 대답 좀 들어 봅시다."

그러자 남편은 입을 더 굳게 봉하고 눈길마저 피했다.

"좋아요, 맘대로 하세요. 내 말을 무시하는 당신, 나도 이번엔 그냥 안 넘어가요."

주먹을 불끈 쥐고 벌떡 일어선 내 앞에서, 남편은 바위처럼 꿈쩍 않고 앉아 신문만 뒤적거렸다. 가라앉아 있던 내 불만의 앙금들이 몽땅 뒤집혀 소용돌이쳤다. 몸속의 온갖 촉각들이 낱낱이 곤두서서 반란을 일으키라고 부추기는 느낌이었다. 나는 체면도, 자존심도 모두 내려놓고 언성을 높였다.

"당신이 대학교수면 뭐해요? 빛 좋은 개살구랑 살고 있는 처지인걸. 마누라 생일을 한 번 챙겨 줬나, 결혼기념일을 한 번 지켜봤나, 입덧이 심할 때 사과 꽁댕이 하나를 사다 주길 했나. 살면서 당신 말소리보다 방귀 소릴 더 많이 듣게 만들질 않나. 그래놓고 당신이 남편이에요? 입이 있으면 대답 한번 해 보란 말이에요!"

내가 이렇게 막나가는 데는 그럴만한 이유가 또 있다. 남편이 학생들을 데리고 제주도로 수학여행을 갔을 때였다. 4박 5일이라는 짧지 않은 시간이었다. 그런데 제주도에 비가 내리고 광풍이 몰아쳐 인명피해가 속출한다는 뉴스가 들려왔다. 나는 마음을 졸이며 남편의 안부 전화를 기다렸다. 그러나 마음이 까맣게 타버려 재가 될 때까지 전화벨은 울리지 않았다. 걱정까지 합친 뿔이 커질 대로 커져 성난 황소처럼 씩씩대고 있을 무렵, 남편이 동네 목욕탕이라도 다녀온 듯 아무렇지 않게 집으로 쑥 들어왔다.

"아빠다!"

꼬물꼬물하던 어린 것들이 반가워 매달리는데 귤 한 알 사온 것이 없었다. 철없는 것들이 혹시나 해서 가방까지 뒤졌지만 냄새나는 빨랫감만 쏟아져 나올 뿐이었다. 남편의 변명은 궁색했다. 백화점에 들러 귤 몇 개 사 오려고 했는데 버스가 그냥 지나치더라나. 이럴 때 참는 자는 하나님 밖에 없을 것이다. 반가워야 할 순간에 불발탄이 터져 바가지 깨지는 소리가 옆집 담을 넘고 말았다. '교수님 댁도 부부싸움을 잘만 하더라.' 소문이 퍼져도 어쩔 수 없었다.

이렇게 부부싸움을 할 때면 지나가버린 안 좋은 기억들이 꼭 고개를 내밀고 끼어든다. 그러면 분노는 끝도 없이 치솟는다. 한 지붕 밑에 성격이 달라도 너무 다른 남편과 살고 있자니, 나는 그야말로 미칠 지경이었다. 성질 나쁜 여자는 분을 못 이겨 손톱을 세우고 남편에게 달려들었을지 모른다. 나는 나도 모르게 방으로 들어가 장롱이 무너져라 문을 열어 제꼈다. 그리고 옷가지들을 낚아채듯 꺼내 가방에 쑤셔 넣었다. 구두를 신고 현관문을 꽝! 하고 열 때쯤 남편이 따라 나오며 무거운 입을 열었다.

"어딜 가려고? 저녁이 다 되어 가는데……."

"어차피 당신은 내가 있으나 없으나 상관없잖아요! 내가 아예 사라져 줄 테니 혼자 아이 셋 데리고 잘 살아 보구려!"

"나가서 맘이 편할 것 같으면 쉬다 와요. 그래도 어디 가는지는 알려주고 가야지."

이 상황에도 전혀 감정의 동요가 느껴지지 않는 말투였다. 나는 가슴을 치며 말소리에 날을 박아 남편 귓전에 날렸다.

"내가 이놈의 집구석엘 다신 들어오나 봐라."

죄 없는 대문짝을 축구선수처럼 걸어차고 나오느라 발이 아파 죽겠는데 등 뒤에 대고 남편이 한마디 덧붙였다.

"여보, 돈은 넉넉히 넣었어?"

"차라리 날 질식시켜 죽여라, 죽여!"

나는 현관문을 걷어찬 오른발을 절뚝거리며 버스 정류장으로 나갔다. 그리고 비련의 영화 주인공처럼 보따리를 품에 안고 눈물을 줄줄 흘리며 버스를 기다렸다. 딱히 갈 곳은 없었다. 친정집에 가자니 사위라면 껌뻑 죽는 부모님의 실망이 눈에 선했다. 법 없이도 살 착한 김 서방한테 무슨 짓이냐며 온 식구가 벌떼처럼 달려들어 당장 끌고 올 게 뻔했다. 결국 가장 먼저 도착한 버스에 몸을 실었다. 길동에서 출발한 버스는 종암동을 지나 미아리 고개를 넘더니 마포 종점에 도착했다. 정류장에서 빤히 보이는 아파트에 가장 친한 친구가 살고 있어서 가끔 놀러 오던 곳이었다. 나는 친구네 집에 찾아갈까 말까를 몇 번 망설이다 그만두었다. 어느새 사방에 어둠이 내려앉았다. 어쩔 수 없이 돌아가는 버스를 탔다. 네온사인 빛이 하나 둘 살아나는 거리를 내다보고 있노라니 불꽃처럼 이글거리던 분노가 조금씩 사그라들었다. 시간은 모든 것을 삼키고 마음을 달래는 재주가 있나 보다.

그렇다고 아무 일도 없었던 것처럼 어정어정 집으로 들어가기엔 입장이 난처했다. 나는 무안함을 모면해 볼 셈으로 버스표 모양의 종이 두 장을 구했다. 그리고 집 앞까지 왔다. 대문 틈새로 들여다보니 불이 환히 켜져 있다. 문을 살짝 열어 보았다. 삐거덕 소리를 내며 열렸다. "누구요?"

　　　　　　　　　　　　　　　　　29- 부부싸움

하며 남편이 뛰어나왔다.

"어! 당신이네. 왜 돌아왔어?"

반가워서일까? 아니면 정말 의외라서일까? 남편은 눈을 크게 뜨고 고개를 갸웃거렸다. 누구보다 아는 게 많은 교수가 어째 아내 마음 하나 달래지 못할까. 그쪽 세포가 몽땅 고장이 난 건 아닐까 의심스러웠다.

"시골 가는 버스표가 매진이 되어서 내일 떠나는 표 예매해 왔어요!"

나는 종이 두 장을 남편 코앞에 흔들며 퉁명스럽게 쏘아붙였다.

"그럴 거야. 오늘이 주말이니 오죽 사람이 많겠어. 오늘은 자고 내일 떠나구려."

화는커녕 조금의 힐난도 묻어있지 않은 부드러운 목소리였다.

"뭐 이런 남자가 다 있어?"

중얼거리며 방으로 들어오는 내 곁으로 세 아이가 쪼르르 따라 들어와 물었다.

"엄마, 어디 갔다 왔어?"

마땅히 둘러댈 말이 없어 우물쭈물하고 있으려니 남편이 대신 대답했다.

"엄마, 친구 만나고 왔대."

말 없는 남자한테 홀딱 반해 결혼하고는, 말 없는 남편 때문에 답답하게 살고 있는 내 신세였다. 나는 온종일 기력을 소모해가며 일방적으로 투닥거리느라 기진맥진한채 중얼거렸다.

"이번만 넘어가 준다. 다음엔 정말 나가버릴 거야."

그 후 수십 년이 흘렀다. 몇 번의 위태한 순간들이 이혼이라는 단어까지 끌어들이려 했지만, 다행히 불상사는 일어나지 않았다. 도리어 부부는 눈빛만 봐도 마음을 읽고 행동 하나에 무엇을 원하는지, 말소리 억양으로 어떤 기분인지를 감지할 수 있을 만큼 교감과 소통에 능한 사이가 되었다. 그래서 나는 늘그막에 생애 가장 아름다운 날들을 보내고 있다. 가난하던 시절 미루어두었던 신혼여행이라는 통장을 찾아 쓰고 있기 때문이다. 신혼여행 통장엔 이자까지 듬뿍 붙어, 남편과 나는 세계 각국을 돌아다니며 여행 다니기에 바쁘다. 비록 진짜 신혼여행에서만 느낄 수 있는 가슴 떨리는 사랑과 열정만큼은 아니겠지만, 늘그막에도 이 나라 저 나라로 여행을 떠날 때면 항상 가슴이 설렌다. 하나님은 젊을 때에는 젊기에 감당할 수 있었던 가난과 갈등을 안겨 주시더니, 황혼이 찾아오자 놀라운 축복으로 삶을 복되게 해 주신다. 아무리 부인하려고 생떼를 써도 결국 깨닫게 된다. 하나님은 인간 모두에게 정말로 공평한 삶을 허락하신다는 것을.

30 - 겨울이야기

    눈이 내린다. 안개꽃처럼 작은 싸락눈이 내리는가 싶더니 어느새 함박꽃만한 눈이 세상을 하얗게 덮고 있다. 눈이 펄펄 내리는 날이면 고향 생각이 난다. 송이송이 서로의 얼굴을 부비며 떨어지는 눈송이들이 가슴 한가운데 숨겨져 있던 아름다운 기억을 살려내는 것 같다. 모든 것이 부족했지만, 눈만큼은 풍성하게 내렸던 내 어린 시절의 겨울을 떠올리게 한다.

TV에서 쉽게 볼 수 있는 아름다운 강원도 산촌의 눈 덮인 마을, 그곳이 바로 내 고향 철원이다. 어릴 적 내 작은 발자국들이 옴폭옴폭 찍혀있는, 추억이 잠든 곳이다. 북쪽에 위치한 철원은 겨울이 춥고 눈이 많이 내리기로 유명했다. 펑펑 소리가 들릴 것 같은 굵은 함박눈이 내리는 날이면 아이들은 무작정 뛰어나와 설경 속으로 들어갔다. 그리고는 어떻게 놀자는 약속도 없이 자연스럽게 서로 쫓고 쫓기며 즐거워했다. 눈 위에 벌러덩 드러누워 눈 자국을 찍는가 하면 눈을 뭉쳐 던지는 아이, 쏟아지는 눈을 두 손으로 받는 아이, 쭉- 미끄럼을 타는 아이, 흥을 주체하지 못하고 소리를 지르는 아이, 눈사람을 만드는 아이들로 작은 마을이 들썩였다. 강아지들까지 끼어들어 왕왕 짖어대며 꼬리를 흔들었다. '눈이 내리는 날은 거지도 옷을 빨아 입는 날'이라는 말이 있다. 겨울답지 않게 날씨가 푸근해지기 때문이다. 덕분에 눈은 아이들에게 장난감도 되고, 놀이터도 되고, 친구도 되어주며 큰 사랑을 받았다.

바람 한 점 없이 너울너울 눈이 내리는 날은 하늘마저 투명해 보였다. 동네 참새들도 떼로 몰려다니며 짹짹거렸다. 그런 날에는 참새 사냥만큼 재미있는 놀이가 없었다.

"계집애가 사내애들처럼 무슨 참새잡이냐?"

어머니가 한마디 하셨다. 하지만 어머니가 마실을 나가자마자 나는 헛간에서 꺼내온 삼태기를 마당 한가운데에 막대기로 받쳐 세웠다. 그리고 긴 끈의 한쪽을 막대기에

묶고 다른 한쪽을 방으로 끌어다 놓았다. 삼태기 밑에 쌓인 눈을 치우고 쌀 한 줌을 골고루 뿌리면 준비는 끝이었다. 방으로 들어와 문구멍 너머로 잠시도 눈을 떼지 않고 마당을 살폈다. 잠시 후 마당으로 참새들이 모여들더니 차츰차츰 삼태기 안으로 들어갔다. 끈을 잡은 손에 땀이 배고 손끝이 떨려왔다. 삼태기 아래의 참새떼는 짹짹거리며 정신없이 쌀알을 쪼아 먹었다. 그 순간 재빨리 끈을 잡아당겼다. 픽! 소리와 함께 삼태기가 쓰러졌다. 운 좋은 참새 몇 마리는 하늘로 솟구치고 나머지는 삼태기 속에 갇히고 말았다. 난 얼른 뛰어나가 삼태기 안으로 손을 밀어 넣어보았다. 손에 잡힌 참새 가슴이 콩닥콩닥, 참새를 잡은 내 가슴은 두근두근, 두 가슴이 동시에 뛰었다. 그토록 짜릿한 순간이 또 있을까.

밤이 되면 동네 사내애들이 사다리와 손전등을 들고 몰려다녔다. 초가지붕 처마 밑에서 곤히 자고 있는 참새를 잡기 위해서였다. 날카로운 이빨처럼 자라난 처마 밑 고드름을 모두 잘라낸 다음, 조심스럽게 참새집을 뒤졌다. 참새들은 불빛을 갑자기 눈앞에 비추면 꼼짝달싹도 못하고 잡혔다. 그러면 난 사다리 밑에서 사내애들이 잡아주는 참새를 받아 자루에 넣곤 했다. 잡은 새들은 미안하게도 시래깃국과 김치만 먹던 아이들의 특별 영양식으로 희생되곤 했다.

우리 마을 사람들은 모두 한 가족 같았다. 내 자식, 네 부모 가릴 것 없이, 어른은 다 내 부모요, 아이들은 다 내 자식처럼 위하고 살았으니까 말이다. 방학을 해도 공부보다는 노는 일에 더 열중했던 아이들은 밤에도 곧잘 모여 놀았다. 이집 저집 옮겨 다니며 놀다 보면 친구 어머니가 간식을 준비해 주시곤 했다. 그때는 간식거리라는 게 찐 감자나 고구마가 전부였다. 그러나 잠들기 전에 먹는 고구마는 소화가 안 된다며 친구 어머니는 눈구덩이를 파헤쳐 무를 꺼내 오셔선 쭉쭉 잘라 접시에 담아주셨다. 아이들은 토끼새끼들처럼 아삭아삭 무를 먹어치우고는 꺼억 하고 트림을 했다. 그 트림 냄새가 어찌나 지독한지 서로 코를 막고 낄낄대던 기억을 지금도 잊지 못한다.

"인제 그만 놀고 돌아들 가거라."

밤이 깊어지면 친구 어머니는 우리를 집으로 돌려보냈다. 모든 집이 몇 발자국 거리에 있었지만 사립문까지 따라 나오셔서는 또 한마디 하셨다.

"눈에 홀릴지 모르니 장난치지 말고 곧장 가야 한다."

그리고 사박사박 눈 밟는 소리가 사라질 때까지 등 뒤에서 쿵쿵 헛기침을 하셨다.

늦은 밤 집에 돌아오면 아버지와 어머니는 호롱불 밑에서 도란도란 이야기를 나누며 엿을 고고 계셨다.

"이제 오냐? 오늘은 방이 뜨거울 테니 다리 쭉 펴고 자도 될 거다."

아버진 부지깽이로 생솔가지를 들척이며 불을 때셨고,

어머닌 부뚜막에 걸터앉아 보글보글 끓고 있는 엿물이 넘치지 않도록 저으셨다. 가난이 그 남루한 모습을 더욱더 앙상하게 드러내는 겨울, 자식들이 따뜻하고 배부를 수만 있다면 당신 자신은 돌보지 않아도 상관없는 부모님이셨다. 방학 동안 자식들에게 맛있는 엿을 먹이고 싶어 밤새워 엿을 고면서도 싱글벙글하시던 부모님의 청솔가지처럼 젊었던 얼굴이 아직도 생생하다.

지금은 고향에 아무도 없다. 부모님은 돌아가시고, 나와 형제들 모두 서울에 살고 있다. 우리 가족이 살던 집은 몇 차례 주인이 바뀌면서 쓰러져가는 폐가로 변했고, 고향을 떠난 친구들의 소식은 끊긴 지 오래다. 나의 고향은 이제 추억 속에서만 자리하고 있다. 가고 싶어도 갈 수 없는 고향의 모습을 TV 속 눈 덮인 산촌의 풍경에서 어렴풋이 떠올려 볼 뿐이다.

창밖에 눈이 내린다. 내 어린 시절의 겨울이, 화목했던 우리 가족과 이웃이 가슴 저리도록 그리워진다.

31 - 연두색 원피스

　늙어 가면서 마음이 허탈해서일까? 아니면 가난하던 시절, 마음 놓고 사입지 못한 옷에 한이라도 맺혀서일까? 비움을 실천할 나이에 난 양 손 가득 쥐고 있는 옷가지들을 내려놓지 못하고 있다. 옷, 가방, 스카프가 한가득 걸려 있는 방은 웬만한 여배우 드레스 룸 못지않다. 유행 지난 옷이지만 아까워서 못 버리는 옷, 세 딸이 입다가 준 옷, 친구들이 작다며 갖고 온 옷, 내가 사들인 옷까지, 옷걸이에

빽빽하게 걸려 있다.

이렇게 옷이 많은데도 외출 한번 하려면 옷장을 뒤적이느라 한참이 걸린다. 얻어 온 옷이 대부분이다 보니 내 취향에 맞는 옷이 많지 않기 때문이다. 그래서 지나가다 쇼윈도에 걸린 옷을 보면 또 사고 싶어진다. 충동구매에도 잘 말려든다. 균일가 세일이라도 있을 때면 아예 머리부터 들이밀고 본다.

"아무래도 중독인가 봐." 라고 걱정 했더니, "우리가 살면 얼마나 산다고 눈치 보며 사니? 멋내고 다닐 날도 얼마 안 남았는데 마음껏 사입고 살자구." 라는 할매 친구의 답이 돌아온다. "많은 옷을 보면 며느리가 흉볼까 봐 난 아예 장롱 문을 잠그고 다녀." 다른 할매 친구의 행복한 푸념이 이어진다.

지금은 옷이 넘쳐 나는 세상이다. 남녀노소를 막론하고 많은 옷을 갖고 산다. 옷의 홍수 속에 산다고 해도 틀린 말이 아닐 것이다. 여성회관이나 문화센타에 가 보면 노인들의 의상이 젊은이들 못지않다. 신체가 쇠퇴하고 있다고 해서 옷차림까지 초라해지고 싶지 않다며 자기 관리에 최선을 다 한다. 그러나 세월의 채널을 과거로 돌려 보면 한 가지 옷이나 신발을 떨어질 때까지 입고 신던 시절이 있었다. 우리네 어머니들은 평생 무명 옷 한 벌을 빨고 기워 입으며 살다가 저 세상으로 떠났다. 아궁이에 짚불을 지펴 밥을 지으며 남편과 자녀들 뒷바라지 하느라 일생을 다 보내면서도 당신 자신을 위해서 새 옷 한 벌 선뜻 사 입질 못했다. 생각만으로도 마음이 아프다.

내가 대학을 다니던 때도 사정은 많이 좋아지지 않았다. 전쟁이 휩쓸아친 후라 나라 전체가 가난했다. 그때 나는 강원도 촌동네를 벗어나 서울 서대문에 있는 명덕학사에서 대학을 다녔다. 명덕학사는 그 시절 미국 선교사님들이 운영하던 기숙사로, 지방에서 활동하는 목회자들의 자녀들을 위해 지어진 곳이었다. 나는 목사님 자녀는 아니지만 고향이 이북이다 보니 서울에 일가친척은 커녕 아는 사람조차 없었다. 그래서 사감 선생님을 찾아가 딱한 사정을 말하고 입사할 수 있는 특별한 혜택을 받았다. 그곳은 기숙사비가 저렴해서 생활비엔 큰 부담이 없었다. 우리 방엔 대전, 원주, 청주, 홍성, 철원, 목포에서 온 6명의 대학생이 한방을 썼다. 다니는 학교는 각각 달랐지만 학년은 같아서 친구가 되었다. 가진 것은 없으나 가난한 줄 모르던 우리는 자매처럼 지냈다.

대학교 2학년 때다. 나는 남자 친구를 소개받는 자리에 나가게 되었다.

"어떤 옷을 입고 나갈까?"

가슴이 설레였다. 몇 가지 옷을 모두 꺼내 펼쳤다. 후질구레한 옷들뿐이었다. 이거다 싶은 옷이 없어 고개를 갸웃거리며 옷을 들었다 놨다를 반복하다가 나도 모르게 한숨을 쉬었다. 이 모습을 지켜보던 친구들이 자기 옷 중에서

31- 연두색 원피스

가장 멋진 옷을 뽑아 들고 내 곁으로 모여 들었다. 장난기 많은 정숙이가, "자 옷이 왔어요, 남자들이 한방에 뿅 가는 예쁜 옷이 왔다구요!" 하며 검정색 투피스를 나에게 입혔다. 완강히 거부했지만 막무가내로 옷을 입히는 정숙이를 이길 수가 없었다. 그렇다고 넙죽 받아 입기가 멋쩍어서 나도 능청을 떨었다.

"얘들아, 나처럼 괜찮은 아가씨가 굳이 옷까지 빌려 입을 필요가 있을까?"

"옷이 날개라는 말이 있잖아, 어쨌거나 단방에 반하게 만들어야지."

친구들은 까르르 까르르 웃으며 서로 자기 옷을 입고 나가라며 야단이었다. 나의 데이트용 옷을 골라 준다고 하다가 나중엔 6명 아가씨의 패션쇼로 변하고 말았다. 사감 선생님께 들키지 않으려고 이불을 뒤집어 써 가며 장난을 쳤다.

"이 옷이 마음에 드는데……."

난 연자의 연두색 원피스를 입어 보았다. 연두색 원피스는 내 몸에 딱 맞고 색깔도 잘 어울렸다. 친구들이 엄지손가락을 치켜올렸다. 촌티가 줄줄 흐르던 내가 연두색 원피스를 싹 걸치자 마치 왕자를 만나러 가는 신데렐라처럼 아름답게 보였다.

난 연자의 연두색 원피스를 빌려 입고 데이트 장소로 나갔다. 소개해준 사람이 삐삐마른 사람을 찾으면 된다고 했다. 그 빼빼씬 S대 졸업반 학생이었다. 바싹 마른 몸에 큰 옷을 입고 나와서인지, 빼빼씨도 옷을 빌려 입고 나온 것 같았다. 너무 말라서 건드리기만 하면 어디 부러질 것만 같았다. 그러나 마주앉아 이야길 하다 보니 정신만큼은 살이 통통 찐 아주 멋진 청년이었다. 헤어질 때 빼빼씨가 또 만나자고 했다. 아무래도 연두색 원피스 차림에 홀딱 반한 눈치였다. 기숙사에 돌아오니 방 친구들이 눈에 불을 켜고 날 기다리고 있었다. 난 밤 늦도록 친구들에게 빼빼씨와의 데이트 결과를 낱낱이 보고했다.

두번째 데이트가 있는 날, 방 친구들이 옷을 갈아입고 멋을 내느라 야단법석이었다. 오늘은 나를 따라 나와 빼빼씨를 직접 보고 앞으로 교제를 계속해도 될지 안 될지 결정을 짓겠단다. 일단 내가 먼저 나가 빼빼씨를 만났다. 잠시후 10호실 친구들이 야릇한 웃음을 흘리며 줄줄이 다방으로 들어왔다. 그런데 연자는 웬일인지 들어오지 않고 다방문 뒤에서 빼꼼히 얼굴만 내밀더니 나에게 윙크 한 방을 날리고는 사라졌다.

"연자는 왜 안 들어오고 가 버렸니?"

"그게 말이야…… 쿡쿡쿡."

친구들이 비밀스런 웃음을 터트렸다. 알고 보니 지난 번에 내가 빌려 입고 나왔던 연두색 원피스를 깜박하고 입고 나왔다지 뭔가. 빼빼씨가 연자의 연두색 원피스를 보게 되면 첫 데이트 날 내가 옷을 빌려 입었던 걸 당장 들킬 거라며 돌아갔단다. 수다 떨기를 좋아 하는 연자가 쓸쓸히 돌아갔을 생각을 하니 미안했다. 친구들은 삐삐씨를 힐끔힐끔 쳐다보며 고개를 끄덕였다. 그리고 주문한 커피가 나오자 냉수 마시듯 단숨에 쭉 들이키고는 자리를 떴다. 삐삐씨가 맘에 들면 일찍 일어나기로 약속을 하고 나왔다나.

삐삐씨와 결혼한 지 50년이 다 되어 가는 지금도 그때 기숙사 친구들과 보냈던 날들은 내 삶에 가장 즐거웠던 추억으로 남아 있다. 지금도 우연히 연두색 원피스를 마주하면 연자가 생각나고, 10호실 친구들이 그리워진다. 아낌없이 사랑을 나누어 주며 이웃을 사랑하는 법을 가르쳐 주었던 내 친구들……. 몸 구석구석을 채우고 있던 그리움의 향기가 모락모락 피어 올라 오랜만에 친구들 이름을 불러 본다.

"연자야, 춘옥아, 정숙아, 명옥아, 옥자야!"

32- 누가 입고 있을까, 그 옷?

없다. 가방 안을 뒤집어 가며 찾아보았다. 그래도 없다. 혹시나 해서 함께 쇼핑한 친구의 가방까지 찾아봐 달라고 했다. 없단다. 일어났다 앉았다, 물건을 들었다 놨다 하다가 놓쳤을 수도 있겠다 싶어 두 번씩이나 찾아봤지만, 여전히 없다. 차분하지 못한 성격에다 깜박대는 정신이라 나도 모르게 어딘가에 흘린 모양이다.

"도대체 어디다 떨어뜨렸을까?"

긴 한숨을 토해내며 짜증스러운 목소리가 튀어 나왔다. 전철 안 앞과 옆에 앉은 사람들의 궁금한 눈길이 내게 쏠렸다. 친구가 나직한 목소리로 말했다.

"마지막 쇼핑 장소에서 흘린 것 같아. 난 발이 아파 더 걸을 수가 없으니 혼자 가서 찾아봐."

난 다음 역에서 내려 마지막으로 쇼핑했던 장소로 달려갔다. 어두워지기 시작한 가게 안은 한산했다. 조금 전에 만났던 점원 아가씨 두 명이 마주 서서 이야길 하고 있었다.

"혹시 여기에 비닐 보따리 떨어진 것 못 보셨어요?"

"못 봤는데요."

점원 아가씬 눈길 한번 주지 않고 내 실낱 같은 희망을 싹둑 잘라버렸다. 목소리가 하도 냉정해서 더 물어볼 용기가 나지 않았다.

지난봄에 물건 정리를 했다. 나이가 많아지다 보니 외출할 일은 점점 줄어들고 옷 입고 나들이할 기회조차 없는데 가지고 있는 물건이 너무 많았다. 그대로 끼고 살다가 무슨 일이 닥치면 큰일이다 싶어 건강할 때 미리미리 정리해야겠다는 생각이 들었다. 그래서 옷, 가방, 목도리, 구두, 액세서리까지 모두 다 나누어 주기로 했다. 살아 있을 때 줘야지, 죽고 나면 아무도 가져가려 하지 않을 것이다.

"좋네, 좋아. 그 옷 나한테도 잘 어울리겠는걸. 언니, 그 옷 싫증 나면 나한테 던져."

내 동생은 내가 무슨 옷을 입고 나가든 탐을 냈다. 제법 거리가 있는 인천에 살고 있지만 내가 옷만 준다고 하면 의욕에 활활 타올라 먼 길을 마다치 않고 당장 달려왔다. 큰 가방을 든 제부를 앞장세우고…… 나는 동생과 조카 다섯 명을 불러들여 옷장을 통째로 내어 주었다. 젊은이든 늙은이든 공짜 옷을 마다하는 여자는 없었다.

"마음에 드는 것 있으면 골라들 가렴, 모조리 다 줄 테니."

난 비록 할머니지만 내 옷장 속에는 노인이 입을 법한 옷들은 별로 없다. 대부분 젊은이의 옷을 파는 매장에서 구입한 옷들이라 조카들한테도 인기가 좋았다. 조카들과 둘러앉아 가진 것을 나누어 주다 보니 아깝긴커녕 즐겁기만 했다. 옷장에 가득했던 옷들은 몇 벌만 남고 다 뽑혀 나갔다.

그런데 이번 여름에 많은 사람을 만날 자리가 생겼다. 남편의 제자 모임, 동창회 모임, 교회 수련회까지 세 번이나 말이다. 남아있는 옷가지들을 펼쳐 놓고 입고 갈 옷을 골랐다. 오래된 옷들뿐이라 마땅한 것이 없었다. 그중에서 가장 괜찮은 옷을 골라 입고 거울을 들여다보다가 깜짝 놀랐다. 나도 늙고, 옷도 늙어서 호미만 들면 꼭 밭에 김매러 가는 할매 모습이지 뭔가. 난 아직까지도 남들 앞에서 예쁘게 보이고 싶은 마음을 포기하지 못했다. 이 마음만은 도무지 늙지를 않는다. 특히 후줄근한 모습으로 남편과 동

32– 누가 입고 있을까, 그 옷?

행하는 게 싫다. 잘록한 허리는 사라졌지만, 옷만 잘 갖추어 입으면 한결 젊고 생기 있게 보인다. 옷이 날개라는 말이 왜 있겠는가. 결국 새 옷을 사 입기로 했다.

이튿날, 내 친구 중에서 가장 세련된 안목을 가진 친구를 끌고 남대문시장엘 갔다.

"예쁜 옷 좀 골라 줘."

제일 먼저 실버 코너인 노인 의류 매장으로 들어갔다. 하나같이 색깔이 칙칙하고 디자인도 맘에 안 들었다.

'젊은이들 옷은 예쁜 것 천지인데 노인들 옷은 왜 이렇게 시시한 거야?'

친구와 난 남대문시장 맨 위층에서부터 한 층씩 내려오며 옷을 구경했다. 눈길 닿는 곳곳이 옷 천지이건만 그 많은 옷 중에 '이거다!' 싶은 옷을 찾을 수가 없었다.

'여기서 못 건지면 어쩌지? 비싸도 백화점엘 가 봐야 하나……'

이번엔 지하로 내려갔다. 지하엔 옷뿐 아니라 아기자기한 생활용품도 팔고 있었다. 견물생심이 발동하여 목욕 타올, 수건, 행주, 수세미, 슬리퍼를 샀다. 친구는 수입 코너에서 박하사탕, 땅콩, 초콜릿, 과자를 샀다. 제법 무거웠다.

며칠 전 백내장 수술을 받은 친구는 아직 완전히 회복한 상태가 아니라서 무리하여 무거운 물건을 들면 안 된다고 했다. 그래서 내가 친구의 짐까지 챙겨 가방에 넣고 어깨에 멨다. 그리고 다른 상품을 구경하고 있는데 문득 코너 상점에 걸려 있는 옷이 눈에 확 띄었다.

"아, 바로 저거다!"

가게 앞으로 이끌리듯 다가갔다. 흰색 바탕에 파란색 줄무늬의 긴 블라우스와 꽃무늬 원피스였다.

"이거 예쁜데?"

난 짐을 바닥에 내려놓고 블라우스를 빤히 쳐다보았다.

"그거 정말 좋아 보인다."

친구도 옆에서 거들었다. 주인이 반쯤 남은 커피잔을 내려놓고 우릴 반겼다.

"이 옷은 샤넬과 똑같은 디자인에다 이태리산 원단을 사용해서 고급스럽고, 세련돼 보인답니다."

주인은 어느새 마네킹에서 옷을 벗겨 양손에 들고 방긋 웃고 있었다.

"한번 입어나 보세요. 다 팔리고 딱 한 벌 남아서 싸게 드릴게요."

입어 보니 몸에 차악 안기는 것이 참 잘 어울렸다.

"아주 멋지시네요. 몸에도 딱 맞고, 누가 할머니라고 하겠어요?"

날 거울 앞에 세워 놓고 주인은 엄지손가락을 치켜세우며 칭찬을 아끼지 않았다. 옷 칭찬은 언제 들어도 기분이 좋다.

"멋있네, 사~."

친구까지 부추겼다. 난 두 가지 옷을 다 사기로 했다. 50%나 할인된 가격이었지만 그래도 거금이었다.

내가 계산하는 동안 친구는 어느새 속옷 가게로 자리를 옮겨 팬티와 러닝셔츠를 고르고 있었다. 레이스가 달리고 화사한 속옷을 보니 나도 모르게 말이 튀어나왔다.

"아, 나야말로 속옷을 사야 해."

사실 그동안 속옷엔 신경을 잘 안 썼다. 고무줄이 느슨해진 것도, 레이스가 조금 떨어져 나간 것도 아랑곳하지 않고 잘 입고 다녔다. 그런데 문득, 외출할 때 낡은 속옷은 입지 말아야겠다는 생각이 들었다. 밖에 돌아다니다가 무슨 일이 생길지 모른다. 행동이 민첩하지 못하고 굼떠서 교통사고가 날 수도 있고, 심하게 넘어져 응급실에 실려 갈 수도 있다. 그럴 때 엉망인 팬티를 입고 있는 걸 들켜버리면 얼마나 부끄럽고 창피한 일인가. 자녀들이 보면 얼마나 민망해하고 슬퍼하겠는가. 갑자기 마음이 급해져 당장 속옷을 새것으로 다 바꾸기로 했다.

"여기요. 팬티 7개, 러닝셔츠 7개, 브래지어 7개 주세요."

주인은 속옷을 차곡차곡 개어 검정 비닐봉지에 담아 주었다. 이것저것 사다 보니 올망졸망한 보따리들이 내 양팔에 주렁주렁 매달렸다. 밖으로 나오니 숨이 턱턱 막히는 더위가 확 달려들었다. 그런데도 시장통을 통과하지 못하고 가게마다 들어가 한참씩 구경을 했다.

전철을 타고나서야 섞여 있는 짐을 모두 꺼내 놓고 서로 나누기 시작했다. 그런데 이게 어찌 된 일일까. 오늘의 가장 중요한 물건, 거금을 주고 장만한 옷 뭉치가 보이질 않는다. 아무리 찾아도 없다. 온종일 남대문시장을 몇 바퀴나 돌며 겨우 산 옷 보따리를 몽땅 잃어버린 것이다. 발품을 팔아가며 어렵게 찾아낸 옷인데 어디다 흘렸을까. 기억의 끈이 끊겨 도무지 이어지질 않는다. 어쩔 수 없이 다른 물건으로만 가득찬 가방을 메고 터덜터덜 집으로 돌아왔다. 잃어버린 옷이 자꾸만 눈앞에서 왔다 갔다 하며 아롱거렸다. 아까운 생각이 마음에서 떠나질 않는다.

'그렇게 소중한 옷이었다면 가방 깊숙이 잘 간직하지, 누가 소홀히 하래?'

내 안에서 질책의 소리가 들렸다. 그때 "까똑" 하고 핸드폰에 문자가 들어왔다. 친구한테서 온 문자였다.

"그 옷, 나 때문에 잃어버린 것 같아 미안해. 누군가 보관하고 있을지 모르니까 내일 다시 찾으러 가봐. 어느 가게에 흘린 것 같아."

이튿날, 바램과 기대를 갖고 남대문시장을 다시 찾았다. 어제 발길을 멈추었던 가게마다 찾아다니며 간절한 마음으로 물어보았다. 그러나 돌아오는 대답은 하나같이 똑같았다.

"우리 가게엔 없어요."

난 한숨으로 마무리하고 뒤돌아섰다.

늙고 나면 제일 먼저 흘리는 증상이 나타난다고 하더니

틀린 말이 아닌 것 같다. 나도 언제부터인가 밥도 흘리고, 국도 흘리고, 물도 흘리더니 이젠 옷 보따리까지 흘리고 말았다. 정신 바싹 차리고 살라는 신호인가 보다. 더 이상 욕심내지 말고 살라는 경고일지도 모른다. 못 찾아도 그만인 물건이라 다행이지, 지갑이나 큰돈, 신용카드같이 중요한 물건을 흘렸다면 얼마나 뒷수습이 복잡했을까. 나는 생판 모르는 어느 낯선 이에게 선물한 셈 치기로 하고 얼른 마음을 비웠다. 누군가 내가 흘린 옷 뭉치를 주워들고 행운권 추첨에 당첨이라도 된 듯 하하하 고개를 뒤로 젖히고 웃고 있는 모습이 그려진다. 공짜로 손수건 한 장만 생겨도 기쁜데, 명품이나 다름없는 옷을 주워들고 정말 기뻐했으면 좋겠다. 그 사람에게 꼭 필요한 옷이 되어 주었으면 좋겠다. 그 옷을 입고 마냥 행복해했으면 좋겠다.

33- 리얼 산타

"그럼 반값이라도 받으세요."

"글쎄, 됐다니까요."

우리 집 반지하로 이사 오는 아주머니와 이삿짐을 싣고 온 용달차 아저씨가 다투는듯한 목소리가 들렸다. 이사 비용을 놓고 신경전이 벌어진 모양이다. 새로 이사 올 때마다 그런 싸움이 자주 일어난다. 그래서 중재를 하기 위해 지하로 내려갔다. 그 사이 문제가 해결 되었는지 아저씬 성큼성큼 집을 빠져 나가고 있었고, 아주머닌 멀어져가는 아저씨 뒷모습을 바라보며 왠지 모르게 절절매고 있었다. 다행이다 싶어 뒤돌아서려는데 아주머니가 날 붙잡고 이야길 시작했다.

50대 후반인 아주머닌 홀로 남매를 데리고 장사를 하며 살았단다. 그런데 최근 불어닥친 불경기로 그만 장사가 폭삭 망하고 말았다. 빚을 청산하고 몇 푼의 돈밖에 남지 않은 아주머닌 어쩔 수 없이 방값이 싼 우리 집 지하로 이사를 오게 되었다. 마침 이웃에 용달차 한 대로 짐을 나르며 생계를 유지하는 아저씨가 있어 이삿짐을 싣고 오게 되었는데, 오면서 하도 속이 상해 이런저런 넋두리를 쏟아 놓았단다. 딱한 사정을 다 들어준 아저씨는 말없이 이삿짐을 다 옮겨 주더니, "이사 비용은 부자 된 다음에 갚으세요." 하며 그냥 돌아가려고 하더라지 뭔가. 아주머니가 펄쩍 뛰며 이사 비용의 절반이라도 받으라며 주었지만 그것도 뿌리치고 도망치듯 가버렸단다. 아주머니는 염치도 없고 미안하다며 어쩔줄 몰라 했다. 이야기를 듣는 내내 가슴이 뜨거워지며 감동이 밀려 왔다. 왠지 모르게 부끄러운 생각이 들어서 그 자릴 뜨지 못하고 도와 줄 일거리가 없나 눈치를 보고 있었다. 그때 용달차 아저씨가 헐레벌떡 다시 돌아왔다.

"얼마 안 되는 돈이지만 이 돈으로 점심이나 사 드세요. 배고프면 더 서글프고 처량하답니다."

아주머니가 거절하지 못하도록 만 원짜리 세 장을 방 안에 던져 놓고 아저씨는 도망치듯 돌아갔다.

"아저씨, 점심은 제가 사 드릴 테니 이 돈 가지고 가세요!"

전혀 예상치 못했던 말이 내 입에서 툭 튀어 나왔다. 열심히 뒤를 따라가 봤지만 발 빠른 아저씬 어디로 갔는지 보이지 않았다.

그 후 일주일이 지났을까? 지하에서 강아지 짖는 소리가 요란했다. 아주머니가 데려온 작은 강아지 소리였다.

"방이 비어 있을 텐데 왜 저렇게 짖지?"

이상한 생각이 들어 내려가 보았다. 그랬더니 현관문이 활짝 열려있고 낯선 남자가 욕실 안에 앉아서 무언가를 하고 있었다.

"주인도 없는 집에 누구세요?"

내 목소리에 놀란 아저씨가 벌떡 일어났다.

"죄송합니다. 여기 아주머니가 이사 오던 날 쓸 만한 세탁기 있으면 하나 구해 달라고 해서 싣고 와서 설치 중입니다."

"아, 이사 비용 안 받으신 아저씨군요?"

"부자 되면 받아 가야죠, 허허허."

아저씬 오늘 아파트로 이사 가는 집에서 멀쩡한 세탁기를 버려 달라고 하기에 싣고 다니다가 일 끝내고 돌아가는 길에 들러 설치 중이라고 했다. 아주머니께 전화했더니 열쇠 있는 곳을 알려 주어 문을 열고 들어 왔단다.

"저 나쁜 사람 아니니 걱정 마시고 일 보세요."

아저씬 이마에 송골송골 맺힌 땀을 손으로 슥 문질러 닦으며 환하게 웃었다. 인상이 좋고 믿음이 가는 사람이었다.

남에게 세를 주다 보면 별별 사람들을 다 만난다. 손해를 보지 않으려고 수단과 방법을 안 가리는 사람, 자기 이익을 위해 남에게 해를 끼치는 사람, 몇 달치 밀린 월세를 떼어먹고 몰래 야밤도주하는 사람, 보증금까지 다 까먹고도 나 몰라라 눌러 사는 사람……. 세를 놓고 사는 일이 생각만큼 쉽지가 않다. 반대로 약속을 잘 지키고 성실하게 살던 세입자가 마침내 집을 장만해서 이사 나갈 때는 뿌듯한 보람을 느낀다. 나는 집 한 켠을 세 주고 살면서 경제적 이익을 얻기보다는 인생을 배우며 살고 있음을 고백하지 않을 수 없다. 용달차 아저씨처럼 남몰래 어두운 곳을 밝히는 사람을 보며 그런 사람일수록 빨리 가난에서 벗어나 부유하게 살기를 기도한다.

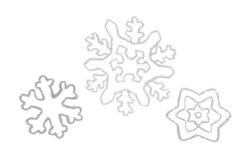

34- 내 맘속에 피는 크리스마스 꽃

'탄일종이 땡땡땡 은은하게 들린다.
저 깊고 깊은 산골 오막살이에도.
탄일종이 울린다.'

12월이 되면 정적이 감돌만큼 고요하던 초가 마을에 캐럴이 울려퍼지며 시끌벅적해졌다. 교회에는 매일 밤 호롱불이 켜지고 불 꺼진 마을이 환하게 밝아졌다. 그러면 동네 아이들은 자박자박 눈길을 밟고 교회로 모여들었다. 예수님 탄생을 축하하는 독창, 합창, 무용, 연극 연습을 하기 위해서다. 나도 그 틈에 끼어 연극 대본을 받아 들고 연습을 했다. 교회 안은 두 눈을 별처럼 반짝이며 선생님을 따라 하는 아이들의 목소리가 끊이지 않았다.

"크리스마스가 몇 밤 남았게?"

한 아이가 느닷없이 물었다.

"열 두 밤."

"아니야 열 밤 남았어."

아이들은 손가락을 꼽아가며 목소리를 높였다. 진지하던 연습장 분위기가 산만해졌다.

"조용히들 해!"

선생님의 호령에 연습은 계속 되고 밤은 점점 깊어만 갔다. 옛날 크리스마스는 무대가 무엇인지도 모르는 아이들에게 꿈의 무대가 되어 주었다.

아이들만 크리스마스를 기다린 건 아니었다. 우리 교회 70여 명이나 되는 교인들도 한마음으로 크리스마스를 기다렸다. 추석이나 설날만큼 마음을 설레면서 말이다. 해마다 그랬던 것처럼 우리 어머니와 아버진 달콤한 엿을 밤새 달였다. 새벽송을 부르러 오면 선물로 내놓을 엿이다. 두 분은 이마를 맞대고 엿반대기를 나누어 먹기 좋게 교인 수만큼 빚었다. 그리고 그동안 아껴 모아온 돈을 한 장 한 장 펴서 누런 봉투에 담았다. 구겨진 돈은 다리미로 다리기까지 했다. 크리스마스 날 드릴 헌금이었다. 다른 교인들도

성탄 선물을 손수 만들어 준비했다. 깨엿, 콩엿, 강정, 뻥튀기, 호밀빵까지 골고루 만들었다. 그 다음 처마 밑에 호롱불을 매달아 밤새껏 불을 밝혔다.

우리 마을 교인들 대부분은 시냇물을 가운데 두고 이평리와 하월촌에 살았다. 그리고 이십 리나 떨어진 아주 먼 곳에 한 가정이 살았다. 그래서 새벽송을 세 팀으로 나눠 불렀다. 한 팀은 가장 먼 낙사꾸 마을, 또 한 팀은 뿔뿔이 흩어져 살고 있는 하월촌, 나머진 교회 근처 이평리를 담당했다. 난 동네 팀을 따라 다니기로 했다.

"날씨가 추우니까 옷을 단단히 입고들 다니세요."

목사님 말씀에 새벽송 팀들은 아무 옷이나 겹겹이 껴입고 털모자와 장갑으로 무장했다. 허름한 옷들을 무조건 껴입은 모습이 마치 외계인 집단 같았다. 그때는 웬 눈이 그리도 많이 내렸는지 발이 버선목까지 푹푹 빠지고 초가집들은 지붕에 두툼하게 내려 쌓인 눈 때문에 마치 이층집 같았다.

"고요한 밤, 거룩한 밤~."

손에 손에 등불을 든 새벽송 팀의 찬미 소리가 드디어 마을 첫 집을 시작으로 은은하게 울려퍼졌다. 그러면 앞집, 옆집, 뒷집 교인들이 황급히 일어나 마루 끝에 서서 새벽송 팀을 반겼다. '기쁘다 구주 오셨네' '저 들 밖에 한밤중에'를 불러주면 아멘으로 화답하며 아기예수님 탄생을 기쁘게 맞이했다. 그때의 새벽송은 가난한 자, 불쌍한 자들이 비천한 자리에 오신 아기 예수를 맞는 감격의 찬송이었다. 그래서 소복소복 내리는 함박눈을 맞으며 아기 예수님의 탄생을 축하할 때면 마치 천사들과 함께 마을을 돌고 있는 것 같은 느낌이었다.

은혜롭고 감격스런 그때 그 풍경은 열세 살이었던 어린 내 맘속에 꽃으로 남아, 크리스마스가 돌아 올 때마다 어김없이 피어나곤 한다. 새벽송을 돌며 진짜 하나님을 만난 것 같았던 귀한 시간을 회상하면 지금도 마음이 울컥해진다.

35 - 부나켄섬에서 만난 아궁

남편 친구인 공 선생은 여행 경험이 많은 사람이다. 북한을 제외하고 안 다닌 나라가 없을 정도다. 그가 친구들 모임에 나와 말했다.

"세상엔 혼자 보기 아까운 비경들이 너무 많더라. 내가 여행 길잡이가 될 테니 더 늙기 전에 우리 함께 떠나 보자."

공 선생의 제안에 솔깃해진 친구들의 눈길이 그가 내민

여행 계획표에 쏠렸다. 인도네시아의 부나켄섬과 발리섬에서의 여행 일정이 자세히 적혀 있었다. 경비도 여행사를 통한 단체 여행에 비해 놀랄 정도로 싸다. 그러나 잠시 후, 당장이라도 여행을 떠날 것처럼 달려들었던 친구들이 한 명 두 명 뒤로 빠지며 변명이 이어졌다.

"손자 녀석 돌봐주느라 시간이 없네. 할멈은 맨날 아프다고만 하고……."

"다리가 후들거려 걸을 수가 있어야지."

"마누라가 먼저 저세상으로 가버렸으니 무슨 재미로 따라붙겠나?"

"이별을 준비하는 부모님이 계시네."

근심, 걱정 하나 없어 보이던 노인들 입에서 구구절절 안타까운 사정들이 쏟아졌다. 평균 70세가 넘는 노인들이다 보니 당뇨, 고혈압, 동맥경화, 관절염……, 한가지 이상 병을 몸속에 품고 있었다. 그래서 여행은 가슴 떨릴 때 떠나야지 다리가 떨리면 끝장이라고 하지 않았던가.

남편도 망설였다.

"저 친구는 여행 전문가라 따라다니려면 고생깨나 할 걸."

"설마 사막을 걷거나 돌산을 넘자고 하겠수? 건강이 남아 있을 때 따라나섭시다. 앞으로 몇 번이나 더 여행을 갈 수 있겠수."

해서 뜻밖의 여행길이 열렸다. 우리 부부를 포함한 4쌍의 부부만이 함께하였다.

　여행 첫날, 인도네시아 자카르타를 경유하여 마나도로 날아갔다. 그곳에서 항구로 이동, 이메일로 예약한 배 한 척과 뱃사공을 만났다. 까무잡잡하고 깡마른 뱃사공들은 말이 없고 행동이 빨랐다. 새벽 1시가 다 된 어두운 밤인데도 순식간에 짐을 배로 옮겨 실었다. 배가 작아서 부부끼리 마주 보고 앉으니 꽉 찼다. "출발!"이라는 말이 떨어지자 요란스러운 모터 소리가 한밤의 고요를 깨며 깜깜한 바다 가운데로 들어갔다.

　평온함이 무너진 건 그때부터였다. 배에는 놀랍게도 등불이 하나도 없었다. 사방을 둘러 보아도 새까만 어둠뿐이다. 뱃사공들은 우리가 노인임을 감안하지 않고 전속력으로 질주했다. 마치 경찰에 쫓기는 마약 밀매 조직단의 배처럼 말이다. 공 선생이 뱃사공 중 하나에게 얼른 손전등을 건넸다. 작은 불빛이지만, 최소한 지나가는 배와 부딪힐 걱정은 덜었다. 하지만 구명조끼도 없는 무방비 상태라 배가 뒤집힌다면 그 자리에서 물에 빠져 죽을 게 분명했다. 모두들 손잡이를 움켜잡았다. 공포에 질린 노인들의 심정을 아는지 모르는지, 뱃사공들은 배가 파도를 타고 올라갔다 떨어질 때마다 놀이기구를 타는 아이들 마냥 으하하하 웃었다. 우리는 그럴 때마다 으흐흐흑 신음 소리를 내며 바들바들 떨었다. 50분 달려온 시간이 마치 5시간 같았다.

"오시느라 고생하셨습니다. 환영합니다."

부나켄섬의 호텔 직원 몇 명이 우리 일행을 반갑게 맞이했다. 야자나무 숲에 에워싸인 숙소로 향하는 길, 반딧불 하나가 마중을 나온 듯 앞장 서 날고 있었다. 그날 밤 나는 세상에서 가장 달콤한 꿀잠을 잤다.

인도네시아는 약 18,000개의 섬으로 이루어진 국가다. 그중에 부나켄 해양국립공원은 세계 3대 다이빙 성지라 불릴 만큼 아름다워서 바닷속에 들어가면 사방이 다이빙 포인트란다. 물속 시야가 맑아 수중 사진가들도 즐겨 찾는 곳으로도 유명하다. 세계 열대 어종의 80%가 모여 사는 해상 천국으로 죽기 전에 꼭 한 번 가 봐야 할 휴양지로 선정된 곳이기도 하다. 오죽했으면 10년 전에 이곳에 여행왔던 공 선생이 그 아름다움을 잊지 못해 친구들을 이끌고 또 왔을까. 하루 이틀 머물기엔 너무나 아쉬운 곳이라 우리는 5일을 보내기로 했다. 사실 부나켄에선 할 일이 별로 없었다. 오로지 다이빙과 스노클링을 즐기며 지친 심신을 힐링하는 일뿐이었다. 시장도 없고 가게도 없다. 사랑하는 남편과 좋은 친구들, 열대과일과 음식, 그리고 눈부신 자연이 전부인 곳, 그야말로 파라다이스였다.

첫 스노클링은 스톤피쉬와 거북이가 많이 살고 있다는 5포인트와 7포인트에서 진행되었다. 그런데 문제가 생겼다. 수영이라고는 어릴 적 시냇가에서 물장구쳐 본 게 고작인 내게 바다는 너무 넓고 두려운 대상이었다. 배 난간을 붙들고 물속을 들락거렸지만 촌스럽게도 물 멀미가 나고 발에 쥐까지 났다. 몇 번을 시도했지만, 실패의 연속이었다. 어린아이들도 쉽게 한다는 스노클링이 왜 나는 안 되는지……. 어쩔 수 없이 배 갑판 위로 올라왔다. 그리고 비타민 D가 필요한 내 몸을 위해 일광욕을 했다. 날씨는 정말이지 너무나 좋았다. 염분 섞인 바닷바람에 머리를 휘날리며 자연을 감상하다 보니 몸 구석구석이 건강으로 꽉꽉 차오르는 느낌이었다.

무심코 우리 일행이 스노클링하고 있는 쪽으로 고개를 돌렸다. 그런데 그들 틈에 남편 모습이 안 보인다. 몸을 반쯤 일으키고 다시 살폈다. 분명 남편이 없다.

"어디로 갔지?"

순간 불길한 예감이 스쳤다.

"혹시 상어한테?"

상어가 출몰하는 지역은 아니라고는 했지만……. 그럼 내 남편은 도대체 어디에 있단 말인가? 황급히 일광욕을 접고 뱃머리에 서서 사방을 살폈다. 그때 일행과 멀리 떨어진 곳에서 조류에 떠내려가며 허우적거리고 있는 사람이 보였다. 남편이었다. 덜컹 소리를 내며 가슴이 내려앉았다. 그러나 스노클링조차 실패한 내가 남편을 구하러 바다에 뛰어들 수는 없는 일이었다. 나는 속수무책으로 발만 동동 구르며 누군가의 도움을 찾았다. 마침 다이빙 코치인 아궁이 수면 위로 얼굴을 불쑥 내밀었다. 나는 아궁에게

"헬프"를 반복하며 남편을 가리켰다. 금세 내 뜻을 알아챈 그는 물개처럼 단숨에 헤엄쳐 몸을 가누지 못하는 남편의 구명조끼 자락을 끌고 나왔다.

남편의 얼굴이 하얗게 질려 있었다. 치받친 감정이 절제되지 않아 나도 모르게 언성이 높아졌다. 아일 다그치듯 점잖은 남편을 혼냈다.

"무슨 일을 당하려고 노인네가 일행을 떠나 혼자 다녀요?"

"예쁜 물고기들을 따라가다 보니 조류가 흐르는 곳인 줄도 모르고 들어갔지 뭐야."

나이가 들면 넘치는 의욕과 달리 몸과 감각이 따라주질 않는다. 아궁이 아니었으면 짠 물을 마셔가며 고생깨나 했을 것이다. 마음이 안정되자 아궁에게 감사한 마음이 밀려왔다. 거듭 감사하다는 내 말에 아궁은 당연한 일을 했을 뿐이라며 검게 탄 얼굴에 하얀 치아를 드러내고 활짝 웃었다.

남편은 혼이 나고도 연산호와 앵무고기가 많이 살고 있다는 6포인트로 향한 일행을 뒤따랐다. 거금을 주고 새로 구입한 수중 카메라를 손목에 매달고서 말이다. 난 여전히 바다가 두려워 바라만 보았다. 40분 정도 지나자 기운이 빠진 일행들이 쉬기 위해 배 위로 올라왔다. 그리고 동화 속 세상을 다녀온 아이들처럼 열대어 이야기에 열을 올렸다. 마치 열 살로 돌아간 아이들 같았다. 주름이 쭈글쭈글

한 얼굴들이 세상 어느 누구보다 행복하고 달콤해 보였다. 그런데 남편 팔목에 매달려 있어야 할 카메라가 안 보인 다. "여보, 카메라!" 하고 묻자 그제야 팔목을 들어 올린 남편이 화들짝 놀라며 물속에 고개를 들이밀고 카메라를 찾았다. 하지만 떨어져 나가는 것조차 전혀 몰랐던 카메라 를 어디서 찾을 수 있을까. 사막에서 바늘 찾기나 다름없 었다.

카메라도 아깝지만, 바닷속 동영상까지 들어있는 추억을 잃어버리게 된 남편은 아쉬워 어쩔 줄 몰라했다.

"에이 참, 그놈의 싸구려 줄에 카메라를 매다는 게 아닌 데……."

평소 진중하고 불평을 모르는 남편이 투덜거리며 짜증을 냈다. 흥에 겨웠던 일행들은 모두 얼음이 되었다. 기분이 주저앉은 남편 곁을 피해 모두들 슬금슬금 구석 자리로 옮 겨 앉았다. 그때 다이빙을 마친 독일 청년 두 명이 먼저 배 위로 올라오고 뒤이어 아궁이 올라왔다. 그런데 아궁의 손 에 물이 뚝뚝 떨어지는 카메라가 들려 있는 게 아닌가. 그 는 얼굴에 흘러내리는 물을 한 손으로 쓱 닦아내며 남편에 게 다가와 카메라를 내밀었다.

"이거, 당신 카메라 맞죠? 바다 밑에 떨어져 있기에 건져 왔어요."

"세상에! 이걸 어떻게 찾았지?"

남편뿐 아니라 우리 일행 전체가 엄지손가락을 치켜세우

며 감탄했다.

"아궁, 땡큐!"

"아궁 최고다!"

아궁도 덩달아 기뻐하며 어디선가 튼튼한 노끈을 들고 와 카메라에 연결한 뒤 남편 팔목에 꽁꽁 묶어주며 말했다.

"이젠 절대 안 떨어져 나갈 거예요."

아궁이 활짝 웃으며 다시 물속으로 들어갔다.

난 아궁에게 감사의 진심을 전달하고 싶었다. 대가 없이 좋은 일을 한 사람일수록 무언가 주고 싶은 마음이 커진다.

"무엇으로 보답하지?"

남편이 팁으로 10불을 주자고 했다. 위험 속에서 구해주고 거금의 카메라까지 찾아 준 대가가 고작 10불이라니, 가당치도 않다. 무엇을 주어야 충분한 보답이 될까?

"아, 그 옷!"

문득 여행 가방을 꾸리면서 챙긴 여분의 수영복이 생각났다. 배에 오르락내리락 하다가 입고 있던 수영복이 찢어지면 갈아입으려고 준비했던 것이다. 남녀가 모두 입을 수 있는 오렌지 색 반바지와 긴 소매의 상의가 한 세트로, 올 여름 유행하고 있는 디자인이었다.

그 뒷날 난 수영복과 10불을 들고 나갔다. 빨리 주고 싶어 마음이 달음박질을 쳤다. 아궁은 오늘도 산소통을 배에 신고 오리발을 챙기며 일에 열중하고 있었다.

"아궁, 이리 와 봐요. 선물이 있어요."

수영복이 든 꾸러미를 내밀자 아궁은 고개를 갸우뚱거리며 수영복을 꺼냈다. 아궁의 큰 눈이 더 커지며 입이 쩍 벌어졌다. 이런 선물은 처음 받아보는 눈치였다. 자기가 베푼 친절은 이미 잊은 채, 선물을 받은 고마움에 기뻐 어쩔 줄 몰라했다. 그리고 배 한 쪽에서 수영복을 당장 갈아입었다. 날씬한 몸에 딱 맞아 마치 수영복 모델처럼 멋졌다. 지켜보던 아궁 친구들이 부러운 눈으로 입을 벌리고 쳐다봤다. 아궁은 넘쳐나는 기쁨을 감추지 못하고 춤을 추기 시작했다. 엉덩이와 허벅지를 박자에 맞추어 두드리며 강남 스타일 노래를 불렀다. 각 나라 젊은이들도 산소통을 맨 채 함께 웃고 손뼉을 치며 맞장구쳤다. 행복한 기운이 주변으로 솔솔 전염되어 모든 사람의 얼굴이 기쁨으로 반짝거렸다. 작은 수영복 한 벌이 마치 한국을 가져다준 것처럼 부나켄섬을 환하게 밝혔다. 10불이 큰 기쁨이었다면 수영복의 등장은 깜짝 놀라움이었던 모양이다. 아궁의 선행이 아니었다면 여행 가방 속에 갇혀 되돌아갈 뻔한 수영복이 진정한 주인을 만나 세계적인 명소에서 빛을 발할 줄은 정말 몰랐다.

이후 아궁과 난 서로 감사하며 돈독한 사이가 되었다. 아궁은 스노클링을 두려워하는 나를 전임 강사처럼 코치해 주었다. 바다 위에 간신히 떠 있는 내 손을 잡고 끌고 다니며 산호 밭, 대왕조개, 형형색색의 물고기, 불가사리를 만나도록 도와주었다. 덕분에 하마터면 못 볼 뻔한 신비하고 아름다운 물속 세상을 샅샅이 둘러 볼 수 있었다.

여행에서 돌아와 부나켄섬을 떠올려본다. 아름다운 하늘과 바다보다 먼저 생각나는 것은 아궁의 환하게 웃는 얼굴이다. 늘그막에 만든 추억 한 페이지는 아름다운 사람과의 인연이라는 소중한 기억으로 채워졌다.

36 - 정말인기요?

    그해 여름 우리 가족은 미국으로 이사를 가게 되었다. 우리가 살 곳은 루이지애나 주의 수도인 배턴루지였다. 남편이 루이지애나 주립대학교 교환 교수로 발령을 받았기 때문이다. 배턴루지의 여름은 찜통더위에 습하기까지 해서 마치 우리나라 한증막을 연상케 했다. 루이지애나 주립대학교 주변으로는 목련나무와 습지 식물들이 울창하고, 고색창연한 캠퍼스가 빌딩 숲을 이루고 있었다. 웅장하고 아름다운 대학이었다. 근처엔 유명한 뉴올리언즈가 있었다.

미국에서 살려면 영어 회화는 필수였다. 영어에 능숙치 못했던 난 우선 영어를 배우기로 했다. 마침 배턴루지의 한 감리교회에서 외국인들에게 영어를 가르친다고 하여 등록을 하기 위해 쫓아갔다. 돈 한 푼 받지 않고 무료란다. 감사가 넘쳤다. 선진국이며 부자나라라고 하더니 틀린 말이 아니었다.

처음 영어를 배우러 가보니 80여 개국에서 온 사람들이 100여 명 넘게 모였다. 주로 유학생과 연구원의 부인들, 그리고 이민 온 사람들이었다. 영어 선생님들은 대부분 정년퇴직을 한 나이 지긋한 미국인들이었다. 한 반에 4명씩 배정이 되었다. 우리 반은 멕시코인, 프랑스인, 일본인, 한국인인 나까지 힐다라는 이름의 선생님을 만났다. 힐다 선생님은 박사학위를 소지한 할머니였다. 미국 사람을 만난 것도, 박사님을 담임으로 만난 것도 내 일생에 처음 있는 일이었다. 힐다 선생님은 우리가 영어를 못 알아들으면 온갖 비유를 다 들어가며 이해를 시켰다. 시종 웃음을 머금은 표정으로 말이다.

수많은 봉사자들이 낯선 외국인들을 위해 자선 활동을 하면서도 항상 눈부신 친절과 미소를 피워내는 걸 보며 새로운 세상을 만난 듯했다. 따뜻한 분위기에 젖어 들며 공부를 하다 보니 외국인들과도 새록새록 정이 쌓여갔다. 그런데 참 이상했다. 쉬는 시간이 되면 피부색이 까무잡잡한 여자들은 그네들끼리, 흰 피부의 여자들도 그네들끼리, 노리끼리한 피부의 여자들 역시 그네들끼리, 누가 갈라놓은 것도 아닌데 끼리끼리 모여 친해지고 있었다. 나도 언제부터인가 일본에서 온 히데꼬 씨와 단짝이 되었다. 나와 동갑인 히데꼬 씨도 동경대학교 교수인 남편이 교환 교수로 발령받아 미국에 이사를 오게 되었단다. 온화한 인상에 독실한 기독교인이라서인지 한국에 있는 내 친구처럼 친근감이 갔다. 사람들이 "어느 나라에서 왔어요?" 하고 물으면 히데꼬 씨는 "일본 도쿄에서 왔어요." 라고 대답한다. 그러면 "일본, 아주 훌륭한 나라지요." 하며 엄지손가락을 척 치켜들며 관심을 갖는다. 하지만 내가 "난 한국에서 왔어요." 라고 큰소리로 외치면 "한국? 한국이 어디에 있어요? 처음 들어 보는 나라네요." 라며 고개를 갸우뚱 거린다. 그럴 때면 얼굴이 빨개지며 자존심이 상했다. 지금이야 어느 나라를 가든 코리아라고 하면 잘 사는 나라라며 말 한마디라도 더 나누고 싶어 한다. 그러나 그땐 대부분의 사람들이 한국을 잘 몰랐다. 그럴 때면 그렇게 속이 상할 수가 없다.

크리스마스를 며칠 앞둔 어느 날이었다. 회장님이 귀가 번쩍 뜨이게 하는 특별한 공고를 했다.

"학생 여러분, 오는 12월 20일에 크리스마스 파티를 개최할 예정입니다. 그날 각 나라 학생들의 장기자랑을 하려고 하오니 신청하시기 바랍니다. 노래, 춤, 악기연주…….

무엇이든 좋아요."

순간 난 가슴이 두근거리고 흥분되었다. 대한민국을 알릴 기회가 왔기 때문이다. 서울에 살 때 교회에서 특별한 행사 때마다 톱 연주를 선보여 박수를 받던 생각이 났다. 나무를 자르는 톱의 매끈한 쪽 날을 활로 키면 신비스런 소리가 나는데, 흔치않은 악기라서 늘 주목을 받아왔다. 이번 장기 자랑에서 톱 연주를 멋들어지게 들려주어 대한민국을 조금이라도 알리고 싶었다. 난 당장 K마트로 달려가 톱을 사고 악기점에서 첼로 활을 구입했다. 그리고 그 날부터 맹연습을 했다.

드디어 파티 날이 찾아왔다. 다른 나라 사람들은 노래, 춤, 하모니카 연주, 아코디언 연주 등을 선보였다. 드디어 내 차례가 돌아왔다. 난 코리아라고 쓴 어깨띠를 두르고 반짝반짝 빛나는 톱을 들고 무대로 올라갔다. 순간 홀 안을 채우던 웅성거리던 잡음이 딱 멈추고, 호기심 가득한 눈동자들이 모두 나에게 쏠렸다. 난 감정을 실어 끊어질듯 이어질듯 애달프게 애니로리를 연주했다. 연주 도중 "오우!" 하는 감탄사가 간간히 새어 나왔다. 연주가 끝나자 모두 자리에서 일어나 앵콜을 외치며 우레 같은 박수를 쳐주었다. 기분이 상승한 난 에델바이스를 앵콜 곡으로 들려주었다. 사회자가 한국에서 온 미세스 김이라고 소개한 뒤, 난 그날 파티의 주인공이 되고 말았다. 코리아라는 이름을 조금이라도 알렸다는 뿌듯함에 가슴이 뭉클했다. 외국에 나가면 너 나 없이 애국자가 된다더니 나도 예외는 아니었다.

"톱에서 그렇게 아름다운 소리가 나다니, 놀라운 일이네요."

"톱 연주는 매직입니다, 매직!"

외국 사람들은 연주가 끝나자 내 앞에 몰려와 한 번씩 안아주며 칭찬을 아끼지 않았다. 믿을 수 없다는 듯 톱을 만져 보는 이도 있었다. 우연히 배운 톱 연주가 머나먼 미국 땅에서 빛을 발할 줄은 정말 몰랐다.

흥분이 가라앉지 않은 채 집으로 가는 버스를 타기 위해 종종 걸음을 내 딛고 있을 때였다. 히데꼬 씨가 달려와 내 팔짱을 끼며 말했다.

"정말 부러워요, 감동 받았어요. 오늘은 우리 차로 미세스 김 아파트까지 데려다 줄 테니 같이 가요."

히데꼬 씨가 손가락으로 가리키는 곳을 보니 그녀 남편이 자동차를 세워 놓고 기다리고 있었다. 난 못이기는 척 그녀에게 이끌렸다. 그런데 막상 차를 타려고 보니 뒷좌석에 안경 낀 남자가 앉아 있었다. 일본인들 틈에 나 혼자 끼어 탄다는 게 살짝 부담스러웠다. 그렇다고 뒤돌아 설 마땅한 핑계 거리가 없어 머뭇거리고 있는데 차 안에 남자가 문을 열어주며 "하우 알 유?" 하고 인사를 건네 왔다. 어쩔 수 없이 나도 "하이." 라고 답을 하고 서양 여자들처럼 어깨를 들썩이며 안경 옆 자리에 앉고 말았다.

'한국을 대표하는 중년 여성의 모습을 일본인들에게 어떻게 그려 줄까?'

내 딴엔 민족적 책임을 진양 어깨가 무거웠다. 조금의 실수도 하지 않기 위해 팽팽한 긴장을 누그러뜨리지 않고 정신을 바짝 차렸다. 안경은 어색한 분위기를 밀어 내며 간간히 말을 걸어 왔다. 차가 덜컹거려 안경의 말을 놓쳤을 땐 "파돈 미 프리스." 하며 방긋 웃었다. 톱 연주 때보다 더 긴장되고 진땀이 났다. 다행히 안경의 말을 단 한 번도 놓치지 않고 자연스럽게 대화를 잘 이어 나갔다. 그러자 히데꼬 씨의 남편이 의아하다는 듯 뒤를 힐긋 돌아보며 물었다.

"한국 사람은 한국 사람끼리도 영어를 하나요.?"

난 내가 영어를 잘못 알아들었겠지 싶으면서도 혹시나 해서 안경 쪽으로 고개를 돌렸다. 안경도 내 쪽으로 고개를 돌려 왔다. 안경과 나의 눈이 딱 마주쳤다. 안경의 입가에 야릇한 웃음이 번졌다. 순간 느닷없이 중년 여인의 무릎을 탁 내려치는 안경의 입에서 "정말인기요?" 하는 경상도 사투리가 툭 튀어 나오는 게 아닌가.

"어머머! 기가 막혀."

난 할 말을 잃고 말았다.

"일본 여자랑 타기에 일본사람인 줄 안기라."

"나도 일본 남자인 줄 알았어요."

사정을 알게 된 히데꼬 씨 남편은 차를 갓길에 세워 놓고 허리가 꺾어지도록 웃었다.

대구가 고향인 우 박사님은 독일에서 공부하고 대학교수 생활까지 하다가 이틀 전에 미국엘 왔다고 했다. 히데꼬 씨 남편과 전공이 같아 같은 연구실에서 일하게 되었는데 아파트를 얻기 위해 따라 나왔다지 뭔가. 우 박사님은 독일에서 소세지를 많이 먹어서인지 키는 작아도 얼굴에서 윤기가 나며 건강해 보였다. 난 반가운 마음에 우 박사님과 히데꼬 씨 부부를 우리 집에 모시고 와서 기름이 잘잘 흐르는 쌀밥에 김치와 김을 곁들인 소박한 점심을 대접했다. 내가 한국 사람임을 알게 된 우 박사님은 마치 친척처럼 스스럼없이 굴며 밥을 몇 공기씩 추가해가며 먹었다. 히데꼬 씨 부부도 달게 밥을 먹었다. 김치가 맛있다고 하는 바람에 한국 아줌마의 인심까지 담아 김치 한 통을 싸서 주기까지 했다. 우 박사님이 돌아가면서 한마디 했다.

"아, 같은 나라 같은 민족이 이렇게 편하고 반갑고 좋을까요? 이건 고향입니데이, 고향!"

37 - 놀라운 친절

인생에서 가장 큰 도전은 무엇이었을까? 나에게는 아마도 1982년, 남편이 미국에 연구원으로 가게 되었을 때 아이들 셋을 모두 데리고 따라나섰던 일 같다. 요즘처럼 해외로 나간다는 게 전혀 새로울 게 없고, 인터넷을 통해 처음 가보는 외국의 정보를 손쉽게 얻을 수 있는 때가 아니었다. 어떤 곳인지, 어떤 생활이 펼쳐질지 전혀 예상할 수 없는 머나먼 타국에서, 온 식구를 데리고 1년의 세월을 보내야 한다는 사실에 남편은 마음이 놓이지 않았나 보다. 무엇보다 아이들을 데려갈 경우 늘어날 생활비가 얼마나 될지 알 수 없는 것이 문제였다. 남편은 아이들을 한국에 두고 가자고 했다. 하지만 나는 아이들을 1년씩이나 남의 손에 맡기는 건 있을 수 없는 일이라며 모두 데리고 가기를 원했다. 몇 날 며칠을 다퉈 보아도 결론이 나지 않자 나는 최후의 제안을 했다. 미국에 가서 살다가 경제적으로 어려워지면 아이들과 난 당장 돌아오겠노라고. 그것마저 반대한다면 혼자 떠나라고. 결국 남편은 내 의견을 받아들였고, 그해 여름 우리 다섯 식구는 미국행 비행기를 탔다.

미국 생활은 걱정했던 것과 달리 순조로웠다. 사람들은 친절했고, 좋은 친구들도 많이 만들었다. 중고이긴 하지만 난생처음 자가용이란 것도 생기고, 남편과 세 아이 각자 미국 학교에 잘 적응하여 즐겁게 학교생활을 했다. 물론 중간에 한국으로 돌아가는 불상사를 막기 위해 개미보다 더 잘록하게 허리띠를 동여매고 살아야 했지만, 그건 그것대로 소박한 재미가 있었다.

이듬해 4월, 부활절 연휴가 찾아 왔다. 미국 사람들은 부활절이 되자 가족, 친지들을 집으로 초대하여 음식을 나눠 먹거나 식구들끼리 여행을 떠났다. 어느 정도 미국 생활에 자신이 붙은 우리 가족도 미국 사람들처럼 부활절 여행을 떠나기로 했다. 여행 목적지는 아이들의 천국이라는 디즈니 월드! 기왕 미국까지 아이들을 데리고 왔으니 가능하면 많은 것을 보고 경험하게 해 주고 싶었다. 디즈니 월드가 있는 플로리다에서 돌아오는 길에는 쉬엄쉬엄 다른 관광지도 둘러보기로 했다. 우리가 살고 있던 루이지애나 주를 출발, 미시시피 주와 앨라배마 주를 지나 플로리다 주까지 가는 여정은 한국 사람에게 부담스러울 정도로 멀고 아득한 거리였다. 그러나 이미 미국생활이라는 큰 도전에 성공한 젊은 우리 부부는 두려울 게 없었다.

자동차 뒷좌석에 세 아이를 태우고 일주일간의 역사적인 가족 여행을 떠나던 날, 기대와 설렘으로 들뜬 마음을 가라앉힐 수가 없었다.

"야호! 신난다!"

박수를 치며 즐거워하는 내 모습에 세 아이도 덩달아 방방 뛰며 기뻐했다. 끝없이 뻗은 고속도로 주변에는 넓은 평지와 농경지, 그리고 양 떼가 풀을 뜯는 초원이 펼쳐져 있었다. 우리나라의 고속도로를 달릴 때는 산과 바다, 논과 밭의 풍경이 시시때때로 모습을 바꾸며 즐거운 구경거리가 되어 준다. 그러나 미국의 고속도로는 온종일을 달려도 계속 비슷한 풍경이 이어져 심심하고 지루했다. 지평선이 하늘과 맞닿은 곳까지 텅텅 비어 있는 들판을 바라보고 있자니 아까운 마음마저 들었다. '우리나라에 저 넓은 땅이 있다면 얼마나 쓸데가 많을까…….' 하는 상상에 한창 빠져있을 때, 남편이 나에게 지도를 불쑥 내밀었다.

"여기서부터 앨라배마니까 이정표 좀 잘 살펴봐 줘."

앨라배마에는 남편 친구가 살고 있는데 하룻밤 신세를 지기로 약속이 되어 있었다. 그러기 위해선 이정표를 잘 보고 고속도로에서 빠져나갈 길을 찾아야 했다. 해가 지고 사방이 어두워진 시간이었다. 대낮이라도 쉽지 않은 이정표 찾기를 어두운 밤에 하려니 쉽지 않았다. 휙휙 내달리는 차 안에서 긴 영어로 쓰인 동네 이름을 찾느라 온갖 촉각을 곤두세웠다.

"여보, 여기 어디쯤인가 봐. 얼핏 동네 이름 첫 글자를 봤어."

"그래? 지도상으로도 거의 가까이 온 것 같으니 여기가 맞겠지."

온종일 운전으로 피곤해진 탓이었을까. 남편은 확인도 하지 않고 내가 말한 곳에서 고속도로를 벗어나 옆길로 빠졌다. 쭉 뻗은 폭이 좁은 시골길이 눈앞에 나타났다. 그 길을 우리 차가 독차지하고 내달리기 시작했다.

"가다 보면 마을이 나오겠지."

우리는 달리고 또 달렸다. 얼마나 시간이 흘렀을까, 참새 떼처럼 조잘대던 아이들은 저녁도 굶은 채 뒷좌석에서 모두 잠이 들었다. 그날따라 달도 없는 밤은 너무나 깜깜했다. 그러나 마을은 나오지 않고 저 멀리 보이던 고속도로 불빛마저 완전히 사라졌다. 생판 모르는 곳에서 길을 잃고 어둠에 갇혀 버린 것이다.

"어쩌지? 이정표를 잘못 봤나 봐. 엉뚱한 길로 들어선 것 같아."

"하지만 되돌아가기엔 너무 멀리 왔어. 길이 좁고 어두워 차를 돌리는 것도 쉽지 않아 보이고. 어쨌든 길이 나 있으니 가다 보면 마을이 나오겠지. 거기서 하룻밤 묵기로 하자고."

우리는 계속 앞으로 가기로 했다. 밤은 깊어 가는데 마을은커녕 작은 빛조차 보이지 않고, 두려움과 피곤함으로 금방이라도 쓰러질 것만 같았다.

그때 길 뒤쪽 어디에선가 섬광처럼 번쩍하고 불빛이 나타났다. 자동차 조명 같았다. 어둠에 묻힌 밤이어서 그런지 유난히 밝아 보였다. 그런데 이상했다. 그 불빛이 전속력으로 우리 차를 향해 달려오고 있는 게 아닌가. 그토록 간절히 바라던 불빛이었건만, 반가운 마음 대신 온몸이 쭈뼛해지며 소름이 곤두섰다. 이곳이 총기 소유가 자유로운 미국이라는 사실이 새삼 떠올랐기 때문이다. 미국 영화에서 자주 보던 장면도 떠올랐다. 인적이라고는 찾아볼 수 없는 도로변에서 누군가의 총에 맞아 쥐도 새도 모르게 사람이 죽는 장면 말이다. 이런 곳이라면 그런 완전 범죄는 식은 죽 먹기일 텐데. 당장에라도 저 차에서 총이 발사되어 우리 식구는 흔적도 없이 사라질 것만 같았다. 불길한 상상이 꼬리에 꼬리를 물고 계속되자 불안감에 숨이 막혀 왔다. 두렵기는 남편도 마찬가지였나 보다. 핸들을 힘껏 움켜쥐고 도망치듯 차를 빠르게 몰며 연신 마른 침을 삼키고 있었으니까. 뒤돌아보니 불빛은 어느새 가까이 다가와 있었다. 우리가 속도를 높이면 그 차도 빨리 쫓아오고, 속도를 낮추면 느리게 따라붙었다. 우리 차를 얼마든지 추월할 수 있었는데도 계속 일정한 거리를 유지하며 달리는 것이, 의도적으로 쫓아오는 것이 틀림없었다. 아무래도 우리를 해치기 위해 동태를 살피며 계획을 세우는 듯했다.

그렇게 속도를 높였다가 낮췄다가 하기를 몇 차례, 쫓아오는 차를 따돌리기엔 역부족이라는 결론을 내린 우리는 죽든 살든 부딪혀 보기로 했다. 남편이 좁은 길가에 차를 바싹 붙여 세우고 뒤차에 먼저 가라는 신호를 보낸 것이다. 뒤따르던 차가 천천히 거리를 좁혀오기 시작했다. 남편과 난 손을 꼭 잡았다. 두려움과 불안의 눈빛만 교환할 뿐 말이 나오지 않았다. 잡은 손은 땀으로 축축해졌다. 감당하기 어려운 공포감이 엄습해왔다. 정적에 묻힌 밤이어서인지 다가오는 차 소리가 사형장의 쇠사슬 소리같이 섬뜩했다. 그냥 지나치기를 바랐던 그 차는 서서히 다가와 우리 차 뒤에 바싹 붙어 섰다. 차 문 열리고 닫히는 소리가 쾅! 하고 났다. 그리고 저벅저벅 구둣발 소리와 함께 건장한 두 남자가 우리 차 곁에 섰다.

"똑똑."

커다란 손이 창문을 두드리며 창문을 내리라는 시늉을 했다. 남편이 조심스럽게 창문을 내렸다. 눈을 마주치는 게 두려웠던 나는 고개를 푹 숙여 버렸다.

"이 밤중에 어디를 가십니까?"

친절한 목소리였다. 고개를 들고 쳐다보니 이럴 수가! 경찰 두 명이 환히 웃고 있는 게 아닌가. 구세주를 만난다고 해도 이보다 반가울 수는 없었을 것이다.

"멀리서 보니 당신들이 길을 잃고 헤매는 것 같았어요. 이쪽으로는 아무리 가도 마을이 안 나오거든요. 그래서 도와주려고 따라 온 겁니다."

예상 밖의 친절에 우리는 할 말을 잃었다. 순식간에 긴장이 풀리고 감사한 마음이 몰려왔다. 이렇게 고마운 경찰들을 범죄자로 의심했던 것이 미안하고 부끄러웠다. 남편이 친구 주소를 내밀었다.

"많이 지나쳐왔군요. 그렇지만 염려 마시고 우리 차를 따라오세요. 그 집까지 안내해 드리겠습니다."

"고맙습니다! 감사합니다!"

"당연히 경찰이 할 일입니다. 조심해서 따라오십시오."

앞장선 경찰차의 인도에 따라 1시간 반 정도를 달리자 마을이 나타났다. 이미 자정이 넘은 그곳엔 가로등만이 드문드문 길을 비추고 있었다. 그리고 마침내, 집 앞에 나와 서성이며 우리를 기다리고 있던 남편의 친구 모습이 보였다. 친구는 우리의 등장에 안도의 숨을 크게 몰아쉬더니 남편을 얼싸안고 기뻐했다. 그날 밤 걱정과 두려움으로 떨었던 건 우리 부부만이 아니었던 모양이었다. 무사히 도착한 것을 확인한 경찰은 흐뭇한 미소와 함께 자리를 떴다.

정신이 없었던 탓이라 핑계를 대 본다. 경찰관들에게 작은 선물 하나도 못 드리고 떠나보냈던 이유 말이다. 나중에라도 감사의 뜻을 전달할 수 있게 주소라도 받아 둘 걸, 하는 후회가 오랫동안 계속되었다. 그렇게 미국 경찰의 놀라운 친절은 가슴 찡한 감동으로만 남게 되었다. 그 후 우리는 즐겁게 여행을 마치고 무사히 루이지애나 주로 돌아왔다. 어린 세 아이와 함께 까마득히 먼 거리를 지도 한 장에 의지하며 운전하여 낯선 미국 땅을 둘러보던 일주일간의 여행은, 미국 생활이라는 도전 중에서도 가장 큰 도전이었다. 지금은 미국에서의 기억 대부분이 지워졌지만, 그날 밤 경찰관의 놀라운 친절은 어제 일 인양 생생하다. 언젠가 내 마음을 전달할 수 있는 날이 올까?

"우리의 도전을 즐거운 추억으로 만들어 준 당신들의 친절은 평생 잊지 못할 겁니다. 정말 감사했습니다."

38- 감사 부자

　나는 지금 몇 시간 째 곰곰이 생각하며 무언가를 찾아내려고 애를 쓰고 있다. 아무리 생각해도 바로 이거다 싶은 게 떠오르질 않는다. 차라리 여러 가지를 찾으려면 쉽겠는데 한 가지를 뽑아낸다는 게 이렇게 힘들고 어려울 줄은 정말 몰랐다

　'내 생애에 가장 감사했던 순간은 언제였을까? 내 생애에 가장 행복했던 순간은 언제였을까?'

당장이라도 선뜻 답이 나올 줄 알았는데 생각만큼 쉽지가 않다. 나의 삶은 축복의 연속이었고 감사한 날들로 채워져 살아왔으니까 말이다. 만약 감사한 일 한 가지만 골라 발표를 한다면 수많은 나의 감사한 사연들이 얼마나 서운해 하겠는가. 난 도저히 한 가지만 말 할 수가 없다. 차라리 감사를 통째로 말 하라면 몰라도……

　그동안 내 삶에서 가장 궁핍했던 때는 감사를 모르고 살던 시절이었다. 공기나 물의 고마움을 모르고 살듯 감사를 당연한 것으로 여기고 살아왔다. 감사가 없는 내 생활은 항상 빈곤했고 고달팠다. 불평과 불만이 꼬리를 물었다.

　'난 왜 이리 부족한 것 투성일까?'

　더 많이 채우고 싶은 욕심이 감사할 줄 모르는 인간으로 만들었던 모양이다. 진정한 감사의 의미를 깨닫게 된 것은 그리 오래 되지 않았다. 감사할 줄 알면 마음이 넉넉해지고 풍요로워진다는 진리를 늦게라도 깨닫게 되었으니 얼마나 다행이며 고마운 일인지 모르겠다. 성경은 우리에게 '범사에 감사하라'고 가르치고 있다. 이 말은 어린 시절 가정 예배 시간에 아버지로부터 가훈처럼 늘 들어왔던 말씀이기도하다.

　나는 어느 날 감사한 일들을 하나하나 되짚어 보다가 깜짝 놀란 일이 있다. 너무 많았기 때문이다. 만일 '누가 감사한 일이 많은가?' 하는 대회가 열린다면 날 이길 사람은 아무도 없을 것이다. 아침에 눈을 뜨면 거뜬하게 일어 날

　　　　　　　　　　　　38 - 감사 부자

수 있는 일을 감사하는 것으로 시작해서, 무더운 여름이 지나고 시원한 가을이 되어서 감사 하고, 이웃에 친구가 살고 있어서 감사하며, 가난 속에서도 끝까지 공부를 하고 졸업할 수 있어서 감사하다. 남편을 만나 결혼하던 날, 우리 집을 계약하던 날, 딸들이 결혼하던 날, 사위들이 어머니라고 불러줄 때, 손자들이 태어나던 날, 명절 때마다 온 식구 모여 왁자지껄 떠들 때, 여러 나라로의 여행, 아무 이상 없다는 건강 검진 결과, 아직까지 남편에게 잔소릴 해대며 살고 있는 일까지……. 대강 기억나는 일들을 손꼽아 보아도 감사가 넘쳐난다.

나에게 오늘이 있게 해준 특별한 감사도 있다. 그건 내가 부모를 선택하여 태어날 수 없었음에도 불구하고 신앙을 재산보다 중하게 여기시는 크리스천 부모한테서 태어난 일이다. 이건 축복받은 감사다. 6·25전쟁 당시 목숨을 잃거나 이산가족이 될 위기를 모면하고 우리 다섯 식구 모두 무사히 피난을 나올 수 있었던 일도 빼 놓을 수 없는 감사다. 검정 치마 흰 저고리에 까만 고무신을 신은 벽촌 아이가 아무렇게나 막 자른 단발머리 사이로 눈을 반짝이며 논둑 밭둑을 지나서 학교를 가고 있었다. 막연히 서울로 흐르는 흰 구름을 바라보며 꿈을 키운 그 아이가 지금은 서울 한켠에 집을 짓고 대학교수 사모님이 되어 살고 있으니 이토록 기적적인 일이 또 어디에 있을까. 죽는 날까지 감사할 일이다. 내가 선물한 물건이 기대치 미달이라며 되돌려 보낸 사람을 향해 욕을 퍼 붙고 인연을 끊어버리고 싶었던 순간을 잘 참아 넘긴 내 인내심에도 두고두고 감사한다.

그러나 뭐니 뭐니 해도 내 인생의 전반적인 감사는 남편을 만나 결혼한 날부터 펼쳐지기 시작 되었다고 말할 수 있다. 내 행복에 관한 열쇠 또한 남편이 가지고 있다 해도 과언이 아니다. 50년을 함께하는 동안 다툼과 의견 충돌이 왜 없었겠는가, 투닥투닥 싸우고 밤잠을 설친 날은 왜 또 없었겠는가. 도장만 안 찍었지 이혼하고 싶은 순간은 왜 없었을까만, 참을성 많은 남편이 매번 달래주며 손 내민 덕분에 노후에 다정한 부부라는 소릴 들으며 살고 있으니 참으로 감사한 일이다.

감사할 일을 찾아보면 하루하루 살고 있는 평범한 일상 속에서 일어나는 일이 많다. 작은 일이라 느끼지 못할 뿐이지, 자꾸만 감사하다고 생각하면 감사가 샘물처럼 솟아나 감사가 아닌 일이 없다. 미국의 토크쇼 여왕이라고 불리우는 오프라 윈프리는 미국인들이 가장 존경하는 여성이다. 그러나 그녀는 지독히 가난한 미혼모 품에서 태어나 외할머니 손에서 자랐다. 청소년 시절에는 성폭행을 당했고 마약 중독으로 지옥 같은 삶을 살았단다. 살고자 하는 의욕을 잃어버리고 인생의 낙오자가 될 위기에 처해 있었던 사람이다. 그랬던 그녀가 1억 4000만의 전 세계 시청자들을 웃고 울리는 눈부신 존재로 우뚝 서기까지는 감사하는 습관이 큰 역할을 했다고 한다. 그 바쁜 사람이 밥 먹 듯 하루도 빼먹지 않고 하는 일은 다름 아닌 감사 일기를 쓰는 일이란다. 감사 내용은 지극히 평범하고 일상적인 것 들뿐이다. 예를 들면, 유난히 파란 하늘을 본 것에 감사하 고, 맛있는 스파게티를 먹은 것에 감사하며, 좋은 책을 읽 게 해 준 작가에게 감사한다는 내용이다. 오프라 윈프리는 감사 일기를 통해 일생에서 소중한 것은 무엇이며 삶의 초 점을 어디에 맞추어야 하는 지를 배웠다고 했다.

진정 감사한 생활을 하려면 내 삶을 다른 사람과 비교하 는데 소비하면 안 된다. 남의 것은 커 보이기 때문에 비교 할수록 빈곤해지고 초라해 진다.

'저 집 자녀는 서울대학도 척척 붙는데 우리 집 아인 겨 우 이 대학이야.'

'이웃집은 외제 차 몰고 다니는데 우린 똥차나 끌고.'

자기 분수도 모르고 올려다만 보면 상대적 빈곤으로 감 사는커녕 푸념만 일삼게 된다. 충분하면서도 충분한 줄 모 르는 결핍의식은 아무리 채워도 채워지지 않는 깨진 항아 리에 물 담기나 다름없다.

나는 이제부터 좋은 일에만 감사하기보다는 어렵고 힘든 일, 고통과 아픔까지도 감사할 줄 아는 사람이 되게 해 달 라고 기도하려 한다. 그리하여 내 삶이 끝나는 날 아등바 등 매달리지 않고 '감사하게 잘 살다 갑니다.' 하며 웃으면 서 세상과 이별 할 수 있기를, 하나님 나라로 이사 가듯 떠날 수 있기를 기도하려고 한다.

감사는 아무리 많이 갖고 있어도 꿔 달라는 사람도 없고 도둑도 들지 않는다. 오직 나만의 것이다. 나는 부자로 살아본 적도 없고, 일등도 해본 적 없다. 그러나 감사만큼은 자신 있게 말할 수 있다.

"난 감사 부자다!"

39 - 주말 농장 가는 날

　내가 주말 농장에 간다고 하면 사람들은 나를 부자라고 생각한다. 시외에 농장을 할만한 큰 땅이라도 갖고 있다고 생각하는 모양이다. 오해다. 그렇다고 부자가 아니라며 굳이 부인하지는 않는다. 이유를 설명하자면 이렇다.

　서울에서 차를 타고 50여 분 빠져 나오면 한적한 시골이 나온다. 그곳엔 묵정밭이 여러 군데 있다. 농사를 지을 수 있는 손이 없어서 땅임자는 있지만 하릴없이 놀고 있는 땅이다. 그 땅엔 쓸모없는 잡초만이 무성하게 숲을 이루고 있어서 뱀이나 지네, 거미 같은 징그러운 벌레들이 우글거리고 있다. 해서 서울시에서 그 땅을 빌려 시민들에게 농사를 지를 수 있도록 적극 지원하고 있다. 약간의 이용료를 받고서 말이다. 온갖 농기구도 준비되어 있고, 우수한 품종의 씨앗도 나누어 주고, 밭까지 갈아 준다. 빈 몸으로 가서 경작만 하면 된다. 우리 부부도 한 뙈기 갈아 먹어 보기로 하고 신청을 했다. 그렇게 매주 토요일마다 찾아가는 주말 농장이 생겼다.

이른 봄, 남편과 난 처음으로 농장을 찾아갔다. 300여개로 나누어진 일정한 밭두렁이 질서 정연하게 주인을 기다리고 있었다. 두 사람이 채소를 가꾸어 먹으려면 땅 10평이면 충분하다. 햇빛 아래서 싱그러운 땅냄새를 맡으며 흙을 만지고 있으려니 마치 고향 한 자락에 앉아 있는 것처럼 마음이 푸근했다. 주말 농장엔 우리 뿐 아니라 농사에 뜻을 가지고 있는 서울 시민들이 모여 씨앗 심기에 여념이 없었다.

우리는 그곳에다 이것저것 많이도 심었다. 고구마 30주, 고추 10주. 가지 5주는 모종을 했고 열무, 상추, 쑥갓, 아욱, 콩, 호박은 파종을 했으며, 감자는 씨눈이 다치지 않게 잘라 흙속에 묻었다. 남편은 내가 농사일에 적극적인 관심을 보이자 농군의 아내처럼 일을 잘 한다며 칭찬을 했다. 하기사 농사를 천직으로 여기고 살아 오셨던, 지금은 고인이 되신 아버지를 보며 어린 날을 보냈으니 농사일이 전혀 낯설지 않은 건 당연하다.

아버진 늘 말씀하셨다. 농사는 잡초와의 전쟁과 같다고. 그 놈의 잡초는 무시당할수록 생명력이 강해져 그냥 내버려 두면 나중엔 잡초 밭이 된다고. 늘 풀 뽑기에 열심이셨던 아버지 생각이 나서 남편에게 한 가지 제안을 했다.

"여보, 잡초가 나지 않게 밭두렁에 비닐을 덮고 채소를 심으면 어떨까요?"

"요까짓 농사 지으면서 무슨 비닐 멀칭을 해요? 썩지도 않는 비닐이 너풀거리며 땅을 장악하는 꼴을 보느니 차라리 내가 열심히 뽑으리다."

남편은 신경 쓸 만큼 큰 농사가 아니니 즐기며 산보 삼아 주말 농장을 드나들자고 했다.

난 모종을 하고 씨앗을 뿌린 뒤 물주는 일을 게을리하지 않았다. 밭 근처에 흐르는 물을 길어다 충분히 먹을 수 있도록 땅을 흠뻑 적셔 주었다. 그 많은 식물들이 햇빛과 물, 흙만 먹고도 어찌 그리 반짝거리며 잘 자라는지 신기할 뿐이었다. 하루가 다르게 커가는 것을 바라보고 있자니 마음이 힐링되고 즐거웠다.

겨우 뿌리를 내리기 시작한 어린 싹들은 허리를 꼿꼿하게 세우고 팔을 펼치며 초록 기쁨을 토해 내고 있다. 씨앗이 제법 큰 콩이나 호박의 싹을 가만히 들여다보면 모두들 껍질을 머리에 이고 새근새근 숨을 쉬며 흙을 밀치고 올라오는 소리가 들리는듯 하다. 그 모습이 유치원생들이 단체

39 - 주말 농장 가는 날

로 모자를 쓰고 있는 것처럼 귀엽다. 문득 신현득 선생님의 「새싹 모자」라는 제목의 동시가 생각난다.

새싹은
모자를 쓰고 나와요.

"나는 콩이야."
콩싹은
콩껍질을 쓰고 나와요.

"나는 호박이야."
호박은
호박씨 껍질을 쓰고 나와요.

작고
예쁜 새싹 모자.

나도 모자 쓴 콩이라도 된 듯, 모자 쓴 호박이라도 된 듯, 벙글 웃음을 지으며 밭고랑에 털썩 주저앉아 오래도록 모자 쓴 새싹들을 들여다보고 또 들여다 본다.

아기 같기만 하던 새싹들은 어느 순간 일제히 모자를 벗어 버리고 흙냄새를 흠흠 맡으며 하루가 다르게 무럭무럭 자라났다. 난 상추들을 보기 좋게 솎아냈다. 5월이 되자 몇몇 채소들은 우리 집 밥상 위에 올라오게 되었다. 풋고추며 상추, 쑥갓이 얼마나 달고 맛있던지, 시설 재배로 생산되는 채소들과는 비교할 수 없는 맛이었다. 무공해 채소가 그득한 우리 집 식탁은 그 어떤 부잣집 상차림도 부럽지 않았다.

7월 더위가 막 시작되던 날, 채소들이 한창 자라고 있는 밭을 놔두고 여행을 다녀온 게 잘못이었다. 밭을 돌보지 못한 사이에 잡초들이 신이 나서 밭두렁 자리를 다 차지해버렸다. 개망초, 질경이, 쇠비름, 억세풀, 이름 모를 잡초들로 풀밭이 된 꼴을 보자 화가 잔뜩 치밀어 올랐다. 비닐을 덮어 잡초를 예방하자는 내 말을 듣지 않은 남편이 원망스러웠다. 아버지의 조언을 깊게 새겨듣지 않은 내 자신도 원망스러웠다. 나는 두 팔을 걷어붙이고 잡초 뽑기에 나섰다. 그 짧은 사이에 어찌나 뿌리를 깊이 내렸는지 잡초를 다 뽑을 때쯤에는 누구를 원망할 기운조차 남아있지 않았다.

흙과 땀은 배신하지 않는다고 했던가. 채소들은 돌아온 나의 잦은 발소리에 활기를 찾았는지 다시 무럭무럭 자라기 시작했다. 뜨거운 태양 아래 불평 한마디 없이 쑥쑥 커주는 모습이 기특하기만 했다.

"내가 농사지은 채소야. 무공해 채소 맛이 그만이야."

싱싱한 채소를 이웃과 친구들에게 나누어 주는데 어깨가 으쓱하다. 그저 열심히 자라고 있을 뿐인 식물이 주는 행복이 이렇게 클 줄 몰랐다. 해서 오늘도 주말 농장을 향해 차를 달린다. 진정한 부자가 된 마음으로.

                                                                39- 주말 농장 가는 날

40- 기타 치는 할머니

인생을 서서히 마무리할 나이에 무언가를 새롭게 배우려고 한다면 흉보는 사람이 있을지 모른다. 그러나 나이를 의식하지 않고 무엇이든 배운다면 새로운 길이 열려 보다 나은 삶을 누리지 않을까 싶다. 아이들 키우는 일이 내 생활의 전부인 양 생각하며 살았지만, 이젠 모두 떠나고 남는 건 넘쳐나는 시간뿐이다. 정년퇴직할 나이를 한참 넘기고도 일을 했던 강사 생활까지 손을 떼고 나니 무료하기

짝이 없다. 해서 무언가 배워 보려고 문화센터의 문을 두드렸다.

지금은 노인들이 부지런하고 열정만 있으면 배울 것도 즐길 일도 많아 지루할 틈이 없는 세상이다. 각 문화센터, 노인복지관, 주민센터 등에서 다양한 프로그램을 마련해 놓고 노인들에게 어서 오라며 문을 활짝 열어 놓고 있으니 말이다. 수강료가 무료인 과목도 있고, 돈을 낸다 하더라도 소박한 점심 한 그릇 값이면 충분해서 부담도 없다. 그래서 젊었을 때 놓쳐버린 꿈을 노후에 이루며 보람된 삶을 누리는 이들을 많이 볼 수 있다. 백세 시대에 살고 있는 넘쳐 나는 노인들이 우리나라만큼 사랑 받으며 사는 나라도 드물 것이다. 노인들이 활개치며 사는 행복한 나라 같다.

나는 잠실 사회복지관의 합창, 오카리나, 클래식 기타반에 등록을 했다. 합창이야 다 같이 목소리를 모아 노래를 부르다보니 쉽게 따라 갈 수 있고, 오카리나는 악기가 단조로워 운지법만 잘 지키면 큰 어려움 없이 배울 수 있다. 하지만 클래식 기타만큼은 배우기가 생각만큼 쉽지 않았다. 통기타와 달리 지판의 음계도 알아야 하고 특수 주법까지 배우려면 많은 노력과 시간이 필요한 공부다. 난 중간에 포기하지 않으려고 제법 값나가는 악기를 구입했다. 여러 번 난관에 부딪힐 때마다 비싼 기타를 무용지물로 만들기가 아까운 마음에 어려움을 극복할 수 있었다.

내가 기타반에 입문한 3년 동안 수많은 학생들이 1년을 버티지 못하고 그만두었다. 그러나 난 포기하지 않고 매달린 덕분에 기타반에서 두 번째 고참이 되어 '왕 언니'라는 호칭까지 얻었다. 그동안 음악에 관심만 가지고 있었을 뿐 단 한 번도 정식으로 배워 본적이 없어서 처음에는 마음처럼 잘 되지 않았다. 하지만 선생님의 지시대로 열심히 따라하다 보니 이젠 어설프게나마 병아리 수준의 연주는 가능하다. 음악적 감각이 뛰어나다며 칭찬해 주는 내 막내 딸 나이의 선생님 말씀에 난 어린학생처럼 마냥 즐거워하며 신나게 기타를 배운다. 열심히 배우고 연습하는 것만큼 실력도 나날이 늘고 있는 것 같다.

복지관에는 소외된 노인들을 초대하여 점심을 대접하는 날이 있다. 그날이 돌아오면 기타반 7명은 '복지관 앙상블'이라는 이름으로 공연을 한다. 노래에 능한 오길성 씨가 가수가 되고 나머진 뒤에서 기타 합주로 흥을 돋군다. 그러면 입을 꾹 다물고 화난 사람들처럼 앉아 있던 노인들 입가에 웃음꽃이 살살 피어나며 노래도 따라 하고 손뼉도 치며 즐거운 점심시간이 된다. 난 그런 기타반에서 합주로 봉사하는 것을 큰 보람으로 여긴다. 기타 배우길 정말 잘했다는 생각이 절로 든다.

그런데 이번엔 3년 만에 처음으로 연주회를 나가게 되었다. 복지관 수녀님들과 직원들, 친구들을 초대하는 자리라고 한다. 연주회에서는 총 10개의 곡을 선보이는데, 나는 '님이 오시는지', '시바의 여왕', '스페니쉬 세레나데' 세

곡의 합주와 마르티니 작곡의 '사랑의 기쁨'을 독주로 연주하게 되었다. 한 명이든 두 명이든 남 앞에서 연주를 하려면 틀리지 않아야 하므로 실력을 갈고 닦아야 한다. 시간을 쪼개서라도 연습에 투자하지 않으면 안 된다.

'내가 왕 언니인데 실수할 수는 없잖아.'

생각할수록 마음이 무겁다. 그렇다고 연주회에 참여하고 싶지 않은 것은 아니다. 연주회를 위해 한 곡을 집중적으로 연습하다 보면 나도 모르는 사이에 기타 실력이 발전하고 있다는 것을 스스로 느끼기 때문이다. 그리고 누가 연주 부탁을 하면 내보일 수 있는 나만의 곡이 생긴다.

사실 나 혼자 연습 할때는 곧잘 된다. 얼마든지 남 앞에서 연주가 가능할 것 같은 착각을 하게 된다. 그러나 막상 무대에 올라가면 머릿속이 하얗게 되고 손이 떨려 연주를 망치게 되는 경우가 많다. 한번은 내가 스스로 연주에 자신 있다고 나섰다가 큰 망신을 당한 일이 있다. 너무 부끄러워 숨도 제대로 못 쉬고 있는 나에게 선생님이 다가와 말했다.

"처음부터 완벽한 연주를 기대하면 안돼요. 실수도 하고 망신도 당하다 보면 실력도 늘고 담대해 진답니다. 좋은 연주를 하려면 연습밖에 없어요."

선생님 말씀에 용기를 얻은 난 다시 발표회 준비에 열을 올렸다. 여럿이 하는 합주는 실수를 하게 되더라도 적당히 넘어 갈 수 있다. 하지만 독주는 내가 메인이기 때문에 연습을 충분히 하지 않으면 안 된다. 나이와 기억력이 뒤떨어진 만큼 더 많은 연습이 필요하다.

연습에 매진하는 건 나 혼자만이 아니었다. 작은 음악회라 크게 신경 쓸 것 같지 않지만 한 교실에서 배우는 젊은 이들과 얼굴을 마주 칠 때면 모두들 "큰일이네, 빨리 연습해야지." 하며 한숨을 쉬었다. 연주회가 처음이라 모두 걱정이 되나보다.

발표회 당일, 난 집에서 연습을 몇 번 더 했다. 자꾸 틀려 짜증이 났다. 이 부분 연주가 잘 되면 저 부분 연주가 안 되고, 저 부분 연주가 잘 되면 이 부분 연주가 안 된다.

"에라 모르겠다."

모든 것이 연주하는 순간에 따라 달라지니 연주회에서는 틀리는 부분이 없길 바랄 뿐이다.

시간이 되자 강당으로 사람들이 모여 들었다. 연주자들 모두 긴장된 표정들이다. 첫 순서는 초급반 8명이 '고요한 밤 거룩한 밤' 합주를 연주하기로 되어 있었다. 그런데 정 씨 할아버지가 오질 않았다. 다른 때 같으면 시간 전에 먼저 와서 연습에 몰두하실 할아버지다. 모두들 그냥 시작하자고 했다. 선생님은 할아버지가 얼마나 많은 연습을 하며 오늘을 기다려 왔는지 모른다며 늦더라도 기다리자고 했다. 그렇게 기다리기를 십여 분, 사람 대신 놀라운 소식이 도착했다. 정씨 할아버지 부인으로부터의 연락이었다. 어젯밤 뇌출혈로 할아버지가 돌아가셨다는 거다. 모두들 놀라 벌어진 입을 다물지 못했다.

"밤새 안녕이라더니, 이게 무슨 날벼락이에요."

"하나님이 오라고 부르면 갈 수밖에 없지요."

수녀님들은 십자성호를 그으며 둥그런 눈에 눈물을 가득 담았다.

선생님도 안타까워하시며 할아버지 이야길 잠깐 들려주었다. 가난이 벗겨지면 제일 먼저 기타를 배우고 싶어 하셨다는 할아버지는, 처음 기타반에 오시던 날 "우리 할멈이 사준 거여." 라고 자신의 기타를 자랑하며 그렇게 좋아하셨단다.

"남들 앞에서 폼 나게 기타 한 번 쳐보는 게 평생소원이라고 하셨는데, 하필 연주회날 저세상 사람이 되어버렸네요."

우린 묵념으로 정씨 할아버지를 추모했다.

슬픈 분위기 속에서도 연주회는 예정대로 차질 없이 진행되었다. 합주가 끝난 후 내 독주 차례가 되었다. 할아버지의 사망 소식 때문이었을까? 갑자기 이번 연주가 마지막이 될지도 모른다고 생각하니 마음이 차분해졌다. 덜덜덜 떨리던 마음도 가라앉고, 손가락도 엉기지 않고, 음도 빠뜨리지 않고, 기타 줄도 제대로 눌러졌다. 어찌어찌 연주를 끝냈다. 수녀님들, 친구들, 처음 보는 사람들 모두 노인네가 대단하다며 용기를 주었다. 괜히 어깨가 으쓱해졌다.

나는 기타 공부에 도전한 덕분에 혼자 있어도 무료하지

않고 아이들이 내 곁을 다 떠났어도 결코 외롭지 않다. 그리고 꿈을 꾼다. 80세까지 연주를 하는 꿈을. 내가 꿈꾸는 무대는 크지 않다. 서너 명이 모인 내 친구들 앞, 명절날 모인 내 새끼들 앞, 성가대 조촐한 모임 앞, 생일을 맞이한 손자 녀석들 앞이 내 무대다. 그래서 난 오늘도 영감이 외출한 집에 홀로 앉아 기타 줄을 튕긴다. 기타 줄을 타고 음악이 은은하게 집안에 울려퍼진다.

난 100세 시대를 살아가야 할 기타 치는 할머니다.

사랑과 감사, 아름다운 은혜의 퍼즐

— 받아들임 · 내어줌 · 함께함의 문향 하모니

로그인

문학은 어떤 경우에도 인간의 삶이라는 이야기에서 벗어날 수 없다. 인간 삶의 각양 모습을 통해 나를 찾아가기도 하고 나를 보여주기도 한다. 특히 수필은 실제 내 체험에 허구를 가미하지 않고 그 경험을 형상화해 내는 문학이다. 따라서 가장 진정성 있는 문학으로 어느 장르도 수필을 따를 수는 없으며 그만큼 사실을 넘은 진실의 글로 읽는 이에게 공감과 감동을 전한다.

70년 이상의 인생을 살아온 사람들에겐 삶을 이해하는 정도나 시각이 다르다. 격변의 시대라는 한 마디로 표현해 버리기엔 너무나도 많은 질곡과 아픔과 절망과 변화의 시대를 살았기 때문이다. 하니 그만큼 겪고 보고 듣고 느끼는 것 하나도 더 예사로울 수 없다. 생명으로 살아있다는 것, 숨 쉬고 있다는 것이 얼마나 찬란한 아름다움이고 눈

부심이고 놀라운 기적인지를 알기 때문이다.

유영자의 첫 수필집 『양말 속의 편지』는 바로 그런 시대를 살아온 한 사람의 이야기로 어떻게 살았으며 어떻게 보았으며 어떻게 끌고 왔느냐의 시각이 스며있고 들어있다.

수필집 『양말 속의 편지』는 총 40편의 수필로 구성되어 있다. 그가 살아왔던 이야기들이지만 그 시대를 살아온 모든 이들의 이야기다. 그런데 그냥 살아온 이야기 하나하나가 이상스러울 정도로 빛난다. 결코 눈이 부시지 않는 빛 부심, 싫증나지 않는 정겨움, 새롭게만 들리는 옛적 이야기들이 고만고만 자란자란 어울리며 맛을 내고 멋을 내며 도란도란 삶의 퍼즐을 맞춘다. 목소리가 크지 않아도 잘 들리는, 길지 않아도 다 설명이 되는, 그리고 무엇보다 재미가 있다. 왜 그럴까. 그만의 꾸밈없는 진솔한 이야기가 굳이 잘 보이게 하려 키를 높이거나 까치발을 하지 않아도 눈에 띄게 하는 어떤 힘, 내재 내지 잠재되어 있는 그만의 어떤 힘일 것이다. 아니면 그의 삶 전부에 알게 모르게 늘 함께 해 주신 큰 힘이 그의 삶을 돕고 인도하고 거들어주심일지도 모른다. 여하튼 그의 수필 40편을 읽어가노라면 아우라처럼 그런 힘이 보이고 느껴진다. 그래서 더 재미있게 쉽게 또 금방 읽힌다. 그리고 잔잔한 물가의 평안을 가슴에 담을 수 있다. 그의 수필이 지닌 매력이 그렇게 만들었을 것이다. 그의 수필은 남편 이야기, 부모님 이야기, 삶 중 만난 이웃들 이야기 등 지극히 소소한 이야기다. 한데도 그 하나하나 40편의 어느 한 편도 아름답지 않은 것이 없다. 가슴 찢기듯 아픈 사연조차도, 너무 안타까워 꺼이 꺼이 설움을 못 이길 이야기도 글의 마지막에 이르면 따뜻함이 느껴지고 여운마저도 감미롭다.

1. 받아들임의 삶—아름다운 선택과 결단

사람은 자신이 어떤 존재인가를 잘 알 것 같은데도 그렇지 못하다. 오히려 자신에 대해선 무지할 때가 많다. 유영자가 산 시대는 감히 자신을 돌아보고 바라볼 여유조차 없었고 오히려 자신보다 내 옆 내 이웃 그리고 내가 챙기고 신경 써야 될 사람들부터 먼저 눈도 주고 보아줘야만 할 형편이었다. 세월이 아주 많이 지난 후에야 비로소 숨을 돌릴 여유가 생겨 자신을 보게 되지만 그땐 너무 지쳐있고 낡아있고 헐어있는 볼품없는 자신일 때였다. 하지만 그런 시대를 살았으면서도 유영자는 자신에 대해 상당히 철저했다. 소중하게 챙겼다. 그의 것일 수 있는 것엔 온 마음을 다하며 갖고자 하거나 간직하거나 품으려 했다. 그래선지 작가는 오래 전 일도 어제처럼 이야기한다. 그만큼 그의 삶에 중요했기도 했겠지만 자신에 관한 한 작은 것이라도 놓치지 않으려는 애착이 더 컸을 것이다. 소중하다는 것은 내 가슴으로 안고 싶은 것이다. 내 가슴에 품고 놓치지 않겠다는 것이다. 영원히 내 것이게 하고 싶고 그걸 누구에게도 증명해 보이고 싶은 것이다. 그런 그의 삶은 순전히 받아들임으로부터 시작한다.

유영자는 황해도 옹진의 작은 마을에서 태어나 농사를 짓는 아버지 밑에서 평화롭게 살았다. 그런데 6·25가 발발했다. 초등학교도 들어가기 전이었다. 우여곡절을 거치며 창년도라는 섬으로 피난을 갔다가 전염병의 위기까지 가까스로 넘기며 미 군함을 타고 목포로 피난을 했다. 여섯 살 때는 다섯 살짜리 동생과 남의 집에 맡겨지기도 했지만 농사가 천직인 아버지가 강원도 철원에 이주케 되자 그곳이 고향이 되어 어린 시절을 보냈다.

잦은 이사로 학교 문턱도 못 가본 상태였지만 열 살이나 되어 3학년으로 월반하여 학교에 다녔다. 중학교를 거쳐 철원에서 그 지역 유일한 여고생도 되었다. 그런데 여름방학이 되어 놀러온 교회 목사님의 딸인 인천 P여고 1학년 동갑내기 문자를 만나고는 서울로 향하는 꿈을 꾸게 되고 아버지의 허락을 받는다. 결국 철원에서 고등학교 1학년을 마치고 서울의 B여고 2학년이 된다. 그리고 서울의 꿈을 꾸게 만들었던 문자를 그 학교에서 다시 만난다.

삶이란 내 힘으로 살아지는 게 아니다. 운명이라고도 하지만 절대자의 힘이 얼마큼이나 미치느냐에 따라 삶의 가치도 방향도 바뀔 수 있다. 교회 장로인 아버지로부터 어릴 적부터 신앙적 분위기에 살아온 것도 있었겠지만 여기까지 오기까지의 지난한 과정은 결코 그냥 온 것이 아니었다. 알게 모르게 작용했던 힘의 역사로 어려서부터 유영자는 다가온 삶과 상황을 기회로 아주 자연스럽게 받아들였다.

■우리 여섯 식구는 한 명의 낙오자도 없이 피란을 나와 창년도의 야트막한 동산 밑에 오두막집을 짓고 살게 되었다. ■그런데 기적이 일어났다. 다섯 식구 모두 자리를 털고 일어난 것이다. 한 명도 빠짐없이 무서운 장티푸스를 이겨냈다. 아버지의 간곡한 기도와 어린 나의 간호를 하나님은 외면하시지 않으셨다. ■총탄이 빗발치는 전쟁 중에도, 인민군의 무서운 위협에도 죽지 않았다. 전염병이 목숨을 노리는 섬마을에서도 살아남았다. 돌아보면 신비롭고 놀라운 일이다. 인명은 재천이라더니 우리 식구를 두고 한 말이 아닐까. —「섬마을 피난기」

■고모는 20살, 언니는 16살, 아리따운 아가씨들이었다. 이렇게 젊고 예쁜 여자가 인민군의 눈에 띄었다가는 무사하지 못할 것이 불 보듯 뻔했기에 가장 먼저 피난길에 나서게 된 것이다. ■마을엔 엄마들과 아이들, 노인과 병약한 사람들만 남았다. 인민군들은 서너 명씩 무리를 지어 마을을 드나들기 시작했다. ■"고맙다, 네 덕분에 살았어." 눈물까지 글썽거리던

청방대원은 우리를 구하러 왔다고 했다. 당장 피난을 떠나야 목숨을 지킬 수 있다며 서둘렀다. 전쟁이 터진 이후 매일같이 신발까지 신고 자던 동생과 난 벌떡 일어나 재빨리 작은 봇짐을 메고 어머니와 함께 아저씨 뒤를 따랐다. 바닷가엔 작은 배 한 척이 기다리고 있었다. 우리 식구를 태운 배는 어둠 속에서 곡예를 하듯 파도를 헤치며 뭍에서 점점 멀어져갔다. ■붉은 해가 떠오르는 아침, 드디어 창년도라는 작은 섬에 도착했다. ■그 후 금방 끝날 줄 알았던 전쟁은 3년이나 계속되어, 우리 가족은 한반도 남단으로 한 번 더 피난했다. — 「연락병」

■기쁜 소식이 왔다. 창년도 피난민을 목포로 이주시켜 준다는 것이다. 곧 섬 앞 바다에 3층짜리 초대형 미 군함이 도착했다. 난생 처음 보는 크고 넓은 배였다. 우리 식구는 그 배에 무사히 올라탔다. — 「섬마을 피난기」

■남다른 선생님의 따뜻한 성품과 사랑, 그리고 아름다운 마음의 진원지가 하나님이었다는 걸. 그런 선생님을 만난 건 예기치 않았던 나의 행운이며 축복이었다. 나는 선생님의 삶을 닮고 싶었다. 그래서 꿈을 꾸었다. 선생님처럼 아이들을 사랑하는 교사가 되고 싶다는 꿈을. 그러기 위해 나는 누구보다 열심히 공부에 매달렸다. ■그중 한 아이가 찔레순을 꺾다가 폭탄을 발견했다. 호기심이 발동한 개구쟁이들은 폭탄 속에 무엇이 들어 있는지 궁금해 열어 보기로 했다. 그렇게 다 함께

빙 둘러앉아 폭탄을 돌로 내려친 것이 그만 비극을 불러오고
만 것이었다. ▪전쟁의 빗발치는 총탄 앞에서 용케 살아남은
아이들이 어이없게 학교 옆 산에서 변을 당했다. 젊었을 적 만
났다 헤어진 남자친구들 이름은 까맣게 잊었다. 학년이 바뀔
때마다 새로 만났던 수많은 선생님의 이름도 몽땅 잊었다. 그
러나 내 어머니와 아버지의 이름을 평생 잊을 수 없듯 4학년 2
반 우리 담임 선생님의 이름은 평생 잊을 수가 없다. 오랜만에
선생님 이름을 불러 본다. "이학규 선생님!" — 「그곳에 계셨던 선생
님」

　삶은 순리에서 아름다워질 수 있다. 순행 그리고 그곳에
서 받아들이며 최선을 다함으로 서로가 감동하고 그런 감
동이 서로의 힘이 되고 기적을 만들어낸다. 그가 겪은 상
황은 어느 것 하나도 만만치 않았다. 그러나 신비롭고 놀
라운 일로, 곡예를 하듯 파도를 헤치며, 아름다움의 진원
지 하나님의 발견까지 조마조마하면서도 신기할 만큼 좋
은 방향으로 움직여지곤 했다. 그런 순간들을 서사와 서정
의 씨줄과 날줄로 문장화시키며 처절한 장면까지도 섬세
하게 묘사하면서 지극한 인간애를 문장 속에 담아내고 있
다.
　「연락병」에서는 황해도 옹진의 작은 마을에서 짧은 검정
한복 치마와 흰 저고리를 입은 어린아이가 엄마의 지시를
따라 움직이는 모습이 아슬아슬 가슴 조이게 하면서 눈에

선하게 한다. 그 덕으로 온 식구가 살아남게 된다.

「그곳에 계셨던 선생님」에서는 자신의 몸도 생각지 않고 위험 속으로 뛰어드는 선생님을 보며 그 삶을 닮고 싶어 교사가 되려는 꿈을 품고 공부에 매달린다. 그렇게 유영자의 문학은 선한 동기를 유발하며 삶의 방향을 바꾸고 부드럽고 자연스런 변화를 아름답게 만들어낸다.

유영자 작가의 삶에서 남편을 만난 것은 가장 큰 사건이었고 축복이었다. 물론 좋은 부모에게서 근본 교육을 잘 받은 소양도 갖췄지만 사람을 바로 볼 줄 알고 형편과 사정을 이해하며 조건에 앞서 사람만으로 남편을 받아들인다는 것은 결코 쉬운 일이 아녔을 텐데도 어느 순간 그 특유의 받아들임의 자세로 결단하고 의연하게 자신의 삶을 맡김으로써 그의 생애를 새롭게 연다.

예로부터 여자에게 가장 듣기 싫은 이야기는 남자들의 군대 이야기라 했다. 하물며 자신만을 놔두고 군대에 간다는 남자의 이야기이니 말해 무엇하랴. 한데 그런 군대 이야기인데도 슬프도록 아름다우며 안타까움 만이고 억울함 만인 이야기들이 맛깔스럽게 펼쳐지며 앞으로 살아갈 삶에 대한 예시처럼 그리고 어떤 상황에도 이겨내야 한다는 기도처럼, 잘 될 것이라는 예언처럼 보여진다.

그런 군대 이야기가 맨 앞쪽에 무려 5편이다. 세 편은 남편과의 이야기고, 두 편은 6·25 때 겪은 이야기다. 둘 다

40년, 70여 년 전 이야기다. 한데 어제 이야기처럼 생동감 넘치게 「아주 특별한 결혼 이야기」는 입대 이야기로, 「거짓말의 대가」는 첫 번째 면회 이야기로 「어긋난 길」은 두 번째 면회 이야기로 펼쳐진다.

　▪면회를 오게 되면 우리의 관계를 남매라고 거짓말을 하라던 남편 말이 생각났기 때문이다. 해서 남편이 시킨 대로 오빠라고 거짓말을 했다. ▪여동생이 면회 왔는데 무슨 외박이냐고 안 내보내주잖아! 그럼 사실대로 말을 하고 사정이라도 했어야지요. 망설이다 못 했어. ▪그렇게 우리 첫 번째 면회 날, 은밀하게 손 한 번 못 잡고 헤어지는 아쉬움을 남겼다. ▪결혼 한 걸 숨기고 오누이라고 거짓말 한 공범죄 값을 톡톡히 치른 것이다. ─「거짓말의 대가」

　▪여기 있던 부대 어디로 갔어요? 오늘 새벽에 당진으로 이동했습니다. ▪김일병은 문서 연락병이라 다시 홍성에 갔습니다. 조금만 빨리 왔더라면 길이 어긋나진 않았을 텐데. ▪그날 내가 남편을 만난 시간은 새벽 3시였다. ▪기진맥진한 남편은 흠뻑 뒤집어쓴 흙먼지도 털어내지 못하고 내 옆에 그대로 쓰러져 코를 골았다. ─「어긋난 길」

웃을 수도 울 수도 없는 이야기들을 설명이 아니라 상황으로 묘사하는 가슴 먹먹한 전달로 읽는 이의 가슴을 울리며 그 여운을 오래도록 남게 하고 있다.

「아주 특별한 결혼」은 특히 남편을 만나 결혼을 하게 되던 그 인생 새로운 시작의 이야기다. 그 당시 스물일곱, 서른의 처녀 총각에겐 결혼은 늦어도 보통 늦은 게 아니었다. 그런 늦은 결혼을 할 상대가 군에 입대를 해야 하는 상황을 두고 무슨 말을 할 수 있겠는가. 한데 이런 이야기조차 밝게 재미있게 긍정적이게 풀어간다. 사람과 사람이 인연으로 만난다는 것은 엄청난 사건이다. 기적이다. 특히 평생을 함께할 반려자임엔 말해 무엇하랴. 그만큼 신중해야 하고 현재보다 미래를, 보이는 것보다 보이지 않는 것까지 보며 나뿐 아니라 가족도 생각해야 하는 큰일이다.

프로포즈를 하려는 줄 알았는데 'Y셔츠 주머니에서 꺼내준 편지, 그건 입영통지서 곧 영장이었다.' 그리고 그가 들려준 이야기는 '홀어머니의 사남매 중 둘째 아들이며 적금통장 하나 없는 빈털터리에다, 군 미필자라는 딱지가 붙어 유학갈 기회도 취직자리도 다 놓치고 장학금에 의지해 공부에만 전념하며 입영통지서를 기다리던 중'이었단다. 아무리 귀를 기울여도 그럴싸한 결혼조건 하나가 없다. 그런데 '그래도 좋으니 어쩌랴. 오히려 그 남자와 결혼한다면 혼수니 예단이니 이런 복잡한 절차는 생략할 수 있으니 부모님의 부담을 덜 수 있을 것 같았다.' 참 편하게 생각해버리는 성격인지 긍정적 성격인지 모르지만 그는 그렇게 결혼을 받아들인다.

'일주일 뒤인 8월 8일, 저녁 8시, 젠센기념관에서 결혼식을 올리고, 8월 10일에 입대하는 것으로 최종결정을 지었다.' '그때 내 나이 스물 일곱, 남편은 서른 살이 되던 해였다.' ─「아주 특별한 결혼」

그의 새 인생은 그렇게 시작되었다. 어쩌면 삶이란 이리 재고 저리 재며 계산적이기보다는 흘러가는 물에 떠가는 종이배처럼 내 존재를 작게 여기며 흐름에 맡겨버리는 게 더 지혜로울지도 모른다. 한 치 앞도 내다볼 수 없는 것이 인생 아닌가. 하지만 그는 자신의 삶에도 자신이 있는 용기 있는 활달함이 있었다. 바로 삶을 신뢰로 받아들임이다. 내 가슴에 품으면 그 어떤 것도 녹고 풀리고 이뤄질 것이라는 그런 맹랑한 믿음은 어디서 온 것이었을까.

「서울로 날아온 촌닭」은 그의 그런 성격을 더 잘 보여준다. 그 시절 서울진학은 유학이었는데 여자로서 그런 꿈을 꾼다는 것 자체가 용기라기보다 분수 넘는 일일 수 있었다.

▪서울 구경 한 번 못해 본 내가 서울 고등학교로 전학 가는 날이기 때문이다. 내 책가방 한쪽엔 어머니가 삶아주신 달걀과 누룽지도 따라오고 있다. 드디어 우리를 태우고 갈 버스가 다가왔다. 나의 꿈까지 실은 버스는 꼬불꼬불한 길을 뒤로하고 서울을 향해 달렸다. ▪"유 장로, 딸년 유학까지 보내 공부시켜 봤자 아무 소용없어요. 가르쳐 놓으면 저 잘나서 된 줄

알고 부모까지 무시할 텐데. 사내애라면 몰라도 그까짓 계집애를……." 아버지는 동네 사람들의 비아냥거림에도 아랑곳하지 않았다. 여자도 공부를 해야 꿈을 이룰 수 있고, 행복한 미래가 있다는 확신을 가진 분이셨다. 그렇게 난 철원에서 고등학교 1학년을 마치고 서울로 오게 되었다. 문자와의 만남에서 시작된 긴 여정이었다. 그런데 종착지인 서울 학교에서 다시 문자를 만나게 되다니! — 「서울로 날아온 촌닭」

주위의 눈도 호의적이지 못했다. 그만큼 어려운 시대였기도 했지만 특히 여자에겐 제약이 많았던 때였고 남존여비나 남아선호가 여전하고 더 우세하던 시대였다. 그런 딸의 소원을 들어준 아버지도 대단했다. 그런 아버지의 결심과 성원으로 올라간 서울 학교에서 문자까지 만나 그는 더 큰 힘을 받는다.

문자의 등장, 아버지의 허락, 사촌 언니의 단칸방, 선생님의 칭찬……. 무엇 하나라도 빠졌다면 꿈꿀 수 없었던 꿈이었다. 하지만 누가 뭐래도, 당돌하게 서울로 유학 가겠노라 결심한 내 마음이 가장 큰 역할을 했다고 믿는다. 벌써 60여 년이 흐른 옛날이야기지만, 누가 내 일생 중 가장 잘한 일을 한 가지 꼽으라면 나는 망설임 없이 서울로 전학한 일을 꼽을 것이다. 그래서 난 가끔 스스로를 칭찬한다. "그때 너 참 잘했어. 서울로 날아온 촌닭아!" — 「서울로 날아온 촌닭」

인생은 결단이라고 한다. 결단은 받아들임이다. 수많은 선택 앞에서 때마다 선택을 해야 하고 그 선택은 늘 결단을 요구한다. 그 선택이 후회냐 잘 한 일이냐는 미래에만 알 수 있는 것이기에 어떤 것도 두려울 수밖에 없지만 작가 유영자에게 남편을 선택한 일과 서울행의 이 두 결단과 선택은 그의 삶속에서 가장 잘한 선택이었을 것 같다. 작가는 늘 이런 대단한 결행 자체를 받아들임의 삶으로 분명하게 답을 낸다. 분명 지나놓고 보면 은혜 아닌 것이 없다는 신앙 간증처럼 그가 품고 있는 어떤 믿음이 그를 이렇게 인도했을 것이다.

2. 내어줌의 삶―나눔의 향기

수필은 경험을 대상으로 하는 문학이다. 곧 그 경험이 문학이 된다. 하지만 사실의 기록이 아니라 그것을 어떻게 진실화해서 독자의 가슴에 전달하느냐가 더 문제다. 자신의 정서와 성정이 사건을 어떻게 잘 버무려 맛깔스럽게 하느냐가 결정적이다.

적절한 표상과 표현 곧 자신의 경험을 주관화하여 전달하는 표상과 경험을 정서와 성정으로 드러내는 표현으로 작품을 독자에게 내어놓는 것이다. 유영자의 수필은 이 둘을 참 교묘하고 적절하게 아우르며 글맛을 더 한다.

사람들은 받아들이는 것도 잘 못하지만 내 것을 내어주거나 마음을 여는 일엔 더욱 인색하다. 특히 나와 상관이 없는 이익이 되는 일이 아니면 눈도 돌리려 하지 않는다. 하지만 유영자는 그렇지 않다. 모른 체 해도 될 일에도 기꺼이 나서며 자신의 시간을 그리고 마음을 내어놓는다.

∎며느리 하는 짓이 괘씸하고 미워 죽겠다가도 막상 며느리가 찾아오면 그게 고맙고 좋아서 활짝 웃음짓는 할머니의 뒷모습을 바라보자니 나도 모르게 씁쓸한 웃음이 흘러나왔다. ∎누구나 늙어가면서 사람들의 관심에서 멀어진다. 관심에서 멀어진다고 해서 인생을 잘못 살아왔거나 나쁜 사람이라는 뜻은 아닐 것이다. ∎사라지는 관심 앞에서 어떤 자세로 남은 인생을 살아야 할까? 버려진 종이를 모으며 사는 할머니에게서 그 쉽지 않은 답을 읽어 본다. ─「이웃집 할머니」

∎그녀를 휠체어에 태우고 백화점의 밍크코트 매장을 한 바퀴 돌았다. 하지만 아주머니는 코트 가격표를 들여다보며 너무 비싸다는 말만 되풀이했다. ∎그렇게 우리는 빈손으로 집으로 돌아왔다. ∎그녀가 고향으로 돌아가던 날, 간당간당한 목숨을 부여안고 휠체어에 의지해 한국을 떠나는 그녀를 끌어안고 작별인사를 했다. 그리고 그것이 그녀와의 마지막이 되고 말았다. 그럴 줄 알았으면 무슨 수를 써서라도 밍크코트를 사 입혀 보내는 건데…… ─「밍크코트」

▪나도 언제부터인가 밥도 흘리고, 국도 흘리고, 물도 흘리더니 이젠 옷 보따리까지 흘리고 말았다. 정신 바싹 차리고 살라는 신호인가 보다. 더 이상 욕심내지 말고 살라는 경고일지도 모른다. ▪나는 생판 모르는 어느 낯선 이에게 선물한 셈 치기로 하고 얼른 마음을 비웠다. 누군가 내가 흘린 옷 뭉치를 주워들고 행운권 추첨에 당첨이라도 된 듯 하하하 고개를 뒤로 젖히고 웃고 있는 모습이 그려진다. 공짜로 손수건 한 장만 생겨도 기쁜데, 명품이나 다름없는 옷을 주워들고 정말 기뻐했으면 좋겠다. 그 사람에게 꼭 필요한 옷이 되어 주었으면 좋겠다. 그 옷을 입고 마냥 행복해했으면 좋겠다. ─「누가 입고 있을까, 그 옷?」

싱싱한 채소를 이웃과 친구들에게 나누어 주는데 어깨가 으쓱하다. 그저 열심히 자라고 있을 뿐인 식물이 주는 행복이 이렇게 클 줄 몰랐다. 해서 오늘도 주말 농장을 향해 차를 달린다. 진정한 부자가 된 마음으로. ─「주말 농장 가는 날」

가난은 했지만 가슴이 따뜻했고, 고마워 할 줄 알았고, 이웃을 사랑하던 내 어린 시절……. 나는 마음이 답답한 날이면 내 어린 시절의 따뜻한 설날 풍경 속으로 들어가 보곤 한다. ─「설날 풍경 속으로」

▪대학에서 유아교육학과를 졸업하고 첫 직장을 잡은 곳은

대학 부속 유치원이었다. 치열한 경쟁을 물리치고 운 좋게 합격하여 얼떨결에 햇병아리 교사가 되었다. ▪사방에서 생선 비린내와 바다내음이 풍겨와 낯선 세상에 홀로 떨어진 느낌이었다. 그는 나를 부임 받은 유치원으로 안내했다. 오랫동안 정착한 교사가 없어서인지 썰렁하고 황량하기 그지없는 유치원이었다. ▪동화작가 안데르센의 말이 매일같이 떠오르는 나날이었다. "나는 갠지스 강도 건너보았고 알프스 산도 넘어 보았다. 그러나 내가 본 것 중 가장 아름다운 것은 어린이였다." ▪내가 진실로 아이들을 사랑하며 가르친다는 이야기는 금세 동네에 소문이 났다. 어쩌다 시장이라도 나갔다가 마주친 학부형이 날 강제로 음식점으로 끌고 들어가 극진히 대접하는 일이 잦아졌다. ▪세상에서 가장 순수하고 착했던 바닷가 아이들과의 기억은 내 맘 속에 상록수로 남아, 수십 년이 흐른 지금도 푸르고 아름답다. ▪비록 주머니에 넣을 황금은 벌지 못했지만, 그곳에서 보낸 시간이 내 인생의 황금이었다는 걸! ─「내 인생의 황금기」

나눔은 내어주는 것만 같지만 사실은 받는 게 더 많다. 가족에게도 관심 밖이 되어버린 시어머니를 이웃이 마음 써 준다는 것은 쉽지 않다(「이웃집 할머니」). 뿐인가. 고생고생하며 번 돈을 제대로 자신 위해 한 번도 못 써본 병든 이웃에게 소원풀이를 시켜준다고 나가지만 그는 마지막까지도 자신을 위해 주머니를 열지 못한다. 그가 떠난 다음 내가 그녀를 위해서 밍크코트를 해주지 못했던 것을 안타깝고 아쉬워한다(「밍크 코트」).

이제는 정리할 때라고 옷도 다 버렸는데 남편과의 동행엔 찬란해지고 싶다는 여자의 욕망으로 친구와 시장나들이를 한다. 한데 어렵게 산 옷을 보따리 채 놔두고 와버린 이야기(누가 입고 있을까, 그 옷?)는 가슴을 싸아하게 만든다. '나도 언제부터인가 밥도 흘리고 국도 흘리고 물도 흘리더니' 내가 언제부터 그리 되었나. 하지만 그 또한 자연스러움이고 그렇게라도 내어줌을 받아들인다. 뿐인가. 고생하며 가꾼 채소를 나눠줄 때는 더 신이 난다. 어깨가 으쓱해진다. 나눈다는 것은 부자여야만 되는 것은 아니건만 나누는 순간 나는 이미 부자가 된다(「주말 농장 가는 날」). 그렇게 가난했어도 그런 나눔과 내어줌이 있었기에 행복했고 그래서 오랜 시간이 흘렀어도 그립다. 어린 시절이 그리운 것은 더욱 그러하기 때문이다(「설날 풍경 속으로」). 초등학교 때 선생님의 고귀한 헌신과 희생의 모습을 보며 교사가 되겠다고 하여 교사는 되었건만 그 선생님을 통해 본 교사와는 다른 현실에서 고심하다 또 결단을 내린다. 그리고 찾아간 바닷가마을 학교의 교사, 작가는 이때를 '내 인생의 황금기'라 말한다.

삶은 이런 베품, 내어줌, 나눠줌일 때 가치가 있고 의미가 있고 보람이 있기 마련이다. 유영자 작가의 삶을 바라보는 눈과 삶을 품는 마음은 이처럼 조용하면서도 알차게 열고 펼치는데 있었던 것 같다. 끊임없는 자신과의 싸움도 필요했을 것이다. 하지만 그런 내어줌의 삶이 주는 기쁨과 감격을 무엇으로 바꿀 수 있을 것인가. 유영자의 수필들은 이런 소소한 기쁨과 감격을 지긋이 그러나 정제된 알참으로 걷어 올린다.

3. 함께 하는 삶 — 고향 그리고 친구

유영자문학의 가장 큰 힘은 함께 함이다. 일생의 가장 크고 중요한 일이 일어날 순간이었다. 그를 만나러 가는 날이다. 한데 입고 갈 옷이 없다. 당사자보다 친구들이 더 들떠있다. 드디어 그와 만났다. 그리고 다시 만나는 자리, 친구들이 함께 한 자리인데 연자가 없다.

> ■그런데 연자는 웬일인지 들어오지 않고 다방 문 뒤에서 빼꼼히 얼굴만 내밀더니 나에게 윙크 한 방을 날리고는 사라졌다. "연자는 왜 안 들어오고 가 버렸니?" "그게 말이야…… 쿡쿡쿡." ■친구들이 비밀스런 웃음을 터트렸다. 알고 보니 지난번에 내가 빌려 입고 나왔던 연두색 원피스를 깜박하고 입고 나왔다지 뭔가. — 「연두색 원피스」

그 날 연자의 연두색 원피스가 그와 나를 맺어주었다. 아낌없이 자신의 것을 나누어주면서 친구가 잘 되기를 바랐던 그런 마음들이 있었기에 오늘의 그도 있는 것이었다. 그런가 하면 어쩌면 첫 사랑의 고백일지도 모를 그런 사연도 그 시절의 동화 속에 들어있다.

"야, 이 정신 없는 것아. 양말을 장독대에다 널어놓고는 앞마당에서 백날 찾으니 나오냐? 쯧쯧……"

어머닌 방문을 벌컥 열고 아침 이슬에 촉촉이 젖어 있는 양말 한 짝을 내게 휙 던지셨다. 잠결에 방바닥에 떨어진 양말을 집어든 순간 무언가 이상했다. 양말 속에서 바스락 소리가 났기 때문이다. 나는 잠에 취해 눈도 제대로 못 뜨고 양말 속에 손을 넣어 보았다. 종이쪽지가 잡혔다.

"이게 뭐지?"

그때야 벌떡 일어나 종이쪽지를 펴 봤다. 순간 내 가슴에서 쿵 소리가 나며 눈에 매달려 있던 잠 부스러기들까지 놀라 우수수 떨어져 나갔다. 심장이 걷잡을 수 없이 두근거렸다. 양말 속에서 나온 건 꿈에도 생각해 본 적 없는 연애편지지 뭔가. —「양말 속의 편지」

표제작인 「양말 속의 편지」는 한 편의 아름다운 동화를 듣는 것 같고, 한 편의 영화를 보는 것 같다. 한데 편지의 주인공이 누구인지 밝혀지지 않은 것이 오히려 감동을 더한다.

이처럼 유영자 작가의 수필들은 하나같이 간결하면서도 깔끔한 감동을 불러낸다. 자연스럽게 펼쳐내는 문장의 행간에는 작가가 하지 않고 숨겨놓은 이야기, 하고 싶지만 하지 않은 말, 그리고 차마 할 수 없었던 말들이 오히려 문장보다 강하게 읽는 이의 눈앞에 움직이는 사진으로 펼쳐진다. '내 첫 이성의 대상은 아련한 그리움으로 일생의 언저리에 붙어 다니며 동화 한 편 같은 이야기를 만들어 내고 있다. 세월은 거침없이 흘러 나를 백발의 할머니로 만들어 놓았다. 그러나 추억 속의 단발머리 소녀는 아직도 장독대 앞에서 삼각형으로 곱게 접은 짝사랑의 편지를 주워들고 가슴을 두근거리며 서 있다.' 작가는 그렇게 지금도 서 있다.

■우리 둘은 저울에 달아도 수평을 이룰 정도로 가난의 무게가 똑같았다. ■참으로 대책 없이 용감만 했던 순진한 여자였다. ■초라한 세간을 리어카에 싣고도 자리가 남아 빈 공간에 딸들을 태우고 앞에서 끌고 뒤에서 밀었다. ■그동안 빈손이라고 생각했던 우리 인생은 사실 복으로 가득했었음을, 기댈 수 있는 커다란 언덕이 바로 곁에 있었음을. ■뒤돌아보면 곁에는 늘 기댈 수 있는 누군가가 있었다. ―「궁궐 같은 집」

리어카 하나도 채우지 못할 세간의 사람에게 궁궐 같은 집을 내주고 간 교수님 같은 분이 있었기에 용기를 내고 희망을 가질 수 있었다. 그런데 없다고 생각한 그 순간에도 분명 있었고 기댈 아무것도 없다 생각했는데도 무언가 있었다. 사실은 늘 사랑에 빚진 자였던 것이다. 그렇다고 행운에만 기댄 것은 아니었다. 아무도 거들떠보지 않는 흉가도 용기있게 값싸게 사서 힘을 얻는 저력도 발휘했다.

■ 내 인생의 행운은 요란하게 인사하며 찾아오지 않았다. 나도 모르는 사이에 슬그머니 곁으로 다가와 있었다. ■ 사람들이 꺼림칙하다며 모두 거부한 흉가가 하나님이 내게 주신 행운의 기회인 것을. ─「디딤돌이 되어준 흉가」

그런 모든 것이 어디서부터 나왔는가. 결코 혼자 한 것이 아니었다. 혼자면 할 수 없는 것들이었다. 곁에 있는 그가 그리고 누군가 늘 힘이 되어주었다는 것을 작가는 항상 상기한다. 그렇기에 감사가 먼저였다. 함께하는 삶에서 얻게 된 힘과 감사일 것이다.

그러나 뭐니 뭐니 해도 내 인생의 전반적인 감사는 남편을 만나 결혼한 날부터 펼쳐지기 시작했다고 말할 수 있다. 내 행복에 관한 열쇠 또한 남편이 가지고 있다 해도 과언이 아니다. 50년을 함께하는 동안 다툼과 의견 충돌이 왜 없었겠는가, 투닥투닥 싸우고 밤잠을 설친 날은 왜 또 없었겠는가. 도장만 안 찍었지 이혼하고 싶은 순간은 왜 없었을까만, 참을성 많은 남

해설

편이 매번 달래주며 손 내민 덕분에 노후에 다정한 부부라는 소릴 들으며 살고 있으니 참으로 감사한 일이다. —「감사 부자」

　부부는 눈빛만 봐도 마음을 읽고 행동 하나에 무엇을 원하는지, 말소리 억양으로 어떤 기분인지를 감지할 수 있을 만큼 교감과 소통에 능한 사이가 되었다. 그래서 나는 늘그막에 생애 가장 아름다운 날들을 보내고 있다. 가난하던 시절 미루어 두었던 신혼여행이라는 통장을 찾아 쓰고 있기 때문이다. 신혼여행 통장엔 이자까지 듬뿍 붙어, 남편과 나는 세계 각국을 돌아다니며 여행 다니기에 바쁘다. 비록 진짜 신혼여행에서만 느낄 수 있는 가슴 떨리는 사랑과 열정만큼은 아니겠지만, 늘그막에도 이 나라 저 나라로 여행을 떠날 때면 항상 가슴이 설렌다. 하나님은 젊을 때에는 젊기에 감당할 수 있었던 가난과 갈등을 안겨주시더니, 황혼이 찾아오자 놀라운 축복으로 삶을 복되게 해 주신다. 아무리 부인하려고 생떼를 써도 결국 깨닫게 된다. 하나님은 인간 모두에게 정말로 공평한 삶을 허락하신다는 것을. —「부부싸움」

　부부싸움은 칼로 물 베기라지만 잦으면 되겠는가. 하지만 그런 갈등도 부딪힘도 함께 하기에 생기는 것이고 잘해보려니 일어나는 일이다. 적당히 양보하고 후퇴하며 손 내미는 그가 있기에 50년의 함께함이 가능했을 것이다. 그리고 남의 집에 자식을 맡기면서까지도 삶을 지탱해야 했던 그 시대 그 시절의 아버지가 있었기에 가능했었다.

올해에도 따뜻한 봄바람은 어김없이 벌과 나비를 데리고 찾아와 아버지가 심어놓고 간 나무와 인사를 나누는데, 아버지한테서는 소식이 없다. 꿈에서라도 좋으니 딱 한 번만이라도 다녀갔으면 좋으련만. 지금 내 모습을 보시면 "야! 너도 늙었구나." 하며 깜짝 놀라실 텐데……. 이 나이에도 아버지를 부르려니 눈물이 난다.

"아버지!" ─「어느 부잣집 딸인들」

이쯤에서 고향을 생각한다. 어린 날의 고향이 아니라 지금 고향은 어떨까. 고향은 가슴속에 있는 것이 더 좋다. 지금은 또 해야 할 일이 있다. 산다는 것은, 살아있다는 것은 끊임없이 무언가를 한다는 것이다. 무엇인가와 누군가와 함께 한다는 것이다.

개나리는 아기 손톱 같은 꽃망울을 조롱조롱 매달고 노오란 물감을 풀 것이고, 산 군데군데엔 진달래가 분홍 눈을 뜨고 봄을 알릴 것이다. 봄의 화신이 속속 북상하면 모락모락 올라오는 아지랑이 속 풍경을 타고 아련한 추억들이 날 흔들어 깨우겠지? 하하하, 호호호, 까르르 까르르, 내 고향 봄 오는 소리는 나물 캐러 나온 아이들의 해맑은 웃음소리와 함께 시작되었다.

─「봄날의 동화」

해설

TV에서 쉽게 볼 수 있는 아름다운 강원도 산촌의 눈 덮인 마을, 그곳이 바로 내 고향 철원이다. 어릴 적 내 작은 발자국들이 옴폭옴폭 찍혀있는, 추억이 잠든 곳이다. 북쪽에 위치한 철원은 겨울이 춥고 눈이 많이 내리기로 유명했다. 펑펑 소리가 들릴 것 같은 굵은 함박눈이 내리는 날이면 아이들은 무작정 뛰어나와 설경 속으로 들어갔다. 그리고는 어떻게 놀자는 약속도 없이 자연스럽게 서로 쫓고 쫓기며 즐거워했다.

가고 싶어도 갈 수 없는 고향의 모습을 TV 속 눈 덮인 산촌의 풍경에서 어렴풋이 떠올려 볼 뿐이다.

창밖에 눈이 내린다. 내 어린 시절의 겨울이, 화목했던 우리 가족과 이웃이 가슴 저리도록 그리워진다. —「겨울이야기」

나는 기타 공부에 도전한 덕분에 혼자 있어도 무료하지 않고 아이들이 내 곁을 다 떠났어도 결코 외롭지 않다. 그리고 꿈을 꾼다. 80세까지 연주를 하는 꿈을. 내가 꿈꾸는 연주의 무대는 크지 않다. 서너 명이 모인 내 친구들 앞, 명절날 모인 내 새끼들 앞, 성가대 조촐한 모임 앞, 생일을 맞이한 손자 녀석들 앞이 내 무대다. 그래서 난 오늘도 영감이 외출한 집에 홀로 앉아 기타 줄을 튕긴다. 기타 줄을 타고 음악이 은은하게 집안에 울려퍼진다.

난 100세 시대를 살아가야 할 기타 치는 할머니다. —「기타 치는 할머니」

로그 아웃

문학이 아름다운 것은 감동이 있기 때문이다. 감동은 가슴에서 가슴으로 전해진다. 요란하게가 아니라 아주 잔잔하게 조심스럽게 살며시 스며든다. 수필은 그런 감동에 가장 적합한 문학이다.

유영자의 수필은 소소하고 사소하고 하찮은 것 같은 이야기들을 저만의 대단한 글감으로 새로운 감동의 물줄기를 일으킨다. 아주 낮게 여리게 흐르는 물줄이다. 하기에 세미한 바람도 여린 햇빛도 다 만지거나 건드려보는 여유가 있다. 특별할 것도 없이 원초적인 것처럼 스며있는 하나님에 대한 사랑 아니 아버지 어머니 그리고 친구들의 함께함처럼 늘 함께 해 주신 햇볕 같고 바람 같은 사랑이 자연스럽게 스며있고 거기 잠겨있다. 그가 내린 결단 각오 선택들 또한 그런 믿음 안에서 발현된 것들이었다.

수필은 자신의 삶의 이야기가 진솔하게 보여지는 것이지만 얼마큼 진정성이 느껴지게 하느냐에 따라 공감이나 감동의 정도가 달라진다.

유영자는 2016년 『크리스천문학나무』 신인작품상 수필 당선으로 등단했다. 3년도 되지 않았는데 벌써 책을 낸다. 물론 동화구연가로도 활동하였고. MBC문화방송 신인문예상을 수상하기도 했으며. 『24가지 동화로 배우는 하나님 말씀』을 엮어내기도 했다. 그만큼 다방면의 능력이 있는 작가다. 그러나 한 권의 수필집을 내기까지의 각고는 이루 말할 수 없이 컸을 것이다. 특히 내 이야기를 내놓아야 하는 입장에서 내 부끄러움일 수도 있고 자칫 내 자랑일 수도 있고 더러는 건드리고 싶지 않은 아픔이나 슬픔 고통일 수도 있다. 하지만 그 또한 내가 감당해야만 할 몫으로 수필가는 존재한다.

유영자의 『양말 속의 편지』는 분명 많은 이들에게 삶의 희망과 치유와 회복의 글로 사랑을 받을 것이라 믿는다.

'황혼이 찾아오자 놀라운 축복으로 삶을 복되게 해 주신다. 아무리 부인하려고 생떼를 써도 결국 깨닫게 된다. 하나님은 인간 모두에게 정말로 공평한 삶을 허락하신다는 것을. ―「부부 싸움」

유영자의 아름다운 신앙고백만큼. 그래서 우리는 희망으로 소망으로 산다.

엄청나게 큰 열매

유영자 수필가의 첫 수필집을 내면서 내 책이 나오는 것만큼 기쁘다.

내가 처음 그녀를 만났을 적에 오랫동안 동화 구연가로 지낸 탓인지 순전해 보이고 명랑해서 기쁨이 전신에 넘쳤다. 수필쓰기를 권했을 적에 너무 늦은 나이라 할 수 없다고 머리를 세차게 흔들었다. 우선 써보자고 권해서 시작한 수필쓰기에 그야말로 엄청나게 큰 열매를 맺은 셈이다.

초창기 작품인 「양말 속의 편지」를 읽으면서 너무 재미있어 참으로 오랜만에 배가 아플 정도로 웃은 적이 있었다. 작품 수준이 유명 수필가의 글을 능가해서 얼마간의 수련기간을 거쳐 계간 『크리스천문학나무』에 수필가로 등단하여 부지런히 수필을 쓰고 있다. 타고난 글재주가 있어서 계속 잡지에 글을 올릴 적마다 독자들의 마음을 사로잡았다.

유영자 수필가의 글은 우선 재미가 있어 단숨에 읽게 된다. 어찌나 익살맞고 능청스러우면서도 잘 표현하고 있는지 중간에 내려놓을 수가 없을 정도다. 그래서인지 크리스천 문학나무 낭송채널인 Youtube에 올리자마자 1000명이 넘는 독자들이 꼬여들었다. 낭독하는 수필마다 놀랍도록 많은 수의 시청자들이 들어오고 있다. 20년이 넘는 동안 어린이들에게 동화를 구연한 탓인지 낭독도 듣기에 편안하고 유연하다. 책을 멀리 하는 시대지만 역시 사람들은 재미있는 글을 아직도 좋아한다는 결론을 내리게 된다.

그녀의 수필은 아주 긍정적이다. 그녀의 나이가 육이오를 거치고 이 나라의 역사와 함께 험난한 삶의 구비 구비를 살아왔기에 요즘 젊은이들이 상상도 못할 어려운 고난을 통과한 기록이 많다. 이런 고비를 낙망하지 않고 긍정적으로 보면서 힘차게 넘어서는 모습이 많은 독자들의 마음을 사로잡게 된다고 본다.

그녀의 작품을 읽으면 위로 받고 힘을 얻게 된다. 아하! 이런 마음의 자세로 인간사의 어려운 고비를 잘 넘길 수 있었구나 하는 지혜를 터득하게 함으로 읽는 이들에게 유익을 준다. 백발의 면류관을 쓴 나이에 펴낸 이 수필집이 독자들 마음에서 오랫동안 지워지지 않고 생각에 생각을 거듭하게 하는 마력을 지닐 것이라고 한다면 억지일까. 이따금 나도 그녀의 작품을 떠올리며 힘과 위로를 받을 적이 있다.

장로의 딸인 그녀는 모든 작품에 그 영향이 짙게 깔려있다. 깊은 사랑과 가치관이 수필의 저변에 은은하게 스며들어있다는 말이다. 이건 도덕적이고 윤리적인 차원보다 더 깊고 넓다. 해서 마치 탁 트인 초원에 들어선 듯 읽는 이들의 마음이 시원해지고 글 내용에 공감하여 무릎을 치게 된다. 그녀의 수필을 접하면 나도 그녀의 상상의 날개에 올라타고 높이 치솟는 듯한 감을 느낄 적이 많이 있다.

　아무쪼록 펜을 놓지 말고 부지런히 글쓰기를 부탁한다. 받은 달란트가 많으니 빚진 마음으로 열심히 집필하라고 권하고 싶다. 다음 수필집에서는 더 중후하고 깊은 주제를 다루는 솜씨를 기대한다.

크리스천나무수필가선 011

양말 속의 편지

1쇄 발행일 | 2019년 08월 08일

지은이 | 유영자
펴낸이 | 윤영수
펴낸곳 | 문학나무

문학나무편집 | 03044 서울 종로구 효자로7길 5, 3층
기획 마케팅 | 03085 서울 종로구 동숭4나길 28-1 예일하우스 301호
이메일 | mhnmoo@hanmail.net

출판등록 | 제312-2011-000064호 1991. 1. 5.
영업 마케팅부 | 전화 | 02-302-1250, 팩스 | 02-302-1251
ⓒ 유영자, 2019

ISBN 979-11-5629-093-3 03810